AF372793

Ernst Weiß

Boëtius von Orlamünde: Der Aristokrat

e-artnow 2018

Ernst Weiß
Der arme Verschwender

Gustave Flaubert
Die Erziehung der Gefühle

Alexandre Dumas
Johanna D'Arc

Ernst Weiß
Männer in der Nacht

Ernst Weiß
Ich - der Augenzeuge

Ernst Weiß

Boëtius von Orlamünde: Der Aristokrat

e-artnow, 2018
Kontakt: info@e-artnow.org
ISBN 978-80-273-1822-3

Inhaltsverzeichnis

Erster Teil

1

Ich heiße Boëtius Maria Dagobert von Orlamünde, oder besser gesagt, ich nenne mich Orlamünde. Das historische Geschlecht derer von Orlamünde ist im sechzehnten Jahrhundert ausgestorben. Orlamünde ist also hier bloß ein Name. Ich entstamme einem anderen uradeligen Geschlecht, das ich nicht nennen will. Trotz meines hochklingenden Namens bin ich nicht viel. Auch meine Eltern lebten in den erbärmlichsten Verhältnissen. Wußten sie es? Täuschten sie sich? Sie besaßen noch Reste früheren Glanzes, aber sie hungerten, und unser alter Diener David mit ihnen. Statt nun den Adel abzulegen und einen bürgerlichen Beruf zu ergreifen und auf diese Weise die einfachste Folgerung aus dem Niedergang der einst mächtigen Herren von Orlamünde zu ziehen, bedachten sie mich, ihr einziges Kind, außer mit den Geschenken der Armut und Genügsamkeit noch mit dem wahrhaft unsinnigen Rufnamen Boëtius. Nicht genug daran. Sie glaubten in ihrer Verblendung, mir eine »fürstliche« Erziehung geben zu müssen. Man erzieht mich erst durch einen alten Abbé daheim, später bringt mich mein geliebter Vater in ein adeliges Knabenstift, wenn ich es so nennen kann, in eine groß angelegte Anstalt, in welcher die Sprossen der reinblütigen Häuser, die man aus irgendeinem Grunde zu Hause nicht erziehen will oder kann, eine standesgemäße Erziehung erhalten. Dieses adelige Knabenstift heißt Onderkuhle und liegt im östlichen Belgien, nicht weit von der Grenze.

Unter diesen großen Herren verschwinde ich in dem ersten Jahre als der kleinste, der ärmste, der schüchternste und rothaarigste zugleich. Rothaarig – so klar das Wort und so scharf es einen Menschen äußerlich kennzeichnet – ist nicht ganz das rechte Wort. Zwar habe ich die lichtblauen, wie ausgewässerten Augen der meisten Rothaarigen. Wohl habe ich ihre buttercremefarbene, mit rotbraunen Sommersprossen gemusterte Haut, die feinen, langen Hände, die gestreckte, aber innerlich irgendwie verbogene Figur und knochenlose Körpergestalt, wie sie viele sehr blonde oder rothaarige Jünglinge haben, und diese Körperanlage ist es, die mich zum eleganten Tanze, zu jeder netten Verbeugung, zu jeder »adeligen Geste« unfähig macht. Man muß mich nur sehen, wie unbeschreiblich ungeschickt, geziert und unbehilflich ich, zum Staunen des Zeremonienmeisters, an meinem Ehrentage das letzte Jahrgangszeugnis aus der etwas zitternden, roten und weich aufgequollenen Hand des alten Direktors von Onderkuhle entgegennehme, der dabei, um mich nicht zu beschämen, mit seinen ebenfalls zitternden und leicht verglasten Augen wegsieht, während doch gerade sein fest auf mich gerichteter Blick die Kraft gehabt hätte, mir mein Selbstbewußtsein, meine gesunde männliche Haltung, mein Vertrauen auf mich und auf die bei aller Fürchterlichkeit doch wohlwollende Welt wiederzugeben. Nein, er sieht fort, in den Winkel, wo die alten blauen Schulfahnen hängen. Wozu eine Schule Fahnen besitzt, ist mir nie klargeworden. Zieht sie doch ebensowenig in Schlachten, als sie Veteranen, Verwundete und T. in ihren Reihen zählt. Aber die Fahnen sind da und aller Stolz. Der Haushofmeister, Zeremonienmeister und Lehrer der Etikette in einer Person (sein Name ist Garnier), er, der von einem russischen Leibeigenen und einer französischen Kammerzofe abstammen soll und der hier bei uns trotz seiner scheinbar ganz untergeordneten Rangstellung das ganze Heer der Ordonnanzen, Knechte und Verwaltungsorgane befehligt, dieser Mann reinigt sie jeden Morgen, bevor er seinen Inspektionsgang durch die Anstalt und durch unser Gut antritt. Und zwar tut er das in der Weise, daß er die schwarzen Fahnenstöcke mit einem weißen seidenen Lappen abreibt, dann mit der Daumenfläche wischend über die vergoldeten sechseckigen alten Schilder fährt, die an den Stöcken mit goldenen Nägeln befestigt sind. Nur die Fahnentücher reinigt er nicht, weil sie möglichst alt und ehrwürdig aussehen sollen. Er darf keine Bürste gebrauchen, er legt bloß die Falten in eine bessere Ordnung und läßt die blauen Fransen durch seine alten, »fürstlich« schönen, elfenbeinfarbenen, ringgeschmückten Finger rieseln.

Was sollen diese Fahnen der adeligen Schule? Was soll der unsichere Blick des trunksüchtigen Direktors, des alten Herrn in seiner hochgeschlossenen Uniform, die der eines Kavallerieobersten ähnlich sieht, aber noch mehr Gold angestickt trägt als eine solche? Was soll ich, der auf einem Podium, nein, vor diesem, auf dem spiegelglatt parkettierten Fußboden steht? Ich hebe mein rechtes Bein schon auf den Katheder und nehme in der lächerlichsten Stellung von der Welt mein Zeugnis aus der Hand des störrisch wegblickenden Schulobermeisters entgegen. Wie entbehrt dies alles der Vernunft! Freilich ist es schön und regt bei manchen edlere Gefühle an. Auch findet diese Szene nicht in Deutschland, Österreich oder Schweden statt, den drei vernünftigsten Ländern Europas, sondern im katholischen Belgien, wo man auch dem Schein sein Recht läßt. Und Schein ist auch alles. Ich, der uradelige Aristokrat und Bettler, meine Zeugnisse, die nichts eines Zeugnisses Wertes bekunden (denn Reiten, Fechten, Schwimmen, Turnen beweist man nicht durch gestempelte Zeugnisse), der Direktor in seiner Oberstenuniform, der Pulver nie gerochen hat, die Fahnen, die man nicht abstauben darf, der Haushofmeister, der der eigentliche Meister der Schule ist, denn er beherrscht, wie so viele Dienende in der Welt, die andern, welche die Macht zu besitzen glauben, denen aber der Mut fehlt, sie anzuwenden.

Ich lernte in der Schule von Onderkuhle (sie ist bei uns so weit berühmt, daß man nur zu sagen braucht, ich bin in Onderkuhle erzogen ...) bei meinen teuren Lehrern herrlich reiten. Es waren zwei Reitlehrer da, Absolvent des Kavalleriekursus in Brüssel war der eine, der andere ein ehemals preisgekrönter Herrenreiter; sie waren recht mit mir zufrieden. Dabei wird mir wahrscheinlich meine beim Reiten und Fechten ziemlich ungezwungene Haltung (schlaksig nennen sie manchmal die Leute) sehr von Nutzen gewesen sein. Diese Haltung sieht bloß ungeschickt aus, sie ist es aber keineswegs, besonders nicht auf dem Rücken eines Pferdes. Beim Reiten darf man nicht vergessen, daß sich ein lebender Körper mit einem anderen in einer gewissen Harmonie bewegt. Je leichter die Gewichtsverschiebung vor sich geht und je mehr sich der Reiter dem Pferde anpaßt, sowohl im muskelbeherrschten Sitz im Sattel als auch in der Gewichtsverteilung, wobei man oft das Gefühl wie bei einer Goldarbeiterwaage spielen lassen muß, desto harmonischer kommen die in ihren Grundelementen feststehenden Tritte des Pferdes heraus. Darf ich es ganz ungeschickt ausdrücken: Wenn ein passabler Reiter auf einem guten Pferde sitzt, beherrscht der Reiter das Pferd nicht mehr als das Pferd ihn. Beide sind eine unlösbare Einheit, ein Fleisch und, auf die Dauer der Reitstunde wenigstens, auch eine Seele.

Nun kann ich nicht erwarten, daß der Leser sich bis jetzt aus meinem verworrenen Darstellungsversuch schon ein Bild gemacht hat, wie ich lebe und meine Kindheit vom zehnten Jahre an verbringe. Ergebnis: Ich kann reiten und fahren, schwimmen, fechten, mit Pistolen schießen, kenne die Grundzüge des Exerzierreglements praktisch in ihrem Gebrauch, die Grundtatsachen der Geographie und der Geschichte sind mir nicht fremd. Kein Sport macht mir Mühe, jeder macht mir Freude, aber ich kann nicht richtig rechnen; nicht ganz fehlerfrei schreiben.

Nicht ohne Grund nahm unser Zeremonienmeister – den ich vorhin als Abkömmling eines freiwillig Leibeigenen und einer französischen Zofe bezeichnet habe – neben dem geistlichen Hirten den ersten Platz ein. Das Exerzieren unter dem Kommando eines Präfekten dauert nur eine halbe Stunde am Tage. Der Abbé, eine sehr wichtige Person in unserem kleinen Staate, überwacht zwar unser Gewissen, schreibt die üblichen, für einen gläubigen Katholiken leichten Übungen und Gebete vor und legt großen Wert auf regelmäßige Beichte und auf unseren Fleiß im schulplanmäßigen Religionsunterrichte. Den ganzen Tag aber, vom frühen Morgen bis zum späten Abend, stehen wir unter den Augen des Meisters, der uns »die Formen« lehren soll. Vor allem den Gruß. Er läßt alle vor seiner Person defilieren. Wir sind barhäuptig. Er hat auf seinem kohlschwarzen, aber an den Schläfen bereits leicht melierten Kopfhaar eine Mütze. Drei Schritte vor ihm müssen wir haltmachen. »Zurück, zurück!« ruft er uns zu, als hätte er Angst, wir wollten ihm an den Hals. Nun blickt er uns mit seinen slawischen Augen an, damit wir uns tief verbeugen. Nie tief genug. Keine königliche Hoheit hat so viel Verbeugungen von hohen Aristokraten entgegengenommen wie er. Er spielt so lange den Herrscher, bis wir den Herrscher in ihm sehen. Antworten, Schweigen, den Vortritt lassen, den Vortritt nehmen, Benehmen bei Tisch, Begrüßung und Abschied von Höherstehenden, Gleichgestellten, Domestiken, alle Feinheiten des aristokratischen Verkehrs, Körperhaltung, seelische Haltung, Selbstbeherrschung, Takt, Selbstverständlichkeit im Befehlen und vor allem stets Distanz wahren und sich seiner Stellung bewußt bleiben, sei sie hoch oder niedrig – das sind die Fächer, die er lehrt. Stunde für Stunde, bei den Mahlzeiten, selbst dann, wenn wir schlafen. Er hat seine steingrauen, etwas auseinanderweichenden Augen überall. In seinen Fächern werden wir nie Meister. Er tut, als wäre er darin aufgewachsen, und doch ist es bekannt, daß er nur ein Jahr bei dem Grafen F. in St. Petersburg zugebracht hat. Allerdings war dieser der vollendetste Hofmann seiner Zeit.

Gut Florett fechten zu können (eine Kunst, bei der mir mein scheinbar knochenloser Körper die besten Dienste leistet) sei wichtiger, meint er, als Ansammlung toten Wissens und das Rechnen mit Dezimalzahlen. Für die Religion hätte der junge Aristokrat den Beichtvater, für die Politik seinen König, für die Vermögensverwaltung seinen Rendanten. Dezimalzahlen gäbe es im Grunde gar nicht, und wenn es sie auch gäbe, zieme es einem Mann von Familie nicht, seinen Leuten solche Bagatellen nachzurechnen.

Das ist der Zug unserer Erziehung. Der Direktor ist ein goldgestickter Schatten, der Abbé ist immer im Jenseits, der Meister aber herrscht hier. – Mein Vater lebt in der Ferne.

Ich könnte mich zum Rennreiter, zum Fechtmeister ausbilden lassen, so groß sind meine Vorkenntnisse. Mein Handgelenk und meine Wirbelsäule (die letztere ist von größter Wichtigkeit) verlieren ihre Geschmeidigkeit nie. Aber Fechtlehrer! Welch phantastischer Beruf in einer Zeit, die das Duell, den entscheidenden Zweikampf, das Gottesurteil an der Spitze des Rapiers nicht mehr kennt. Und Rennreiter? Nein. Anderswo ist jetzt der eigentliche, der blutige Fechtboden der Zeit.

So lebe ich bis an mein achtzehntes Lebensjahr in dem exklusiven Stifte; als guter Reiter und Fechter bei allen, selbst bei dem griesgrämigen russischen Zeremonienmeister hoch angesehen. Wenn ich kein Geld habe (Geld braucht man allerorts, selbst hier), so wird darüber keine Silbe verloren, vorausgesetzt, daß ich nur sonst meinem Namen Ehre mache – und ich mache ihm wenigstens keine Unehre.

Eine glückliche Kindheit? Ich darf nicht klagen.

2

Noch erinnere ich mich eines Tages, einer Spazierfahrt im Walde. Zum Schulstift gehörte auch ein kleines Gestüt. Wir hatten freie Pferde genug, nicht alle konnten als Wirtschafts- und Schulpferde benutzt werden. Das Mustergut, das mit der Schule in Onderkuhle verknüpft war, brauchte die Zugtiere noch nicht alle, es war vor der Ernte, Anfang Juli vielleicht. Ich vertrat einen der Reitlehrer, der verreist war (verreist nannte man es, wenn ein Lehrer erkrankt war), und dieses Ehrenamt brachte mir viele Vorteile. Ich war zu dieser Zeit über das Alter der meisten anderen Zöglinge hinaus, war keiner Klasse (es waren deren fünf) zugeteilt und erwartete jeden Tag, daß man mir nahelegen würde, einen Berufsweg einzuschlagen und Onderkuhle zu verlassen.

Um so schöner dieser Tag. Die Stalldiener zogen unser honigfarbenes Gig aus dem Verschlag, es war ein zweiräderiger, hoher, weichfedernder Karren. Wir, mein Freund Titurel und ich, spannten ein junges, noch nicht dreijähriges Pferdchen vor, das mit seinem zarten, leicht zusammenpreßbaren Körper die Riemen und Schleifen nicht vollständig ausfüllte, sondern sich in ihnen wie ein Mensch in einem zu weiten Anzüge bewegte; so ähnlich schrumpfte daheim unser alter Diener David in seiner violettintenfarbigen Livree von Jahr zu Jahr ein, sein Rock hing ihm bis an die Knie und später noch tiefer. Bei ihm war es Alter und Ende, bei unserem Pferdchen Anfang und Jugend. Nun setzte sich das Pferdchen in Gang, sich fortwährend unaufmerksam nach uns, die wir Rücken an Rücken im Wagen sitzen, umwendend und das blanke Maul zum Wiehern öffnend. Da es durch den Zügelriemen und das Stangengebiß belästigt ist, wälzt das Tier seine breiten schwarzen, innen hellroten Lefzen nach außen, wodurch der trotz allen Bürstens struppige Kopf ein komisches, knabenhaft lustiges Aussehen erhält. Es trabt nun das Pferd mit uns durch den Park zu einem nahen See, der nicht mehr zu unserem Gute gehört. Sage ich nicht *unser* Gut, als wäre das alles, Ställe, Wirtschaftsgebäude, Rechnungsstuben, Gesindewohnungen, Brunnen und Tränken, Spritzenhaus, Kornkammern, Scheunen, Schweinekoben, Taubenschläge und der eingezäunte Raum mit Perlhühnern, Pfauen, Truthähnen, der Schuppen mit den Pflügen, mit der Dreschlokomobile und den mechanischen Heuwendeapparaten mein persönliches Eigentum? Und doch gehört mir nichts. Nicht einmal die Peitsche, die ich ruhig in der Hand halte, ohne auch nur mit der Spitze die feine, zitternde Haut des isabellfarbenen Tieres zu berühren.

In schlankem Trabe geht es neben den Düngergruben über einen kleinen Steg in die Obstgärten, wo schon alles abgeblüht ist. Es sind aber doch noch Reste von weißem Blütengefieder am Boden rings um die schwarzen, in der Sonne stark glänzenden, wie gefirnißten Apfelbaumstämme zurückgeblieben. Die Zeit ist wolkenlos. Kein Wind. Nachts nur ein wenig Tau unter dem herrlich prangenden Mond; man trägt keine Uniformmütze (wir waren alle in einer Art Uniform, ich sagte es schon von dem Direktor und Schulmeisterdiener). Bloß ich lege die Mütze nicht gern ab, was seine Gründe hat; nun aber halte ich sie zwischen den Knien. Sie knirscht, wenn der Wagen schwankt und schaukelt. Handschuhe zieht man wohl an, da es Vorschrift ist und der Meister seine Augen überall hat. Nun aber, da wir die Gemarkung des Hofes verlassen, streife ich die Handschuhe ab, und während das gebrechliche Gefährt bei meiner Bewegung sich von vorn nach rückwärts wiegt, stecke ich die Handschuhe, einen in den andern gefaltet, mit der Innenseite nach außen, meinem Freunde in die Brusttasche.

Durch die Büsche erblickt man bei der Wegbiegung hinter sich das Schulgebäude, aus roten Ziegeln schloßartig erbaut; je weiter man kommt, desto größer und gewaltiger scheint es zu werden, und desto höher scheint es von der ganz unbedeutenden Höhe in die klare, flimmernde Sommernachmittagsluft emporzusteigen. Nun liegt es bei einer scharfen Wendung des Weges hinter uns, wir fahren unter jungen Linden dahin, dann dreht sich der Weg in eine Pappelallee (man nennt sie die italienische), an die sich von beiden Seiten ein Tannenforst anschließt, es ist still, bloß ein Kuckuck ruft, ziemlich weit entfernt. Der Wagen geht so schnell und leicht, das Pferd hebt sich so regelmäßig und taktfest in seinem etwas zu weiten Geschirr, daß wir unter den hohen, malachitgrünen Tannen wie auf Schienen dahingleiten. Zu dem Duft der

Bäume kommt der Geruch nach Wagenschmiere, die so reichlich aus den Radnaben tropft, daß die sehr eng an den Wagen heranstreifenden Laubsträucher, Ebereschen, Sauerampfer, Farn, Ginster und die hohen, im feuchten Grunde riesig aufschießenden graugrünen Kletten davon beschmutzt werden. Ich blicke mich um und sehe meinen Freund damit beschäftigt, meinen Handschuh, den ich ihm zur Aufbewahrung gegeben, aus der Tasche herauszuziehen, umzuwenden und an seinen bloßen, kurzgeschorenen Kopf zu heben, an seine sommersprossigen Wangen zu schmiegen, vielleicht um die Weichheit des Leders zu prüfen. Damit ist es aber nicht weit her; denn da die Eltern der Zöglinge Handschuhe und Mützen, als das einzige übrigens, zu liefern haben, sind bei mir Handschuhe ein sehr kostbarer, sehr geschonter Artikel. Ich weiß, daß mein Vater mir im Jahr nicht mehr als zwei bis drei Paare schicken kann.

Noch habe ich kein Wort von ihm, meinem Herrn, meinem alten Herrn, erzählt, an den doch mein Herz gerade jetzt denkt. Ich will bloß den erdigen, schokoladefarbenen, rein nach Tannen und Ginster duftenden Waldboden vor mir sehen, wie er sich unter den blank geputzten, spiegelnd schwarzen Hufen des Pferdchens aufrollt. Es geht bergauf, dem kleinen See entgegen. Hier stehen Buchen, Eichen. Mitten unter dem hellen, weich umflaumten Laube keimt das ernste erzähnliche Grün der Nadelbäume, unter dem wie Früchte die weißgrünen neuen Sprossen der Zweige hervorleuchten in fast stechendem Glanz. Ein Himmel voll edler Bläue steigt über den zart ineinanderwehenden Kronen der im Sommerabendwind erbebenden Bäume empor. Dann öffnet sich der Weg, der Abfluß des tiefblauen Sees rauscht in gedämpftem Wirbelschlag über ein ganz glatt gescheuertes Wehr aus den weißen Stämmen, an denen sich flatternde, haardünne Algen und schwarzbraunes, fleischiges Moos streifenweise angesetzt haben. So strömt das völlig klare Wasser in doppelter Färbung, in wechselnden Streifen herab. Es gibt noch einen Gegenstand auf Erden, der ähnlich, wenn auch nicht in so schönen Farben, gestreift oder gescheckt ist – ich sage es endlich, es ist mein Haupthaar, das durch ein sonderbares Spiel der Natur zwei Farben zugleich bekommen hat, die eine mehr gelblich (an den Schläfen), die andere mehr rötlich (auf dem Scheitel). Jeder merkt es nicht, vielleicht nur der, der es weiß. Vielleicht sehe nur ich selbst mich so. Solange ich es verbergen kann, wie jetzt unter der hechtfarbenen Uniformmütze, die ich aufgesetzt habe, als friere es mich in dem kühleren Wasserhauche, solange ist mir wohl. Aber wie soll es werden, wenn ich einmal die hellgraue Mütze abgeben, die ebenfalls hechtfarbene Uniform an den russischen Leibeigenen, den Meister des Hauses, zurückstellen muß und ich dann in meiner ganzen rothaarigen Häßlichkeit, ohne Kenntnisse und verwertbare Fähigkeiten in das Leben hinaustreten soll, von dessen Grausamkeit mein armer Vater mir viel erzählt hat, wenn er mich hier besucht?

Man nennt ihn den Fürsten, und fürstlich ist er auch geboren, seine Haltung ist ohne Makel, sein Wesen edel, seine Worte sind gewählt, seine Kleidung von der ruhigsten Eleganz, er gibt beim Abschied den Dienern die größten Trinkgelder, verehrt der Ordonnanz, die sein Zimmer aufgeräumt und seine glänzenden Lackschuhe abgestaubt hat, eine goldene Nadel mit einem Hufeisen. Er gibt mit vollen Händen, er schenkt fast gedankenlos, gedankenlos vor Freude, mit seinem Sohn hier zu wohnen. So tritt er mit seinem kavaliermäßigen Gang, eine ruhige Herrschergewalt in seinen schieferfarbenen Augen, im alten Glanze auf, wie ein reicher Mann, wie der Besitzer eines großen Feudalgutes, oder wie ein Prinz, der als inspizierender Kavalleriegeneral nur im Extrazuge und nie ohne seine Adjutanten und zwei Kammerdiener reist. Aber wenn mein Vater einen Augenblick gefunden hat, mit mir allein zu sein, wie viele traurige Dinge muß ich hören, wie ängstlich wird mir zumute, wie demütig lausche ich seinen exklusiven Lehren, die doch, wie er auch selbst im Grunde weiß, nicht befolgt werden dürfen. Wir gehen an der Anstaltskapelle vorbei und sehen dem Geflügel zu, das sich auf der Treppe umhertreibt. Die Worte »Entbehrungen« und »standesgemäß« kommen am häufigsten vor. Unaufhörlich wird, ohne daß wir den Umkreis des kleinen Gotteshauses verlassen, von der Zukunft gesprochen. Aber was »Zukunft« für mich bedeutet, wird nie ganz klar. Eine Lebensrente, die aber nicht zum Leben, sondern nur zum Entbehren reicht, steht meinen Eltern von seiten sehr reicher Verwandter in Irland, die niemand von Angesicht gesehen hat, zu. Eine Perlenkette, aus rötlichen und schwarzen Perlen gemischt, der letzte Rest eines unbezahlbaren Familienschmuckes, ist verpfändet oder soll es werden – doch ist dies nicht leicht insgeheim ins Werk zu setzen, und die Welt, die Öffentlichkeit darf nur wissen, *daß* wir leben, aber nicht, *wie.* Hier wird seine Miene sehr ernst, er faßt mit seinen langen behandschuhten Händen erst nach meinem Arm, dann nach meinem Kopf, nimmt mir die Mütze herunter und betrachtet sie. Auch er hat, vor zwanzig und mehr Jahren, eine ähnliche getragen, froh, feudal und sorgenfrei – und da er mir die frohe, sorgenfreie Jugend nicht verdüstern will, verstummt er plötzlich und gibt mir die Mütze zurück. Wüßte er, wie sehr mich in diesem Augenblick T. beschäftigt – er spräche anders. Aber er tut, als wäre ihm alles leicht, als könne er über alles lächeln. Er schlägt seine schieferfarbenen Augen auf, in denen sich die helle Treppe der kleinen Kapelle mit den noch kleineren Hühnern winzig spiegelt, und jetzt feuchtet er mit der Zunge seine breiten, etwas hängenden Lippen an. Weiß er nichts? Kennt er mich nicht? Nicht sich? Oder ist es Verlegenheit und Scham?

3

Jetzt sind es sechs Monate, daß mein alter Vater zum letzten Male hier war, ich weiß es noch genau, denn es war sein letzter Besuch. Aber nicht vom »Letzten«, nicht von T., so tief auch beide zusammenhängen, will ich jetzt sprechen, nicht von alt, auch wenn er, mein liebster Vater, damals so alt war, wie ich, dank einem schönen T., nie zu werden hoffe.

Die Brücke über den Abfluß des Sees, über die jetzt unser Wägelchen schaukelt, ist auch nicht die jüngste. Das Holz ist weich und verfault, es duftet nach Pilzen, die in nicht geringer Menge an der Unterseite der kleinen Brücke gedeihen und dort das morsche Holzwerk unterminieren. Ich fahre langsamer, nicht aus Angst, die Brücke könnte unter unserm Gewicht einbrechen, sondern damit mein junges Pferdchen seine schmalen Hufe nicht zwischen den Holzschwellen verhakt und stolpert.

Fremde Menschen kommen vorbei, die Frauen tragen große grünlichweiße Hauben bis über die Augen, deren Glanz trotzdem durch die Löcher der Stickerei flimmert. Die Männer marschieren in hohen Stiefeln, um den Mund haben sie große Bärte. Erinnert man sich jetzt der Schulstunden in der Mitte der geschwätzigen, meist gutmütigen, oft aber auch boshaften Kameraden in Onderkuhle und sieht man jetzt die Brücke, den See vor sich statt der vertrauten Institutswände, dann erblickt man in diesem Augenblick ein langes und vielfältiges, nie auszuschöpfendes Leben vor sich. Alles ist voller Hoffnung.

Mein Freund Titurel, der von seiner letzten Krankheit sich noch nicht ganz erholt hat (stets wird er so schwer mit allem fertig, auch mit seinen Aufgaben), verdankt eben seiner Schwäche und Erholungsbedürftigkeit den Urlaub von heute nachmittag und die Erlaubnis zur Wagenfahrt. Sein Rücken preßt sich, als wir nun den See hinter uns lassen und in schnellerer Fahrt auf der Hauptstraße nach der Stadt zwischen Kartoffeläckern und wohlbewässerten Wiesen und Rübenplantagen dahineilen, fester an mich. Der Wagen wirft sich. Irgend etwas hat verdächtig in dem Federwerk geknackt. Ich bremse, bringe das Pferd, und zwar nicht durch Reißen an den Zügeln, sondern eher durch Nachlassen, zum Halten. Außerdem beginne ich ganz fein zu pfeifen, ein Appell, welchen mein Pferdchen sofort versteht und befolgt. Ich habe es seinerzeit erzogen, habe ihm mit weicher, bittender Hand die ersten kunstgerechten Gänge an der Longe beigebracht und habe es an das ganz fremde, ihm anfangs unbegreifliche Gebiß gewöhnt.

Der Freund gleitet nun mit großer Schnelligkeit von seinem Sitz herab, ohne zu bedenken, daß er die Deichselspitze dadurch in die Höhe reißt und dem im Maule noch sehr weichen Tiere nicht eben wohltut, nun steht er vor mir und will mir von meinem Sitz herunterhelfen. Ich blicke mich um, ob auf der Chaussee nicht ein anderer Wagen oder ein Automobil kommt. Plötzlich fühle ich den Knöchel meines linken Fußes von Titurels Hand umklammert. Er breitet mir etwas Weiches unter meinen Fuß, mit dem ich eben, möglichst sanft, abspringen will, um das gebrechliche Gig nicht zu sehr zu erschüttern. Jetzt stehe ich auf dem Erdboden, vor mir den Freund, der seine linke Hand mit meinen Handschuhen mir als Fußstütze dargeboten hat. Wollte er mir damit einen besonders ritterlichen Dienst erweisen, worauf ein krankhaftes Lächeln seiner geschlossenen Lippen hindeutet? Seine Zähne sind schlecht, aus Scham öffnet er seinen Mund so wenig wie möglich. Deshalb wirkt er oft schüchtern, ist es aber nicht, eher ironisch. Aber ich habe die Handschuhe ihm zur Aufbewahrung gegeben, nicht zu Ritterdiensten. Ich sehe jetzt vor mir meinen alten Vater, an den ich das Gedenken bis jetzt gewaltsam unterdrückt habe. Ich weiß, wie schwer er das Geld für ein neues Paar erschwingen wird. Trägt er doch die seinen nur zur »Parade«, das heißt bei Besuchen in Onderkuhle oder bei wichtigen Ausgängen und Staatsvisiten, bei denen man auf ihn, das heißt auf seinen Namen, rechnet. Der Freund schweigt. Er erwartet wohl ein gutes Wort von mir. Ich kann aber meinen Zorn nicht beherrschen. Ohne zu reden, nehme ich die feuchten, beschmutzten Handschuhe ihm aus der Hand und werfe sie, als wären sie nun ganz wertlos geworden, über meine Schultern nach rückwärts in die Rübenfelder. Sodann bücke ich mich unter den Wagen und finde eine Stellschraube der rechten Federlasche gelockert, die ich mit der Handhabe eines meiner Schlüssel fassen und anziehen kann.

Dann sitzen wir auf und kehren den gleichen Weg zurück. Doch es ist nicht mehr das gleiche. Auf der Waldstraße hören wir hinter uns einen Wagen heranrollen. Unsere Rücken haben sich schon lange voneinander gelöst. Wir sitzen steif und voll Haltung da, niemand, auch nicht der Zeremonienmeister, könnte etwas auszusetzen haben. Er kennt nur Haltung, nie Herz, nie Gefühl. Kennt er auch den T. nicht? Kennt er ihn? Ich treibe mein Pferd, ich schone die Peitsche nicht. Trotzdem überholt uns der andere Wagen. In ihm sitzt der Zeremonienmeister, der uns nicht zu erkennen scheint. Weder erwartet er einen Gruß, noch denkt er daran, den unsern zu erwidern. Vielleicht denkt er in diesem außerdienstlichen Augenblick nicht an uns, die Schüler, sondern an sich und seine »privaten« Reichtümer, die er hier gesammelt haben soll und die ihm bald auch eine Herrschaft außerhalb von Onderkuhle ermöglichen werden. Wen wird er in Brüssel beherrschen? Herrlich und einsam lehnt er mit gesenkten schweren Augen in seinem Wagen. Die Pferde wiehern einander zu, auch die seinen sind nicht alt, reines Blut und noch nicht lange im Zuge. Auf ihren schlanken Lenden, auf den glatten, wie reife Kastanien glänzenden Flächen der breiten Kruppen und auf den scharf gekanteten Seiten des Halses unter der ganz kurz gehaltenen Mähne spielt hin und wieder der Schatten der Bäume. Ein leichter Wind hat sich erhoben. Das Licht der sinkenden Sonne wird ab und zu verdeckt. Regen liegt in der Luft wie Abendrot. Den Kuckuck hört man nicht mehr. Die Brücke ist sehr dunkel und riecht jetzt mehr nach Fäulnis und Moder. Die Pferde des Leibeigenen wenden sich nach uns um. In den großen sumpfbraunen Augen des einen sehe ich den See gespiegelt oder das Laub, halb blau, halb grün, nur ein Schein, nur ein Augenblick, ein Schimmern. Mein Pferd beginnt zu schwitzen, und es färbt sich die Haut zuerst an den Rändern des Geschirrs dunkler, dann wachsen die Härchen zusammen, stehen in Reihen, als hätte man sie mit einem breitsträhnigen Kamme gestriegelt. Jetzt riecht es, aromatisch und schwer, nach Schweiß, nach Tannen, Regen und Staub.

Es war früh am Abend, die Schüler der »Fünften« waren auf dem Tennisplatz, wo durch die Dämmerung die Bälle flogen, sehr hell gegen die dunklen Drahtnetze geschnitten. Dann kommt das Aufschlagen der Bälle an den stark gespannten Saiten der Raketts und das gleichmütige Zählen der Partie, wobei ich die etwas fette Stimme des jungen Prinzen X. (Piggy) erkenne, der gern dieses Amt übernimmt, sich aber ungern in einen Kampf einläßt. Handelt es sich aber darum, einem Schüler nachts im Schlafe mit einer Gartengießkanne einen »Rückenguß« zu geben, ist er als erster dabei. Auch das »Flohpulver« kennt er und die »russische Lektion«. Er selbst ist aber immer »neutral«.

Die kleineren Kameraden spielen Kricket auf einem andern Platze. Ihr Kreischen und Lachen ist sehr laut, oft übertönt es die Schläge mit den Holzhämmern. Ab und zu schreit auch einer auf, den ein Kamerad, sei es aus Ungeschicklichkeit (wie er sagt) oder aus Bosheit (wie es meist ist) oder »um den Mann auf die Probe zu stellen«, mit dem Holzhammer in die Achillesferse oder auf die Kniescheibe geschlagen hat. Auch ich kenne diesen Schmerz. Keine von diesen sehr unbarmherzigen und doch zur Erlangung des Ranges als »Mann« notwendigen Proben hat man mir in den ersten Jahren hier erspart. Mich hat daheim niemand gestraft. Ich wußte nicht, was körperlicher Schmerz ist. Ich empfand ihn auch hier nicht als Strafe, niemals habe ich, wie Prinz X., mich bei den Lehrern oder bei dem Zeremonienmeister über einen älteren und stärkeren Kameraden beschwert, obwohl ich oft nachts vor Schmerzen nicht einschlafen konnte. Denn es gab viele Proben.

Nun lagern die Lehrer in ihren weißen, leichten Interimsröcken auf den mit rotweißgestreifter Leinwand überzogenen Gartenstühlen, die Wolken aus ihren Zigarren sammeln sich zu einem blauen Diadem über ihnen unter den hohen Sommerbäumen. Der Russe geht bereits zwischen ihnen und den Spielplätzen umher, scheinbar, um nach den Wünschen der Lehrer zu fragen, in Wirklichkeit, um alle, Lehrer und Schüler, zu überwachen.

Jetzt sind wir im Hofe bei den Ställen. Seine Pferde sind schon ausgeschirrt. Ein Stallpage (Fredy) reibt sie am Rücken und am Bauche mit trockenem Stroh ab. Sonst verschmähen sie im allgemeinen Stroh, jetzt aber schnappen sie nach demselben mit ihren langen, wie Erdbeereis blaßroten Zungen und fletschen ihre dunkel elfenbeinfarbenen, matt blinkenden Raffzähne, wobei sie den Ärmel des ängstlich lachenden Stalljungen mit erfassen. Mein Pferd öffnet wieder das Maul zum Wiehern, wobei es den schönen dreieckigen Kopf etwas hebt und seitwärts nach dem Stalleingang wendet. Nun steht es wieder still auf meinen Blick, tänzelt bloß ein wenig auf den Vorderbeinen. Die Zügel sind in festem Knoten um die Kurbel der Bremse geschlungen. Ich will meinem Freunde Titurel vom Sitze herabhelfen. Er ist so still, stiller als sonst. Jetzt fällt er mir wie eine leblose Masse in den Arm, er blickt mich stumm mit seinen überaus glänzenden, messingfarbenen Augen an, will lachen, aber die Bewegung geht nur in wilden Wellen über sein blasses, sommersprossiges, etwas derbes Gesicht. Er klagt nicht. Er zeigt seine Zähne nicht. Er zittert, wohl infolge eines Fieberfrostes, und so nehme ich ihn denn, obwohl ich kleiner bin als er, ohne besondere Mühe auf meine Arme und trage ihn über den Hof, wo er vom aufsichthaltenden Unterpräfekten empfangen und sofort mit einer strengen Bemerkung in das Krankengebäude hinübergeschafft wird. Als ich mich umsehe, steht der Wagen nicht mehr vor der Freitreppe, aber mein kleines Pferd ist dem Hütejungen ausgekommen, es trabt, schelmisch mit dem allzu langen Schwanze schlagend, zwischen den im Abendschimmer leuchtenden Gebäuden umher, wiehert ohne Aufhören, die Stimme willkürlich hebend und senkend, als spräche es zu sich selbst. Jetzt ist es an die geschorene Hecke gekommen, welche die Spielplätze von den Wirtschaftsgebäuden trennt, und tobt sich in lustigem Schreien und hohen Sprüngen über das dunkelgrüne Buschwerk aus.

Wer wollte nicht mit ihm tauschen? Nicht mehr Boëtius von Orlamünde sein, sondern ein dreijähriges, starkes, vollkommen gesundes und schönes Tier, das nichts vom T. weiß, das ganz im Leben aufgeht.

Ich liebe Tiere sehr, aber etwas von dieser Liebe ist Neid.

4

Ich habe in der folgenden Nacht nicht sehr gut geschlafen, da ich außerordentlich stark an meinen Vater, den Schöpfer meines Lebens, und an Titurel, meinen einzigen Freund, denken mußte, und so kommt es, daß ich morgens noch schlaftrunken beim Gehen über die Schwelle stolpere. Ich wohne in diesem Jahre nicht mehr gemeinsam mit den anderen Schülern in einem der großen Schlafsäle. Es gibt ihrer sieben, einige standen schon lange leer. Das Haus konnte mehr Schüler fassen, als jetzt da waren. Von den vielen Anmeldungen wurden vom Direktor, dem Abbé und dem Meister nur die »reinsten Namen« ausgewählt – oft nur ein Bruder, wenn drei eingereicht hatten. Angeblich wurden aber viel mehr Schüler in den Rechnungen geführt – alles zum Vorteil des Meisters. Sicheres habe ich nie erfahren können. Es betrifft mich auch nicht.

Ich darf, obgleich in der Buchführung überzählig, da keiner Schulklasse einzuordnen, in Onderkuhle leben, da meine Familie noch nicht über meine Zukunft entschieden hat. Man hat mir, vorläufig, heißt es, eine kleine Kammer eingeräumt, die sich an den Saal der fünften Klasse anschließt, ein enges, wenn auch hohes und helles Zimmer, welches dadurch viel von seiner Behaglichkeit verliert, daß eine Menge alter Möbel, und zwar hoher Schreibsekretäre und Nachtkästchen, in dem Raum zusammengepfercht ist. Hat man sich abends ein paar Blumen mit vom Spaziergang heimgebracht, dann muß man sie auf die schräge Platte eines hohen Sekretärpultes legen oder in ein altes Tintenfaß in Wasser stellen. Die Kleider, die sich jeder Schüler selbst ausbürsten muß, hängen über einem Nachtkästchen. Will man nachts, schlaflos, wie es manchmal vorkommt, zu einem Buche greifen, dann muß man es aus der Tiefe einer Schublade hervorsuchen, sich dann an den Sekretär postieren und so, wie ein Buchhalter an seinem Pulte, zu lesen versuchen, wobei die Schultern und der herabhängende Kopf schneller müde werden als die Beine. Die Peitsche, die ich ins Zimmer mitgenommen habe, hängt seitwärts am Sekretär an einem Nagel, der eigentlich für Lineale bestimmt ist. Alles in allem sieht mein Schlafzimmer eher wie ein Büro aus, und daher auch meine tiefe Abneigung gegen dieses, und daher auch in besonderem Zusammenhange meine tiefe Abneigung gegen Büros, Rechenstuben, Beamtentätigkeit und Zahlen.

Warum hat man mir als einem der ältesten Schüler, der oft den Reit- und Fechtlehrer vertritt, nicht gestattet, mich wenigstens noch am Abend und in der Nacht als Kind zu fühlen und mein Bett in der Reihe der anderen Schülerbetten zu haben? Will mich der Meister zu seinesgleichen machen? Soll ich Respektsperson sein wie er? Wie unendlich beruhigend wäre es, meine Kameraden neben mir atmen zu hören, wenn ich nicht schlafen kann. Wie herrlich ist es, noch eine letzte Minute morgens im Bett zu verbringen, wenn die anderen Knaben schon das ihrige verlassen und sich lachend und kreischend in die Waschräume begeben haben! Wie wunderbar schmeckt eine Zigarette, deren Mundstück, noch warm von den Lippen des Nachbars, mir nachts zwischen die Lippen gesteckt wird, denn das Laster des Rauchens grassiert in den höheren Klassen von Onderkuhle, ebenso aber auch die Tugend der Kameradschaft, alles mit den Gleichalterigen zu teilen, die untereinander eine große, einheitliche Familie bilden. Wir kennen uns nachts unter anderen Namen, die wir unserer Lektüre (wir lernen wenig, aber wir lesen viel) entnommen haben. So heißt mein Freund, den ich vorhin Titurel nannte, nur nachts so, bei Tage ist er Träger eines der berühmtesten Namen Belgiens. Ich heiße Tyl, und da die Namen gut zueinander passen, werden wir oft miteinander genannt. Im übrigen sind meine Freuden so unschuldig, daß der Beichtvater, der sie jeden Donnerstag erfährt, bloß die geringste Buße dafür ansetzt und meinem Versprechen, diese Sünden nie mehr zu begehen, ohne weiteres Glauben schenkt. Zwischen mir und meinen Kameraden herrscht eine Sympathie von solcher Reinheit, daß ich, wenn ich Lehrerstelle vertreten muß, ganz vergesse, daß der Junge, der nun mit dem bläulich blinkenden Florett auf dem schwarzen Teppich im Fechtzimmer vor mir »die Auslage hält« und eine naive Defensive markiert, oder der andere, der in der Reitschule neben dem angeschirrten, aber bügel- und zügellosen Gaul steht und auf mein Zeichen wartet, um aufzuspringen – ja, ich vergesse ganz, daß ich diesen Knaben kenne, daß ich nachts in seiner

Nähe geschlafen habe, daß ich weiß, wie seine Lippen schmecken, und daß ich Zigaretten, noch warm von seinem Munde, geraucht habe, ich kenne am Tage keinen Titurel, ich bin kein Tyl mehr, ich tue meine Pflicht. Man hätte mir den Platz unter den Jüngeren ruhig noch dieses Jahr lassen können. Doch der alte, leibeigene Meister wollte es nicht. Ihm fügt sich alles, und dabei sind seine Blicke nicht gerade, sein Blut ist nicht adlig, seine Hände sind auch nicht rein, ich weiß alles von ihm, er nichts von mir.

Ich erzählte von der Nacht, von meinem schlechten Schlaf. Nicht die Träume einer sehnsuchtskranken Jugend sind es, die mich wecken, die mich mein Ohr an die Tür des benachbarten Schlafsaales pressen lassen, woraus die sanften ziehenden Atemzüge der »Fünften« hervorklingen, nicht mit dem Liebeshunger der Jugend horche ich nach ihren allzu leise geführten Gesprächen, nicht aus Begierde nach Zigaretten oder Tabak schmiege ich meinen geöffneten Mund an die Spalten der Tür, um den Zigarettenrauch einzuatmen, der aus den Fugen hervorquillt – was mich bewegt, ist etwas ganz anderes. Etwas anderes läßt mich aufstehen und mich mit emporgezogenen Schultern an einen und dann an den anderen der unnützen hohen Sekretäre pressen. Es ist ein Gefühl, das man bei einem Siebzehnjährigen nicht vermuten wird. Aber wird man glauben, daß dieses Gefühl, das ich zu bald nur nennen muß, in meiner Seele gearbeitet hat, seitdem sie Seele war, seitdem ich mich überhaupt erinnern kann? Ich muß es nennen – aber selbst vor dem Namen habe ich Angst. Todesfurcht ist es.

Am nächsten Morgen verlasse ich mein Zimmer, nachdem ich mich, ungeschickt genug, an einem der Sekretäre, der zu einem Waschtisch umgewandelt ist, gewaschen habe und nachdem ich den letzten, schon mehrere Monate alten Brief meines Vaters wieder in der Lade des Nachttisches verborgen habe – denn es gibt keinen anderen Tisch in diesem Raum, auch keinen Wandschrank, wie ihn die anderen Schüler haben –, dann trete ich heraus und stolpere auf der Schwelle über einen weichen, aber zähen Gegenstand. Ich hebe ihn auf, vielleicht ist es ein in Seidenpapier eingewickeltes Butterbrot, das einer der Knaben verloren hat, obwohl ich auch nicht wüßte, wie – aber es sind meine Handschuhe, die ich gestern bei der Wagenfahrt in ein Rübenfeld geworfen habe. Sie sind gesäubert, wenn auch nicht vollkommen; sind trocken; man hat die Erde von den Nähten entfernt, sie sind tragbar, wenn man auch keine besondere Ehre mit ihnen einlegen kann. Man hat mir mit dem Wiedergeben einen Dienst erwiesen, ich kann es nicht leugnen, und ich freue mich, daß ich sie wiederhabe. Aber ist nicht mein Titurel schwerkrank ins Lazarett gebracht worden? Hat man nicht an seinem Bette gewacht? Warum hat man ihn nicht, wenn er schon so töricht, so fiebrig und knabenhaft unbesonnen war, daran gehindert, das Bett zu verlassen, den ganzen langen Weg am See vorbei in der regnerischen Nacht zu durchmessen? Der Regen goß vom Himmel, ich weiß es, denn ich hatte nachts den Kopf mehrmals aus dem Fenster gebeugt. – Mich, den Gesunden, schauerte es, er aber hat die Angst vor den Folgen, das Grauen vor dem T. so weit überwunden, daß er sich aus einem Gefühl der Ritterlichkeit heraus, ein echter Titurel, auf den weiten Weg gemacht, sich durch die Rübenfelder hindurchgequält hat, bis er die Handschuhe wiederfand. Ich sehe es, es sind die meinen, die Anfangsbuchstaben B. v. O. sind mit verblaßter, violettrötlicher Tinte an der Innenseite vermerkt. Obgleich das Handschuhpaar oft genug von mir mit venezianischer Seife gewaschen worden ist, wird diese Marke nie ganz verlöschen. Ich weiß nicht mehr, wann sie eingezeichnet worden ist.

Aber eingezeichnet bleibt sie wie das Gefühl von Tod in meiner Seele. Man weiß nun, was es ist.

5

Ein Leben, das ohne Aufhören unter der Gewalt des T. steht, ist so gut wie gar kein Leben. Man will sich davon befreien. Man will den T. vergessen, will arbeiten, muß man doch auch arbeiten, da das Leben Forderungen hat, denen sich alle fügen, auch die Orlamündes. Man kann, wenn man erfolgreich ist, für sich, für andere sorgen. Man hat seine Freunde, die nahe sind, die unfern in ihrem hohen, weiten Schlafgemache atmen, man hat seine Eltern, an die man nur mit Sehnsucht, Mitleid und mit einem kaum zu beschreibenden Gefühl denken kann: dieses Gefühl ist dem ähnlich, das einer hat, wenn er im Winter einmal spätabends heimkehrt und sich behaglich vor dem Schlafengehen auskleidet und sich nun, von eben diesem unbeschreiblichen Gefühl durchflutet, im wieder dunkel gemachten Zimmer mit dem Rücken an den warmen Ofen lehnt. Die Wärme hebt sich geradezu zauberhaft an dem bloßen Nacken neben dem breiten Kragen des Nachthemdes empor. Jetzt hat man die Empfindung von der Länge, von der Endlosigkeit des Daseins. Das ist wunderbarer als alles andere. Man atmet so leise, daß es ist, als atme man nicht. Und wenn der Ofen nun aufflackert und stärkere Wärme ausstrahlt, ist es, als decke er den Knaben, der vor ihm steht, von den Füßen bis zum Halse mit schweren, von dem Pferdeleibe noch warmen Decken zu.

So wäre es mir, wenn ich bei meinen Eltern immer leben dürfte, wenn ich an demselben Tische essen dürfte wie sie, wenn ich neben meinem Vater in dem großen Volkspark von Brüssel ausreiten dürfte. Unsere Pferde würden im gleichen Schritt gehen, die Köpfe nicken im Takt, die Bauchriemen und Sattelgurte knarren. Von der Lohe, womit die Wege bedeckt sind, steigt, als stießen Maulwürfe darunter die Köpfe durch, feiner, brauner Staub auf. Die etwas blassen, hängenden Lippen des Herrn (man lasse mich meinen Vater den Herrn nennen, ich möchte ihn zu gern als Großen sehen; mich klein neben ihm zu wissen tut mir wohl), die mit einem blassen Rot beschlagenen Lippen des Herrn feuchten sich, da seine Zunge in dem seltenen Genusse des Reitens sich über seine starken, weit auseinanderstehenden Zähne vordrängt. Weder er noch sein Sohn spricht ein Wort. Das Ende der pfeilgeraden Allee ist unsern Blicken nicht erreichbar. Früh ist es am Morgen. Es wäre die Morgenarbeit unserer Pferde. Abgesehen von dem hohen, unbeschreiblichen Genusse, hätten wir noch die Befriedigung, eine Arbeit zu leisten, etwas Nützliches zu tun, das auch zu unserm Namen und unserer Abstammung paßt. Gibt es einen bescheideneren Wunsch? Kann jemand das »Geschenk des Lebens« mit tieferer Dankbarkeit entgegennehmen? Sieht jemand nüchterner die Notwendigkeiten und Überflüssigkeiten des sozialen Daseins, wenn er als höchsten Wunsch eine einfache Stunde Reitens mit seinem Vater, dem verarmten, stellungslosen Fürsten, in der Allee eines öffentlichen Volksparkes ersehnt? Aber der ungeheure Wert des Zusammenseins mit meinem Vater besteht nur für mich. Was ich von dieser Stunde mit ihm erhoffe (vergeblich, ich sage es gleich, es ist vorbei), das ist nicht mehr als das, was alle anderen Söhne immer besitzen und nie würdigen. Ich war Waise, als mein Vater noch lebte.

Der seligste Zustand ist der des Tieres, vorausgesetzt, daß Steine und Lüfte nicht noch beneidenswerter sind. Doch schon das Tier, in dessen Seele man sich, wenn auch schwer, hineinversetzen kann, weiß nichts vom T., bevor es stirbt. Ich liebe Pferde, ich liebe Tiere über alles, aber etwas von dieser Liebe ist Neid. Die Nähe eines Tieres, besonders eines schönen, großen, starken, tut mir wohl, ich sonne mich in seiner Nähe. Wenn ich die Augen des Tieres mit meinen Blicken erfasse, möchte ich das kleine Spiegelbild werden in der eckigen und wie mit verknittertem braunem Pergament umschlossenen Pupille des Pferdes oder gar als ein winziger Orlamünde leben in dem atlasglänzenden Augenstern einer Katze, der sich ausweitet und zusammenzieht im Lichte, als wäre es eine Brust, die Licht einatmet und Licht ausatmet.

So tief möchte ich in dem Dasein eines Tieres untergehen und mich da auflösen, wo es keinen T. mehr gibt.

Für das Tier ist das Leben etwas Ungeheures. Es begreift den T. gar nicht, darin bleibt es ewig Kind, auch das vergrämteste, das gequälteste. Selbst der müdeste Droschkengaul, der so niedrig geworden ist mit seinen geknickten Kniekehlen, daß niemand ihn wiederzuerkennen vermöchte, der ihn in seiner Jugend als Füllen gekannt hat, selbst er besteht nur aus Leben ohne Schatten des Todes.

Jedes Tier in der Natur hat es schwer, es sucht sich seine Nahrung mühsam genug, aber es hat dafür seine ganze Kraft. Es tut so, als wäre nie eine Zeit abzusehen, wo es sich seine Nahrung nicht mehr zu suchen brauche, weil es selbst zur Nahrung für Raubtiere oder Würmer geworden sei. Es sucht sich seine Geschlechtsfreunde, zum erstenmal, als hätte es sie noch tausendmal zu erwarten, und so bis zum letztenmal mit der gleichen Lust, mit demselben tödlichen Willen. So ist das Tier treuer und stärker als der treueste und stärkste Mensch und mutiger.

Wenn es genießt, so genießt es herrlich alle Freuden des Daseins. So schläft eine Katze in der Sonne auf einem abgeernteten, aber noch kräftig durchstrahlten Weizenfelde, nachdem sie sich an Feldmäusen oder auch an Heuschrecken den Magen gefüllt und von ein paar gehöhlten Blättern den Abendtau getrunken hat. Die Katze liegt da, die Vorderpfoten unter der ruhig atmenden Brust gefaltet, als bete sie zu sich selbst. Sie hat den Schwanz um sich geschlagen, als wolle sie sich wärmen. Die Augen hat sie geschlossen, ja, sie kann es nicht genug finster haben und birgt den runden Kopf noch in der faltigen Haut des Halses. Sie ruht. Sie ist unsterblich. Ist sie nicht beneidenswerter als je ein Mensch? Was ist ihr T., was Leben, was Vater und Mutter? Mir ist sie beneidenswert, mir, der nie einen Menschen, und sei es Napoleon, beneiden könnte. Ja, das Tier geht in seiner Unschuld vor dem T. noch weiter, wenn auch selten.

Ich kannte einen prachtvollen Kater, der die sonderbare Neigung hatte, in das Feuer zu gehen. Er war rostrot gefärbt, hatte üppige, auf dem Halse aufgeplusterte, auf dem Unterleib ineinander verfilzte Haare, einen sehr langen Hals und außerordentlich kräftige, gewölbte Hinterbacken, die aber von dem kinderarmdicken, mächtigen Schweif, der wie ein Tigerschweif hin und her schlug, fast verdeckt waren. Als ich dieses Tier zum erstenmal sah, fielen mir blanke Stellen auf. Es waren fast ganz ausgefressene oder ausgestanzte runde Löcher am Nacken und Rücken, unter denen die saubere, oft geleckte Haut in heller Rosenfarbe durchschimmerte. Man hielt dies für Räude, berührte das Tier nicht mit bloßen Händen, hinderte es aber nicht, sich mit seinem sonst lockigen, schön gerundeten Rücken an den Fußrändern unserer Beinkleider schnurrend zu reiben. Der Kater schmeichelte zu gern um meinen Freund und um mich herum, als fühle er, daß wir, im Gegensatz zu den meisten Zöglingen von Onderkuhle, Katzen gern mögen.

Wir saßen eines Abends im Winter in unserem Zimmer (eigentlich ist es nur meines, aber es täte wohl, es mit Titurel zu teilen), in unserem dunklen, wohlgeheizten Zimmer, meine vielen Schreibsekretäre schimmerten, von unten her sanft beleuchtet. Auch durch die Ritzen der Tür drang aus dem benachbarten Schlafsaale Licht, zart in feinen Linien, die sich nur dann verdunkelten, wenn einer der Kameraden drüben durch den Raum ging, ohne Schuhe, so daß man ihn eher sehen als hören konnte.

Wir aber, Titurel und ich, waren allein, bloß irgendwo in den unteren Fächern eines sehr alten und nach Studiersaal muffig riechenden Schreibsekretärs hatte sich unsere Katze verkrochen, denn dort hatten wir ihr aus alten Schulheften, zerrissenen Handschuhen und ähnlichem Gerümpel eine Lagerstätte bereitet, die ihr besonderes Vergnügen machte, wenn sie auch nicht lange da aushielt. Denn etwas anderes ist es, was sie anzieht. Wir sprechen von Pferden, Prüfungen, Lehrern und Zöglingen. Da hören wir ein sonderbares Klirren. Der Kater hat sich dem eisernen Ofenvorsatze genähert, nun schlägt er heftig mit dem prachtvollen Schwanz, der mit seinen aufgerichteten Haaren lebhaft im Schimmer des Feuers erglänzt, jetzt richtet sich das Tier auf den Hinterpranken auf. Der Anblick des starken rostroten Katers mit den kahlen getigerten Flecken auf dem geschmeidigen, wellenförmig bewegten Rücken ist erschreckend schön, besonders wenn die schon ins Bläuliche hinüberspielende Lichtmasse von der glühenden Kohle auf die langen flimmernden Haare fällt. So sieht das Tier in seiner gestreckten Haltung fast gewaltig aus. Wir fassen uns, Titurel und ich, an den Händen, die wir einander zum Zeichen, ruhig zu sein und das Tier nicht zu stören, heftig pressen. Schwer kann der Freund in solchen Augenblicken ein heiseres, sardonisches Lachen unterdrücken. Aber er begreift, was ich will, und zwingt sich zur Ruhe.

Nun haben die Flammen, da der Luftzug geringer geworden ist, etwas in ihrem Glanze nachgelassen, sind blaugrün geworden, edelsteinfarbene Wölkchen, mehr ein tiefer Duft als ein brennendes Mineral. Ein schwüler, gesättigter Hauch kommt uns beiden, die wir mit geöffnetem Munde, Schulter an Schulter und Hals an Hals gepreßt, vor dem Kamin auf den Knien hocken, entgegen. Ich blicke meinen Freund an und sehe, was er mir bis dahin immer verborgen hat, seine schadhaften Zähne. Dies hat er im Augenblick vergessen. Er will offenen Mundes sehen, wie ein schönes Tier mit dem T. ringt. Mir aber bereitet es ein unbeschreibliches, aus Freude, Schauer, Mitleid, Zuneigung, Abscheu und Brüderlichkeit gemischtes Gefühl, diese gelblichen Zähne zu sehen neben meinen schneeweißen. Titurels Zähne haben dunkle, ausgezackte Ränder und kleine, durch Goldplomben ausgefüllte Löcher, in denen sich das Kohlenlicht funkelnd fängt – ich zittere, wenn ich dieses mir sonst verborgene Geheimnis betrachte, etwas in mir wird stolz und groß, wenn er, Titurel, klein wird, irdisch, sterblich und zerbrechlich. Ich habe nur Angst, daß er es bemerkt und mich flieht. Denn wen habe ich hier außer ihm? Die Katze habe ich ganz vergessen und den heiser gurrenden Schrei, den rötlich leuchtenden Schatten des gerade losspringenden Tieres weiter nicht beachtet – aber um so fürchterlicher überfällt mich der Schrecken und läßt mich laut aufschreien, als ich sehe, wie mein Freund in höchster Eile seinen linken Arm, an dem er den Ärmel bis zu Schulterhöhe aufstreift, in die dunkle, aber aus ihrer Dunkelheit funkensprühende Ofenhöhle hineinpreßt, wobei er, um den Schmerz zu verbeißen, diesen im wahrsten Sinn des Wortes zwischen seinen knirschenden Zähnen verbeißt. Mit aller Gewalt schleudert er das unselige Tier hervor. Es hat sich im Ofen gewaltig aufgeblasen. Seine Muskeln hat es aufs äußerste gespannt. Es sträubt sich knurrend und fauchend mit offenem Rachen und emporgezogenen, gerunzelten Nüstern gegen seine Rettung. Man muß es fortzerren, es an den Hinterpranken über den Kniegelenken energisch anfassen, und dabei schreit es mit aufgerissenem Maule, als hätte es sich an den Flammen wie an frischem Fleische berauscht oder irgendwo im Walde an einer blutreichen Beute entzündet. Entzündet ist es auch, denn der starke, gelockte, hohe Pelz glimmt an manchen Stellen des Rückens wie gut brennbares, wenn auch etwas feucht gewordenes Papier. Jetzt ist es stumm, windet sich aber in den tollsten Bewegungen. Titurel wickelt es in die Unterseite seines Hausrockes, wobei er in der Ungeduld, die Flammen zu löschen und das Tier zu retten, auch einen Zipfel seines weißen Hemdes hervorzieht, auf dem lauter aquamarinblaue Hufeisen und damit gekreuzte Peitschen aufgedruckt sind, und legt das komisch gemusterte Stück Leinwand dem Tier um, dessen Flammen schnell erlöschen.

Auf meinen Schrei sind in der Nachbarschaft im Schlafsaale der »Fünften« die Kameraden sehr still geworden. Wir beide, Titurel und ich, ängstigen uns davor, daß in dieses Schweigen sofort das grauenvolle Jammern des verbrannten Tieres hineinschallen werde, das seine Feuersucht mit Feuerwunden zahlen muß. Aber nichts davon. Wohl setzen sich die wütenden, wollüstigen Bewegungen des Katers unter dem Schutze des Hemdes fort, so stark, daß Titurel das Tier herauslassen muß. Aber es scheint über T., den richtigen Tod, zu triumphieren.

Wer möchte nicht mit einem so unerschrockenen Wesen tauschen? Das Feuer im Kamin flackert wieder auf, die Stimmen im Nachbarsaal werden lauter. Der Zigarettenrauch dringt zart zu uns.

Der Kater öffnet sein rosenrotes Maul, zeigt die rauhe, etwas milchig angehauchte Zunge und gähnt laut. Er schmeichelt uns beiden schnurrend um die Füße, gegen die er seine hohe, runde Stirn kräftig stößt, und hindert uns daran, auf geradem Wege zum Fenster zu gehen und die nach versengtem Haar scharf riechende Luft herauszulassen.

6

Dieser Abend mit der Feuerkatze war der letzte, den ich im Winter mit Titurel in meinem kleinen, schmalen Zimmer verbrachte. Kurz darauf erkrankte er, wurde dann zur Erholung nach Hause beurlaubt und kehrte im Spätfrühling noch nicht ganz geheilt zu uns zurück. Er hat den T. gestreift, man sieht es ihm an.

Nun ist es vielleicht Zeit, noch etwas zu sagen, das sich auch auf T. bezieht, aber ihm gerade entgegengesetzt ist. Ich habe es bereits angedeutet, als ich von der Feuerkatze sprach. Sie hat einen tiefen Eindruck auf mich gemacht. Mehr als das: darin war etwas, das in meiner Seele schon lange vorbereitet war und was dieses mutige, schmerzfreie, dem Leid trotzende, im wahrsten Sinne feurige Tier mir bestätigt hat. Es gibt nämlich Zeiten in meinem Leben, wo ich so von Mut, von Lebensdrang erfüllt bin, daß ich mich nicht weniger mutig als die Feuerkatze in Flammen stürzen möchte. In solchen Zeiten scheue ich keine Gefahr, kenne keine Bedenken, ich lebe mit einem so heißen Genuß, mit einer so vollkommenen Befriedigung aller Lebensgier, daß mich der nicht wiedererkennt, der mich nur in Tagen des T. gekannt hat. Wenn in diesen Tagen und Nächten des T. meine armselige Person verschwunden ist und annulliert worden ist, so war mit ihr auch sonst alles Lebende und Erstrebenswerte auf der ganzen Welt annulliert. Seit gestern, seit der kleinen Spazierfahrt zum See, hat sich aber in mir alles gewendet.

Nun bin ich auf dem Wege zu meinem kranken Freund. Ich atme so tief, daß die versilberten Knöpfe an meinem Uniformkittel sich vordrängen, ich trete fest auf den kiesbedeckten Weg zum Lazarett, daß es klingt wie Sporengeklirr (Sporen trage ich nie, auch nicht bei der Arbeit), ich springe die sehr helle, bläulich geweißte Treppe zu den Sälen des Lazarettes hinauf, werfe meine hechtgraue Mütze auf das Bett des kranken Titurel, die Handschuhe berge ich in deren Höhlung. In soldatischer Haltung stehe ich, als wäre ich wirklich der Rittmeister, den ich vertrete, an dem elfenbeinfarben emaillierten Krankenbett. Meine Hand berührt Titurels Stirn, die von senkrechten Falten durchzogen ist und an der man, scharf abgesetzt, den Mützenrand als Scheidegrenze zwischen dem mehr und weniger gebräunten Teil seiner sommersprossigen Haut wahrnimmt.

Trotz der zwei offenen Fenster riecht es in dem Krankenzimmer streng und säuerlich. Aber in mir schlägt die Wonne des Lebens mit solcher Gewalt, daß ich es nicht beschreiben und daß ich es auch nicht vor ihm verbergen kann. Gerade diese wilde, fast schmerzliche Lebensfreude macht mich ihm gegenüber mild. Mag immerhin aus seinem Munde dieser strenge, säuerliche Geruch kommen, nichts schreckt mich ab, mich über sein verfallenes Gesicht zu beugen und mit ihm zu sprechen, als wäre ich sein älterer Bruder. Er antwortet nicht. Ich danke ihm für den Dienst mit den Handschuhen, aber während ich spreche, kann ich es nicht vermeiden, den Blick zu seinen nackten Füßen mit den grobgekörnten, hornähnlichen Zehennägeln zu wenden. Die Füße der Menschen haben mich stets zum Lachen gereizt, sie erscheinen mir wie Karikaturen der menschlichen Hände. Über meine Lippen geht, ich mag mich dagegen wehren, wie ich will, ein Lächeln, das er sofort versteht. Denn er erblaßt vor Erregung, krümmt seinen langen Oberkörper, zieht die Knie an. Er umfaßt mich mit seinen metallisch funkelnden Fieberaugen und sagt mit teilnahmsloser Stimme, ohne jede Spur von Vertrautheit: »Gänzlich überflüssig. Ich bin unbeteiligt. Der Zeremonienmeister kennt deine Verhältnisse.« Und während er die Lippen zusammenkrampft, dabei aus männlicher Selbstbeherrschung seinem armen Körper die bequeme Lage nicht wiedergibt, fügt er ironisch hinzu: »Ihr beiden...«, spricht aber den Schluß nicht aus. Er schließt die Augen, holt ein Taschentuch unter dem Kissen hervor, faltet es zusammen, legt es auf den Nachttisch neben das Wasserglas, in welches das Thermometer eingetaucht ist. Ich bin nicht mehr für ihn da.

Er hat gestern mit dem Rücken zu mir auf dem Gig gesessen. Er hat den Meister gesehen, wie dieser sich nach meinen Handschuhen gebeugt hat. Heute hätte er, Titurel, es gerne gesehen, wie ich mich vor ihm, Titurel, beuge. Gut. Aber in mir ist eine solche Lebensfreude, ein so starkes Vibrieren der bis zum Rande heiß und wonnevoll gefüllten Adern, daß ich eben nichts als

Freude, auch jetzt am Bette meines einzigen, kranken Freundes, empfinden kann. Aus seiner Beleidigung fühle ich seine Liebe.

Ich stehe auf, hole ihm frisches Wasser, stecke das Thermometer in die Metallhülle zurück, lasse die Vorhänge möglichst geräuschlos herab, überfliege die vom Anstaltsarzt (er ist gleichzeitig Lehrer der Naturgeschichte bei uns) sorgfältig angelegte Fieberkurve. Ich sehe meinen Titurel an. Ich ergreife seine Hände, die sich wie ein Stück heißes Fleisch anfühlen. Ich habe nur den Wunsch, ihn wie ein Kind zu behandeln, ein törichtes, unwissendes, unvollendetes, hilfloses, aber sehr geliebtes Wesen. Zu gern möchte ich ihm etwas Gutes tun, wogegen er sich nicht wehren kann. Er liegt still da, blickt durch mich hindurch.

Ich bin alt über meine Jahre, immer fühlte ich es, jetzt weiß ich es. Ich bin hier sehr allein. Immer wußte ich es, jetzt begreife ich es. Keine Eltern, keine Angehörigen wohnten mit uns in Onderkuhle. Wen sollte man lieben oder hassen? Kann der Freund Titurel mir einen Bruder ersetzen? Kann mir der Meister ein Vater sein?

Nirgends hat man recht Boden gefaßt. Man faßt erst Boden, wenn man eine Laufbahn einschlägt oder mit der Arbeit seiner Hände sein Brot verdient. Adel vereinsamt; wer weiß es besser als ich? Arbeit verbindet.

Nun aber lebe ich sorgenlos im Stift, ich bin diesem reichen Hause nicht eben zur Last.

Ich bin nicht ganz einsam, bin ein Stück von Onderkuhle, auch ich habe teil an den blauen Fahnen des Stiftes, an der Luft, an der Jugendluft, dem Knabenatem rings um unser Haus; an dem hohen schönen Wald bis an den See, der nicht mehr in unserem Gelände, sondern schon in der Nachbargemarkung des Gutsherrn P., eines ehemaligen Zöglings von Onderkuhle, liegt. Es sind die letzten Tage, man lasse mich hier verweilen.

Von dem, was ich die Merkzeichen des T. genannt habe, ist auch nichts mehr zu spüren, jetzt, da ich in den mit blaßroten, trockenen, sauberen Steinen gepflasterten Hof, mitten in die grelle Sonne hinaustrete.

Ich fühle mich so jung, so stark, daß es für mich in diesem Augenblick keinen T. gibt, auch nicht für meine Freunde, meine Lieben, weder für den Vater, den alten Fürsten mit der hängenden Unterlippe, noch auch für meine liebe, zarte, schüchterne, verspielte, kleine Mutter, noch für meinen guten Freund Titurel, für meine lieben Pferde, für meine Lehrer, für meine Mitschüler, bis zu den letzten, die ich kaum kenne. Sie sind eben erst eingetreten, sie hocken, von Heimweh verschüchtert und dauernd von der Angst vor nächtlichen »Proben« erfüllt, wie junge Ziegen, mürrisch und ängstlich alle zusammen. Ich nehme mir vor, sie besonders zart anzufassen, sie beim Florettfechten, beim Schwimmen und Reiten, wenn ich als Lehrer den erkrankten Rittmeister vertrete, mild zu behandeln.

In meiner Hand schmiegen sich meine frisch gewaschenen Handschuhe weich zusammen, sie liegen erwärmt neben der Mütze, die ich trotz des grellen Sonnenscheins nicht aufsetze. Ich schäme mich meines häßlichen Haares nicht mehr, so sehr bin ich hier zu Hause.

Von der Sonne geht heute etwas Berauschendes, Betäubendes aus, sie zieht mich an, sie reißt mich hinauf, dorthin, wo sie zwischen finsterem violettem Gewölke nur um so gleißender, ungeheurer und zugleich heimatlicher über mich und die Meinen herabbrütet an diesem unvergeßbaren Junitage.

Vor dem Lazarett begegnet mir der Meister. Er, das klügste Auge, der wirkende Wille in unserem Hause. Man kann es nicht einmal Anmaßung nennen, wenn er die eigentliche Leitung aller Angelegenheiten, vom Unterrichte natürlich abgesehen, übernommen hat, denn der Oberst (der Direktor) hat sie ihm ganz gern überlassen oder gar aufgedrängt. Jetzt steht der Meister vor mir. Faßt er es als Zeichen meiner besonderen Verehrung oder als Zeichen meiner inneren Überlegenheit auf, wenn ich zuerst meinen Kopf mit meiner hechtgrauen Mütze bedecke, um diese dann mit hohem Schwung vor ihm zu ziehen? Ich, ein Orlamünde, stehe also bloßen Hauptes da. Er wendet sich zu mir, bückt sich, obwohl ich ihn an Körpergröße fast erreiche. Zuerst fragt er mich, ob ich noch ein Jahr dem Stift Onderkuhle widmen könne. Mein Schweigen nimmt er als Zustimmung, und dies ist es auch. Dann kommt ein wichtiger Auftrag, wovon er zu sprechen beginnt. Ob ich es wage, das Pferd Cyrus an die Doppellonge zu nehmen, da es nach der Angabe des Stallbedienten sich keinem Zwange fügen will und bereits einen Bereiter (den ungeschicktesten freilich) mit solcher Gewalt heruntergerissen hat, daß er sich die Schulter ausgerenkt hat.

Es überfällt mich bei dieser Frage ein Zittern, ein inneres Beben der Glückseligkeit.

»Ich danke Ihnen«, sagte ich, »ich werde es versuchen.« Das Gespräch ist zu Ende, aber der Meister verläßt mich nicht. Er bleibt vor mir stehen und starrt mich an; ich bleibe vor ihm stehen und starre die Sonne an.

Die Sonne strotzt zwischen Wolken herab, welche die fettige Schwärze von Negerkörpern angenommen haben. Aber diese Wolken weichen der steigenden Sonne stets feige aus und bilden nur einen weiten, furchtbar düsteren Kranz um das gleißende Gestirn. Rings um mich breitet sich der Hof aus, totenstill. Es riecht außerordentlich stark, aber aromatisch nach erhitzten Steinen, gedörrten Lindenblüten, nach Hafer und Abfall, es ist, als locke die Sonne aus allem den Geruch in stärkster Verdichtung hervor.

Nie in meinem bisherigen Leben habe ich so nach Gefahren gehungert, in die ich mich stürzen könnte, nach Schmerzen, um ihnen zu widerstehen kraft meines unbändigen, rasenden Lebensgefühles. Vielleicht lachen andere Menschen, wenn sie so etwas in ihrem Innern fühlen, ich beherrsche mein Gesicht, ich schweige und halte meinen Mund ruhig. Ich starre bloß in die Sonne, unverschämt, unermüdet, unerschrocken. Dort oben wogt die Lichtmasse in einem flachen, unabsehbaren Bette. Keine Grenze, kein Ufer ist zu erreichen, es steigt, es flutet, es bricht eine Überschwemmung von oben über die lichttriefenden, ziegelroten Dächer der Stallungen herab, in prassender Fülle schießt es durch die stillen, starrenden jungen Lindenzweige herab in meine aufgerissenen Augen. Nennt man es Blendung, wenn meine Augen heute die Sonnenfülle klarer als je zuvor aufzufangen vermögen? Das Auge beginnt mir zu kreisen. Wohin es sich wendet, nirgends findet es jetzt etwas Faßbares, nirgends einen Himmel mehr, nirgends den schwarzen Haufen von Gewölk, jetzt auch nirgends mehr das niedere Dach der Pferdeställe oder das noch steilere des Schulgebäudes, noch auch das Geäst der Bäume der Allee, die zum See führt.

Ganz vergessen habe ich, was mich so oft erschreckt hat, die ungeheure Entfernung, die Millionen Meilen, die in der Allee von unserer armen Erde bis zu den Lichtseen der Sonne kein Menschenfuß durchwandert. Unbedeutend, ganz belanglos erscheint mir jetzt die »irrsinnige« Temperatur von dreiundzwanzigtausend Hitzegraden, die dort oben herrschen soll, herrschen im wahrsten Sinne des Wortes, über uns, die wir kaum den demütigsten Blick zu dem unerträglich mächtigen Gestirn zu erheben wagen. Wer ist Aristokrat der Sonne gegenüber? Aber jetzt wage ich es. Kein Schauder trifft mich. Kein Schmerz läßt mich zusammenzucken. Keine Angst flüstert mir zu: »Verkrieche dich!« Und doch hat einmal nachts schon die blasse Vorstellung von diesem ungeheuren Gestirn genügt, um mich, ein Kind damals, alle Schrecken des Todes und der Vernichtung fühlen zu lassen. Es war eine helle Schneenacht. Hilflos und wehrlos war ich im halbdunklen Zimmer zu Hause dem Gedanken an die Unendlichkeit ausgeliefert. Vergebens krampften sich meine unfertigen, überlangen, hellen Hände zwischen den schwärzlichen Portieren aus billigem, stacheligem Samt fest. Ich wollte Halt gewinnen in der bodenlosen Tiefe dieser Million Meilen, die sich unter uns allen in einem nie geahnten Abgrund auftun. Denn jetzt, in dieser Nachtstunde, ist die Sonne unter uns. Die ganze Endlosigkeit des Universums ist bereit, uns zu verschlingen. Ja, sie hat uns bereits verschlungen, die Leere nimmt kein Ende, nur unser Leben einst. Vergebens stelle ich meine Füße steil auf den unteren Bettrand, eine nur um so schaurigere Kälte macht den schlaflosen, erbärmlich schwachen Knaben zittern.

Es war noch die Zeit, da ich bei meinen lieben Eltern schlafe, zwischen den Betten des Vaters und der Mutter gelagert, denn wir haben nur einen geheizten Schlafraum, die anderen Zimmer (neun!) dienen Besuchszwecken. Ist es nicht sehr kalt, dann wird mir daheim im Speisezimmer von dem alten flämischen Diener David auf einem halbmondförmigen Sofa das Bett gemacht, aber in so kalten Nächten wie in dieser wird es mir in dem »temperierten« Schlafzimmer aufgestellt. Brav ist der Ofen, heimatlich, vertraut, nie überheizt, gut anzugreifen.

Aber ich habe ihn verlassen; von Müdigkeit überwältigt, bin ich verlassen. Man klammert die Hände an die Fransen der Portieren, die eine Tür verkleiden, aber der Gedanke an T. bricht immer fürchterlicher hervor, von innen wächst er und ist nicht zu ersticken. Was nützt es, wenn die Eltern ebenmäßig atmend neben mir ruhen? Sie haben sich in alles gefunden, sie haben auch ihr »fürstliches Elend« hingenommen, leiden weniger als der Diener David, der drei Geschlechtern von Orlamünde gedient hat. Freilich ist er Protestant, exklusiv und zänkisch, meine Eltern sind weich, sie haben alles »zu gut verstanden«. So mögen sie auch diese Furchtbarkeit des Weltalls als unabwendbar längst hingenommen haben. Sie haben sie vielleicht nie geahnt. Vielleicht bin ich der einzige, den diese Furchtbarkeit von Sonne, Nacht, unauszählbarem Sternenhimmel wie ein Lindenblatt zusammendrückt, welches ein fallender Felsen von dreiundzwanzigtausend Tonnen Gewicht unter sich zusammenpreßt zu absolutem Nichts. Aber wenn schon dieser Fels, dieses tote, schwere, maßlose Gestein über mich niedergestürzt ist, weshalb vernichtet er mich nicht völlig mit diesem einen Schlage? Weshalb muß ich die ganze kommende Zeit meines Lebens dem T. und der absoluten Nichtigkeit meiner Existenz ins Auge sehen und kann es doch nie?

Heute aber kann ich es. Heute erst verstehe ich es, am 19. Juni 1913, elf Uhr, jetzt, da ich über dem T. hoch erhaben dastehe, wo ich der Sonnenglut ungeschützt mit dem äußersten Lebensmute entgegenstarre. Laß sie rasen und stürmen, laß sie überfließen, sage ich mir, mag sie wie ein Milchtopf am Herd überschäumen mit ihrem Licht und ihrer Hitze, sie mag größer sein als ich, aber nicht stärker, heute nicht.

Der Meister ist neben diesem ungeheuren Sonnengebilde zum durchsichtigen Schatten geworden. Meine aufgerissenen Augen lassen die Sonne nicht mehr heraus, mein Haupt beginnt zu funkeln, die rötlichen Strähnen in meinem Haar wollen brennen, die gelblichen wollen sich kräuseln – oder werden sie verbleichen in dieser nie wiederkehrenden Stunde? Ich beherrsche mich. Bei Selbstbeherrschung fängt jede Herrschaft an. Ich rühre mich nicht. Mag ich ganz und gar in diesen Sonnenflammen aufgehen. So soll mich das Unvermeidliche im Jugendkampf verzehren. Besser so, als feig dem T. zu unterliegen, der mit Schattenhänden auch den sich Verkriechenden faßt. Alles besser, als sich feig dem hämischen Tode zu unterwerfen. Muß einer Reiter sein und einer Roß, so will ich reiten und Sporen nicht schonen.

Längst ist der Meister verschwunden, um dem Stallpagen den Befehl zu geben, er möge das Pferd Cyrus doppelt longieren und mir in die »grüne« Reitschule bringen.

Noch stehe ich da, auf dem stillen Lazaretthofe, ich atme Sonne ein und berausche mich an ihr, wie ich mich nie an Wein berauscht habe. Es drängt sich mir wie eine süße Schwere in die Kniekehlen.

Mit metallisch surrendem Laut hat sich mir jetzt die Feuerkatze genähert. Sie hat sich mit ihrem fahlen Fell der Länge nach über beide Schuhe gelegt. Nun sind die Löcher in ihrem Pelze wieder ganz ausgefüllt, das Haar, steil in unzähligen Spitzen aufgerichtet, knistert unter der prallen, greifbar heißen Sonne, es bebt der kräftige Körper der Katze, das Schnurren wird lauter, als koche es in dem prächtigen, feurigen, jungen Wesen. Dumpf klingen jetzt die Stimmen der jungen Schüler, die in dem Hauptgebäude ihre Aufgaben hersagen, aus den offenen Fenstern der Lehrsäle über den menschenleeren Hof.

Das Schulhaus, das jenseits der Linden wie über langsam abebbenden Wassern auftaucht, hebt sich hoch und höher im Sonnenrausche über den an sich ganz unbedeutenden Hügel. Die Wolken bilden einen schwarzen, schweren, düsteren Kranz um das heimatliche Haus. Die Sonne haben sie nun ganz in ihre Mitte genommen. Man ahnt sie nicht mehr, sie ist wie mit Erde zugeschaufelt. Es weht kühler von den aufrauschenden Lindenbäumen her, vom Anfang der italienischen Allee. Ein Brunnen beginnt zu plätschern, frisches Wasser wird für die Pferde gepumpt. Zwei Truthähne kämpfen in dem Nachbarhofe des Komplexes gegeneinander, kreischen laut, stürzen übereinander her, als wolle der eine auf dem andern reiten, sie schlagen mit den Flügeln, wirbeln Staub auf, und durch den Staub fliegen Federn, zackig und bunt.

In tiefem Dunkel liegt das Innere der »grünen« Reitschule. Grün heißt sie zum Unterschiede von der andern, die man die spanische nennt. Auch die ältesten Schüler wissen den Grund nicht. Es ist verboten zu fragen. Der Meister hat allen untersagt, die Lehrer ungefragt anzusprechen, und dieses Verbot ist der eigentliche Grund, weshalb wir Schüler so fest zusammenhalten.

Innen sehen die beiden Reitschulen fast gleich aus. Die Wände sind bis über Manneshöhe mit Holz verkleidet und außerdem mit dicken Zöpfen schon tiefgelb gewordenen Strohes austapeziert. Der Grundriß ist oval im grünen Reitsaal, rechteckig im spanischen. Jetzt im Sommer werden die gedeckten Reitschulen wenig benutzt, in meinem Falle ist es aber nicht zu umgehen. Das Haupttor ist geschlossen, den Schlüssel hat der Meister in Verwahrung. Der wachehaltende Stallpage führt mir das Pferd unter einer aufgehobenen Portiere durch einen Nebeneingang hinein. Schon das Rascheln des dicken, weichen Stoffes macht das starke, hohe Pferd unruhig. Es tritt bereits mit kleinen, gespannten Sprüngen auf die Gerberlohe, die den Boden der Schule bedeckt. Ich kenne natürlich das Pferd, einen etwa hundertfünfundsiebzig Zentimeter hohen, mausgrauen, schönen Hengst mit einer Blesse, einer handförmigen weißen Stelle an der Stirn und mit gesprenkelten Vorderbeinen. Er sieht aus, als wäre er in Milch getreten. Er hat gute Rasse, Halbblut, seine mächtigen, steinharten Muskelmassen überzieht locker eine sehr feine Haut, die man mit der Nadel ritzen könnte. Stolz trägt er auf seinem schwanenartig aufgerichteten, etwas langen Halse einen dreieckigen, vorn sehr spitz in kleine zarte Nüstern auslaufenden Schädel mit aufgestellten, unruhigen, flügelartigen Öhrchen, die beim leisesten Geräusch, auch dann, wenn sein eigener Huf einen Kiesel trifft oder sein Schweif zischend die Portiere streift, aufzucken. Auffallend ist die breite, vorgebaute Brust mit den weit voneinander eingesetzten Vorderläufen und im Gegensatz dazu der zusammengepreßte, wie mit dem Hammer zusammengeschlagene Rumpf mit der ausladenden, riesigen Kruppe.

Das Pferd hält jetzt den Kopf ruhig. Es wiehert nicht, beißt auch nicht in das Gebiß. Die Augen sind fast starr. Die obere Reihe der Wimpern ist wunderbar geformt, seidenweich liegt Wimper neben Wimper, jede leicht aufgerollt wie bei einem jungen, schönen Menschen. Die untere Reihe ist aber lückenhaft, da stehen bloß ein paar starre, borstenartige Wimpern, unregelmäßig in den schwarzen Lidrand eingefügt. Der Blick des Pferdes ist auf meine Hand gerichtet. Wir machen jetzt zu zweien dem Pferd die Doppellonge fertig.

Jeder Reiter weiß, daß die einfache Longe aus Riemen besteht, die an der Brust des longierten Pferdes leicht, aber sicher befestigt werden, um das Pferd im Kreise gleichsam an der Leine laufen zu lassen. So gewöhnt man es an eine regelmäßige, taktfeste Gangart und an eine bestimmte Körperhaltung, wobei die Gliedmaßen unter dem Leib des Pferdes »versammelt« werden. Von da aus sollen die »Gänge« mit der äußersten Präzision hervorschnellen, Raum fassen im weitesten Ausgreifen; besonders die rechte Hinterhand, die von Natur aus leicht auswärts tritt, soll herangeholt und geregelt werden, damit das Reitpferd ohne Steifheiten im Genick, Rücken und Hinterhand das Reitergewicht tragen kann bei jedem Tempo und jeder Gangart. Dies ist in den Grenzen der Anlagen des Tieres und auch des Lehrers meist ohne nennenswerte Schwierigkeit im Laufe eines geregelten Dressurganges zu erreichen.

Anders die Doppellonge. Hier ist beiderseits eine Fessel um das Tier gelegt, die zwangläufig mit dem Gebiß, also dem Kopf und der Halswirbelsäule, in Verbindung steht, und zwar ist ein Teil des Riemenwerkes rechts vom Maule bis zur Brusthöhe geführt, geht von hier in meine Hand und von da zurück zum Hinterteil des Gaules. Der andere Teil der Doppellonge ist links ebenso befestigt. Er ist nutz- und kraftlos, solange das Pferd gehorcht. Versagt es aber den Gehorsam, dann tritt dieser Teil in Aktion und erzwingt sich die Gewalt über das Pferd dank einer ungeheuren Hebelkraft. Nach Ansicht des Reiters hat das Pferd ebenso Pflichten wie der Mensch, und das Tier begreift dies auch und lernt dies genauso, wie wir unsere Aufgaben und Pflichten in Onderkuhle lernen. Manchmal ist beim Pferd wie beim Menschen Zwang nötig. Wer weiß das besser als ich? Lange versucht man es mit Güte, denn das Pferd ist an sich kein wildes Tier, mit dem man kämpfen muß. Das Pferd weiß anfangs nicht, was eine Peitsche ist, und weicht vor dieser auch nicht zurück. Also im Anfang keine Peitsche! Jedes Pferd erschrickt in der Jugend vor dem ihm unbekannten Gebißdruck und versucht mit verängstigtem Gesichtsausdruck zurückzudrehen, wie man es nennt. Man versucht es daher immer vorerst im guten. Man weiß, das Maul eines jungen Tieres ist weich, sein Wesen unerfahren, kindlich naiv. Man wendet zuerst eine »bittende, weiche Hand« an, vergebens bei Cyrus. Der Rittmeister hat ganze Beete von Karotten ausgerupft und sich oft die Taschen mit Zucker gefüllt. Nichts wollte fruchten. Er hat sich heiser gesprochen. Das Tier hat sich nicht gefügt. Will es nicht? Kann es nicht? Was bleibt jetzt als Zwang? Wenn man diesen aber braucht und wo er unbedingt am Platze ist, da darf man vor keinem Mittel zurückscheuen. Bei mir persönlich könnten sich in Zeiten des T. vielleicht trotzdem Bedenken gegen die »Qual« des Bezwingens erheben, auch habe ich solche gewaltsame Mittel früher nie nötig gehabt.

Hier aber hilft Milde nichts. Jetzt im Augenblicke des höchsten Lebensglanzes werde ich erreichen, was ich will. Ich beherrsche mich, daher auch andere. Wenn je, jetzt weiß ich, daß es Kräfte gibt, denen kein lebendes Wesen sich widersetzen kann. Erleidet das Pferd Unannehmlichkeiten – man vergesse nicht, ich liebe Pferde, ich hänge mit dem ganzen Herzen an ihnen –, und doch: erleidet das Pferd Unannehmlichkeiten, Zwang und Schmerzen, so hat es sie sich in diesem Falle selbst zugefügt.

Endlich ist die Anschirrung, die durch die Unruhe des Pferdes erschwert ist und doppelt zart und schonungsvoll vorgenommen werden muß, vollendet. Ich kann den Stallpagen hinauslassen. Ich liebe Zeugen nicht. Ich muß mich mit dem Pferd allein wissen. Ich bleibe also mit Cyrus, so heißt der Gaul – sagte ich es schon? –, allein.

Es ist ziemlich dunkel in der Halle, bloß von der Decke bricht wie aus einem Kirchenfenster ein Lichtstrahl durch eine Lüftungsluke. Die Sonne hat das schwarze Negergewölk wieder verlassen. Ich begebe mich in die Mitte der Reitschule und treibe Cyrus an, erst durch Schütteln der locker gehaltenen Longenzügel, dann durch Zurufe, auf die Cyrus nur mit Spitzen der Öhrchen reagiert, und endlich durch festes Aufstampfen mit den Absätzen, die dem Gaul den Takt vormachen sollen, sich zu bewegen und mit der Arbeit zu beginnen. Das Pferd ist nicht »am Zügel«. Zwar setzt es sich in schnellen, unregelmäßigen, holpernden Trab, aber nicht rechtsherum, wie es soll, sondern nach ein paar richtigen Schritten an der Wand wendet es sich blitzschnell herum, wie es will, und versucht in der entgegengesetzten Richtung auszubrechen.

Wären wir jetzt auf der Straße, etwa auf dem Wege zum See, zwischen den Feldern, wo unerwartet Menschen, Automobile, Weidetiere auftauchen können, dann müßte ich nachgeben und Cyrus seinen Willen lassen. Denn einen Willen hat er. Er blickt mich mutig an, wendet mir seine milchfarbene Stirn zu, blinzelt mit seinen großen, steingrauen, wie geschliffenen Augen, er hebt seine weiß gefesselten Beine nur um so höher, er spritzt, während er den buschigen Schweif hoch aufgerichtet wie eine graue Fahne hinter sich herführt, seine prächtigen Bewegungen unter dem geschmeidigen, von links nach rechts sich rhythmisch zusammenpressenden Körper hervor und geht, leicht auf die Lohe klopfend, beständig den falschen Weg.

Warum ihn nicht gewähren lassen? Lohnt es sich, den Willen eines so schönen, stolzen Tieres zu brechen? Das ist die Frage jeder Erziehung, auch der meinen. Warum nicht den falschen Gang des T. hinnehmen, der doch nur uns, den Opfern, falsch erscheint, und es dabei bewenden lassen? Aber bleibt wenigstens dann dem widerspenstigen Menschen oder Tier Ruhe? Cyrus nicht. Es wird und muß dann mit ihm folgenden Weg gehen. Muß ich jetzt nachgeben, so lernt das Tier nie. Es ist, im Zuge sowohl wie unter dem Sattel, unbrauchbar, und selbst das schönste Tier wird in unserer kaufmännischen Zeit nicht nur der Schönheit wegen mit einem so großen Aufwand an Mühe und Kosten erhalten. Sondern es ist so, daß das Pferd von dem ökonomisch rechnenden Meister erschossen wird, wenn es sich nicht fügen will und wenn mein Versuch mißlingt.

Der Meister wird dann das herrliche Pferd an einen grasbedeckten kleinen Abhang führen lassen, wird einen handlichen, kaum daumengroßen Revolver aus dem Futteral ziehen, den das neugierige, mausgraue, stolze Wesen vorerst beschnuppert. Der Stallpage, zitternd vor Angst und schweißtriefend vor Erregung, wird dem Tier eine letzte Karotte vor die Zähne halten, um seine Aufmerksamkeit abzulenken, inzwischen hat der Obermeister die Waffe vorsichtig, um die Haare des Ohres nicht zu berühren und Cyrus unruhig zu machen, in das flügelartig aufgestellte Körpertor eingeführt – und während das Pferd nach der Rübe schnappt, geht mit zartem, trockenem Knall die Waffe im Ohre los. Das Tier blickt sich verwundert nach dem Schall um. Der Page glaubt, die Waffe hätte versagt. Er faßt wieder nach den Zügeln. (Man hat dem Pferd aus Sparsamkeit bloß ein elendes, abgebrauchtes Krepierhalfterwerk umgetan.) Der Meister stößt ihn aber mit Gewalt zurück, denn schon stürzt der Gaul auf allen vieren zusammen, gleitet wie ein Stück Butter auf einem heißen Messer den Grasabhang hinab und bleibt unten so liegen, daß er den schönen, weißgestirnten, dreieckigen Kopf auf die schlank gefesselten milchweißen Vorderfüße legt, wie eine tote Heuschrecke die Glieder noch hoch aufgerichtet, wenn auch geknickt. In dieser unnatürlich gespreizten Haltung endet das Tier. Ein benachbartes Gut hat eine Knochenmehlfabrik. Man ist über alles bereits einig geworden. Der Preis für die Knochen soll die Futterkosten ersetzen. Von diesem Gute kommt ein zweirädriger, offener, langgestreckter Karren. Das Tier stirbt, der Meister rechnet.

Dieses Ende ist für ein tierfreundliches Herz schwer zu ertragen. Soll ich nicht tausendmal lieber einen Augenblick meiner höchsten Lebenslust benützen und Gewalt über das Tier erringen, damit es am Leben bleiben kann?

Meine erste Aufgabe ist, unbeweglich, unerschütterlich und vor allem ungerührt in der Mitte des Platzes stehenzubleiben. Das Pferd windet sich wild. Es hat sich in die Zügel ohne meine Absicht, ohne System wie in Spannstricke eingeschnürt. Die feine Haut tritt in Wülsten hervor, die sich an den Rändern sofort unter der Haut mit umlaufendem Blute füllen, Striemen, die man noch nach Monaten sehen wird. Nicht zu vermeiden. Das Pferd kann sich nicht halten, es wankt, fällt, es öffnet erstaunt sein Maul. Es wiehert aber nicht, schnell will es sich wieder aufraffen. Der Boden des ovalen, hohen Raumes ist erschüttert durch den dumpfen Anprall des fallenden Pferdes. Die weißen Flecke an der Stirn blinken bei der starken Bewegung. Das Pferd beginnt sich zu wälzen, den Kopf unter der Lohe zu vergraben, aber es ist zuwenig davon da, immer wieder werden die Augen des Pferdes sichtbar, und die Augenwimpern, schon mit Schmutz bestreut, sind aus ihrer schön dichtgereihten Ordnung gebracht. Auf der Seite daliegend, wiehert es und klagt. Aber dann explodiert es förmlich, es feuert vom Boden auf, eine Wolke braunen Staubes um sich aufschüttelnd, es schlägt mit dem Kopfe um sich, gedankenlos, wütend, besinnungslos. Aber es macht sich nicht frei. Die gut geordneten und klug ausgedachten Binden spannen sich in ihren stählernen Ringen von neuem, und es ist, als wäre nichts gewesen.

In diesem Augenblicke sieht es so aus, als ob Cyrus sich fügte und nun in regelmäßigem, rechts gerichtetem Trab parieren wollte. Wenn er mich von der Seite ansieht, ist es nur, um mir meinen Willen von den Augen abzulesen. Oder habe ich mich getäuscht? Ist es nur Tücke? Hinterlist? Bei jedem zehnten Schritt erhebt sich Cyrus auf den hohen Hinterbeinen und kommt mir näher, drängt mich an die Höhlung der ovalen Wand, um dort auf mich niederzufallen. Ist es zu spät, habe ich mich schon von dem hämischen Geiste betrügen lassen? Habe ich einen teuer erkauften Augenblick lang geglaubt, ich stünde, strahlend in meinem Lebensübermute, im Mittelpunkt der Welt, herrschend, weil mein Pferd ein paar regelmäßige Touren rings um mich gemacht hat?

Jetzt ist es damit vorbei. Es springt, indem es sich mit allen vieren vom aufschäumenden, braun brodelnden Boden abstößt, in schiefen Sätzen nach links, dabei wirft es den Kopf mit einer solchen tierischen Wut zurück, daß die Stange, die es im Maule hat, gegen seine Zähne klirrt mit eisernem Getöse. Plötzlich, flach mit gebeugten Gelenken dem Erdboden angenähert, zuckt es wie ein Blitz mit scharfen Sprüngen durch die Manege hin. Es spielt mit der Doppellonge, die scheinbar alle Kraft verloren hat, wie ein Kind mit einem Bändchen am Hemd.

Durch die verglaste Öffnung im Dache dringt Licht, ein starker, mannsdicker, silbern gleißender Strahl. Ich bin für das spielende, rasende Tier nicht mehr da. Sowenig wie vor einer Stunde für meinen einzigen Freund. Mit dem Lichtstrahl spielt es, schnuppert nach ihm, taucht seine schweißesfeuchte, flatternde Mähne in den Lichtkegel. Dicht neben den schmalen weißen Vorderfesseln sprüht das versilberte Mähnenhaar, so sonderbar hat sich das Pferd gekrümmt. Aus dieser gekrümmten Haltung löst es sich unter lautem F..., reißt die Glieder an sich, springt auf, steigt aus Leibeskräften und läßt sich dann mit seinem seidenglänzenden, stark riechenden, schweißbedeckten Körper dröhnend in die Lohe niederfallen, als spiele es mit sich selber wie mit einem Ball. Ich stehe ganz still da, komme dem Pferd weder näher, noch entferne ich mich von ihm. Trotz des ohrenbetäubenden Lärmes, den der unaufhörlich wiehernde und stampfende Hengst vollführt, bin ich so ruhig wie vor einer Stunde am Bett meines kranken Freundes Titurel. Das Pferd hat sich jetzt zu einem ganz kurz gehaltenen Galopp entschlossen, wobei es mit seinem Hinterteil, das heißt mit beiden Hinterbeinen zugleich, nach der Holzwand aufsetzt, während es seinen Kopf tief zwischen die aufgestemmten Vorderbeine niedergebogen hat und bei jedem Angriff einen Teil der altersschwachen dunkelgelben Strohkränze fortreißt. Ich halte die Zügel lose. Der hohe Raum widerhallt von donnerndem Gedröhne.

Um so stiller werde ich. Ich stelle mich fest an einen noch etwas günstigeren Platz, mehr der Schmalseite zu. Ich presse meine Beine streng aneinander, um möglichst sicheren Halt zu gewinnen. Das Pferd beobachtet mich, ahmt es mir nach und hält jetzt aufatmend still. Das ist gefährlich. Steht das Pferd still, muß ich mich ihm nähern. Wenn es so klug ist, wie es scheint, kann es mir dann mit einem Schlage die Hirnschale zertrümmern. Oder es kann sich mit seinem ganzen schweren, von Schweiß triefenden, von innerer Wut und ungeheurer Gewalt erfüllten Körper auf mich werfen und mich erdrücken. Von diesem Tod habe ich einmal geträumt.

Wer sich zuerst rührt, ist verloren. Ich werde es nicht sein. Eine Viertelstunde bleiben wir unbeweglich. Nur leise scharrt das Pferd am Boden, als wolle es etwas hervorholen. Die schönen Wimpern in der oberen Reihe glänzen stark wie Seidenfäden in der Sonne, wie meine Mutter sie aus ihrer Nähschatulle oft verloren hat. – Das Pferd atmet durch die glitzernden vibrierenden Nüstern schnell und laut. Der nasse Körper trocknet rasch.

Da werfe ich plötzlich die Peitsche über den Rücken des Cyrus hin. Mit der Peitsche arbeite ich nicht. Eher mit der Überraschung. In seinem Erschrecken hat sich das Pferd hinreißen lassen, eine Bewegung zu machen. Es hat die Ruhe verloren. Und während ich freudig den Laut des Trabens höre, verkürze ich die Leine, wobei mir die Riemen trotz der guten, starken Handschuhe innen einschneiden. Aus seinem Trab ist das Pferd in seinen alten Hundegalopp linksherum verfallen; aber was hilft es ihm? Ich habe inzwischen alle vier Leinen, die von meinen Händen ausgehen, richtig geordnet. Ich spüre jede Bewegung des Tieres in meinen Händen. Ich weiß nun, daß das Pferd an der Doppellonge festhält. Nun erhebe ich beide Hände bis zur Kopfhöhe und noch höher, so weit ich nur kann.

Ich werfe meinen Körper zurück, durch den der Rhythmus des Tieres mit seiner ganzen Gewalt geht. Ich habe auf diese Art einen Hebel gebildet. Die Leine habe ich noch stärker verkürzt. So bin ich der Gefahr entgangen, mich bei dem immerhin möglichen Mißlingen meines wichtigsten und letzten Versuches in die Leinen wie in selbstgelegte Schlingen zu verwickeln. Das Tier hat mein Manöver genau gespürt. Noch rast es dahin, unter taktförmigem Wiehern und stampfendem Galoppieren den Raum durchmessend. Es zieht stets die verbotene Runde nach links. Es lebt in höchster Erregung. Die Augen funkeln hell, fast wie wolkenloser Mond. Weißer Schaum trieft zwischen seinen Zähnen, im Sonnenstrahl kräftig erglänzend. Cyrus streckt seinen Hals, wirft halb in Wut, halb in Lust seinen Kopf, als hänge dieser an einem Faden, von einer Seite zur andern. Nun mache ich eine rechtwinklige Drehung. Ich habe das Riemenwerk herabgenommen und um meine Taille geschlungen. Die Leine ist um die Hälfte verkürzt. Der Endkampf ist da.

Aber ich halte den Kampf. Ich halte das Pferd. Der innere Zügel ist lose, obwohl wir uns sehr genähert haben. Er wirkt nicht und kann nicht wirken, da das Pferd sich widersetzt. Aber dafür tritt der äußere, und zwar mit jedem Schritt des bereits langsamer galoppierenden, mit kürzeren Sprüngen hinsetzenden Pferdes, um so stärker, unwiderstehlicher in Wirksamkeit.

Es hebt sich in seinen Ketten aus Lederriemen, das kämpfende Tier. Daß es kämpft, macht es wehrlos.

Kann das sein? Doch es ist so.

Cyrus fühlt in mir die große Macht. Er ist verstummt. Dumpf klingt sein Hufschlag auf dem in weiten Kreisen aufgewühlten Boden der grünen Reitschule. Er blickt mit seinen hellen Augen nach dem inneren Zügel, der lose neben dem triefenden Maule herabhängt. Er schüttelt ihn wie zum Spiele, als habe er nichts von ihm zu fürchten.

Aber von der anderen Seite her, von der »gebrochnen Führung« her, wird er allmählich hereingezogen. Eine ungeheure Hebelkraft setzt mit jeder Sekunde stärker ein. Man hat eiserne Ketten in der Hand, mehr noch, man zwingt das Tier durch sich selbst. Das ist es. Denn das Pferd hat sich durch die planvolle Bindung der Riemen die Nüstern wie mit einer Stahlfeder nach rückwärts gezogen. Die Nüstern aber, von weichster Haut bedeckt, sind beim Pferd in höchstem Grade empfindlich. Jetzt hat es sich seine zarteste, seine verwundbarste Stelle durch die eigene widerwillige Kraft, durch sein Sichwehrenwollen bis ins Unerträgliche gepeinigt. Denn die Nüstern sind jetzt bis zum Kummetringe nach hinten herangerafft. Sieht man das ohne Zittern vor sich? Das arme, von sich selbst gehetzte Tier hat sich den fürchterlichsten Schmerz, hat sich die grauenvollste Verrenkung im Genick erzwungen. Heraus kann es nicht mehr, auch dann nicht, wenn es stillestehen wollte. Der geschmeidige mausgraue Nacken krümmt sich unter nie zu ahnenden und nachzufühlenden Schmerzen wie ein außerordentlich stark angespannter Bogen. Jetzt wird er und damit das ganze Tier einem zuckenden eisgrauen Hecht ähnlich, der sich, im Netze springend, aufbäumt und sich unter der Wassernot fürchterlich wehrt. Aber dies ist nur eine Erscheinung. Man sieht nur das Äußere. Das Innere des Cyrus kann man nicht sehen. Aber hören kann man ihn. Hören kann man, wie er seufzt. Unselig, herzbewegend.

Unter dem Klange des Seufzens, das dem Klange einer ziehenden Säge in frischem Holze gleicht und das keine Ähnlichkeit mit dem oft belanglosen Seufzen der Menschen hat, unter diesem unbeschreiblichen, unvergeßbaren Seufzen wendet sich der Kopf des Cyrus in die befohlene Richtung. Schüchtern und dennoch immer noch voll Kraft wendet sich der Körper, es strecken und beugen sich die Beine im mäßig schnellen Trab rechtsherum, und damit löst sich die Gewalt. Der schrecklichste Schmerz muß schwinden. Das Tier gehorcht. So vollkommen ist es in meiner Gewalt, daß ich mich des Kampfes schäme. Ich bin noch nicht ganz frei, kann aber durch eine Linkswendung meines Körpers wieder in meine frühere Position zurück, ich darf mich sogar sorglos im kleinen Kreise bewegen. Nun fängt der »banale«, der bürgerliche Zügel, möchte ich sagen, nämlich der innere, wieder an zu wirken. Ich mache meine Hände nun vollends los. Ich atme auf. Ich sehe aber Cyrus nicht an und weiß, daß er mich nicht ansieht. Unter der schweren Portiere ist der Stallpage durchgeschlichen. Er empfängt jetzt das Pferd aus meiner Hand. Es ist auf ewige Zeiten willig. Nur noch einem Herrn wird es sich nach meiner Herrschaft fügen müssen, dem T.

Habe ich die Probe bestanden? War es eine Probe auf den T.? Habe ich sie bestanden? Ist es vorbei?

Noch in der kühlen Dämmerung der Reitschule reibt der Stallbursche den Gaul mit einem Frottierlaken trocken. Dabei steckt das Pferd seine lachsfarbene, an der Spitze noch mit weißem Schaum bedeckte Zunge heraus und leckt dem Knaben, der sich an der Brust des Pferdes zu schaffen macht, die Hand.

Ich schlage mit der Reitgerte, die ich eben aufgehoben und von Staub gereinigt habe, leicht nach den beiden, treffe eben noch die Spitze der rasch zurückschnellenden Zunge des Pferdes und die Achsel des erschrocken zusammenzuckenden Knaben. Kaum ist der leichte Schlag gefallen, den man kaum richtig gehört hat, als ich schon die tiefste Scham empfinde. Aus der Oberstenloge am Kopfende der Reitschule, wo bei feierlichen Gelegenheiten, Sprungturnieren und so weiter der Direktor an der Spitze des Lehrkörpers unseren Leistungen zusieht, kommt ein leichtes Beifallsklatschen, das einem sehr verspäteten Echo meines Peitschenhiebes gleicht. Ist denn die Schule nicht leer gewesen? Habe ich in der Loge Zeugen gehabt? Aber alles ist so schnell aufeinandergefolgt, daß ich nicht weiß, ob das Beifallsklatschen der Bändigung des

Cyrus gilt, über die ich jetzt am liebsten weinen möchte, oder dem unbesonnensten Schlag, den je ein von Lebensmut berauschter achtzehnjähriger Schüler und stellvertretender Rittmeister einem unschuldigen, nur durch mechanische Mittel und barbarische grobe Hilfen besiegten Tiere und einem wenn auch ungeschickten, so doch anstelligen und willigen Jungen erteilt hat. Ich blicke mich nicht nach dem Meister um. Er hat applaudiert. Es kann nichts Unrechtes hier im Hause und draußen im Gute geschehen, ohne daß er beifällig dabeisteht und mithilft nach Kräften. Viele lasterhafte Gewohnheiten der Schüler scheint er zu billigen, verschiedene, nicht ganz durchsichtige Manöver des Rendanten fördert er. Ich schäme mich seines Lobes, ich hasse seine ungewollte widerliche Zuneigung zu mir, obgleich ich ihr den kostenlosen Aufenthalt hier verdanke ich und meine armen Eltern mit mir müßten ihm auf den Knien danken.

Nichts derart. Ich bücke mich und streife mit der Rückenfläche meiner Handschuhe den Staub und die Reste von Lohe an meinen Knien ab. Cyrus hat mich vorhin, ich schämte mich, es zu sagen, bei unserm ungleichen Kampfe hingeschleudert. Er hat mich, mit meinen Zügeln um den Leib, gezwungen, auf den Knien wie auf Schlittenkufen rutschend, einen Teil seiner blitzschnellen Kreuz- und Querfahrten mitzumachen. Jetzt endlich verklingen die Schritte des müden Pferdes und des auf seinen genagelten Schuhen bäurisch einherschreitenden Stalljungen. Nun ist der ovale, überall bis in die Ecken aufgewühlte Reitplatz leer. Die Sonne bricht von oben ein in unvermindertem Glänze, ja sie scheint jetzt in diesem Augenblick, als ich, die Schultern hebend, aus der grünen Reitschule hinaustrete, an Glanz und Feuer, Größe und Blendung noch gewonnen zu haben.

Ich habe noch Lebenskraft in mir, obwohl ich fühle, daß ich diese Probe nicht bestanden habe. Ich bin jetzt entschlossen, nie mehr Pferde in solcher Weise zu bändigen. Ich will niemals Rennreiter, nicht Hindernisreiter oder Trainer werden, eher, wenn es sein muß, Knecht in einem Stalle, wo die edlen, dem Menschen an Adel vielfach überlegenen Tiere gepflegt werden. Muß ich Proben im Kampfe mit dem T. bestehen, sollen es andere sein.

Meine Kameraden haben sich, da es inzwischen Mittag geworden ist, zur Erholungspause in den großen Hof begeben. In kleinen Gruppen stehen sie umher. Von weitem sehen sie einander in ihren weiten sommerlichen staubfarbenen Uniformen alle ähnlich wie Brüder aus einem Hause oder Schafe aus einer Hürde. Mich erkennen sie von weitem, rufen mir Scherzworte zu, nicht immer der anständigsten Art. Ein kleiner Junge bittet mich (aber es ist eher Ironie) zu Hilfe, da er im Kampfe mit dem dicken Fürsten X. steht, demselben, den man bei uns Piggy (amerikanisches Schwein) nennt. Aber davon ist nicht die Rede. Ich hasse zwar Piggy, denn aus seinem Munde kam im Schlafsaale der »Fürsten« die gemeine Erzählung, die mir die Unschuld dem T. gegenüber genommen hat. Aber es wäre nicht recht, sich parteiisch in einen Kampf dieser Jungen einzulassen. Ich begebe mich mit einem stillen, verschlossenen Lächeln an ihnen vorbei in mein Zimmer, um mich zu waschen und die von Staub und Schweiß unansehnlich gewordene Uniform zu wechseln.

Da die Hitze fast unerträglich geworden ist, haben die Lehrer beschlossen, den Unterricht in den Nachmittagsstunden ausfallen zu lassen. Dafür sollen körperliche Übungen treten. Und zwar soll ein Teil, der die jüngsten Schüler umfaßt, eine Art Handball, ein zweiter Teil soll Tennis spielen (beides sehr unsinnig wegen der schattenlosen Spielplätze), dem dritten Teil, von der »Fünften« angefangen, also den ältesten Schülern, wird erlaubt, mit einigen Pferden in die Schwemme zu reiten.

Die Pferde werden ohne Sattel und Bügel, bloß mit dem Handzügel aufgezäumt, um vier Uhr vorgeführt werden. Wir haben unser Badekostüm anzulegen und darüber, solange wir uns im Bereich der Gehöfte befinden, die grauen Turnanzüge.

Auf ungesattelten Pferden zu reiten ist selbst für einen passionierten Reiter nicht immer ein Vergnügen, auch muß das Pferd beim Verlassen des Wassers trockengeritten werden. Das ist eine schwierige Arbeit, denn die Pferde sind gegen Erkältung und Nässe in gleicher Weise empfindlich, und bei der herrschenden Schwüle stellt dies keine leichte Aufgabe dar. Dafür lockt die Freude eines Bades im See und das Vergnügen, ohne Aufsicht der Lehrer ein paar Stunden zu verbringen. Denn statt des Rittmeisters bin ich zum Leiter der Kolonne ausersehen, und mich dürfen die Schüler ruhig als ihresgleichen betrachten.

So kann uns das immer düsterer sich sammelnde Gewölk, das niedriger drohende Gewitter keine Angst einflößen, wir dürfen auch im ärgsten Regen heraus und draußen bleiben. Nicht alle sind freilich im selben Maße wie ich von diesem Plane entzückt. Der junge Prinz Piggy, ein kleiner, dicker, junger Herr mit mattbraunem Gesicht (er ist in den Tropen geboren), mit schwarzen, wie Kirschenmarmelade funkelnden Augen und einem sehr blassen, breiten, wenn auch außerordentlich festen Munde, ist nicht recht bei der Sache. Sonst schreit er gern umher oder gibt sein bellendes Lachen bei der blödesten Gelegenheit von sich, jetzt flüstert und zischelt er und scheint die Kameraden von etwas überzeugen zu wollen, was sie aber nicht ernst nehmen, denn sie hören gar nicht auf sein Gelispel hin. Daß es Mangel an Courage bei ihm ist, kann ich nicht glauben, da ich mir Feigheit vor Dingen des Lebens (und das sind doch Wasser, Gewitter, Pferd, Donner und Blitz) weder bei mir selbst noch bei andern je vorstellen konnte.

Wir stehen jetzt alle in unsern weiten, ungebügelten, um die Knöchel schlotternden Turnanzügen vor dem Stalltore, um die Pferde zu erwarten, die drinnen schon stampfen, scharren, an den Karabinern und Stallketten klirrend zerren und leise aufwiehern. Es ist auch zu hören, wie sie mit den Schwänzen an die Stallraufen schlagen, was ein eigenartiges zischendes Geräusch gibt, und wie sie mit den Nasen die salzhaltigen Wände »ausradieren«.

Plötzlich erscheint zum Erstaunen aller vom Lazarette her über den jetzt schattendunklen Hof mein Freund Titurel. Er ist noch etwas blaß; aber wüßte man es nicht, könnte man ihm Fieber und Krankheit nicht ansehen. Er mischt sich unter die anderen, ist ebenso wie wir in einen grauweißen Turnanzug gekleidet und hat das Handtuch, das zum Baden mitgenommen wird, in den Gürtel eingefaltet. Da die Anzahl der Pferde beschränkt ist, muß einer der anderen Schüler auf die Partie verzichten, wenn Titurel mitkommen soll. Eben schlägt die Uhr im Schulgebäude vier. Die Tiere drängen sich schon nebeneinander durch die weit geöffnete Tür vor. Jetzt erscheinen die ungesattelten Pferde mit ihren weichen, aneinanderknirschenden Leibern, nackt, mager und nicht so ebenmäßig gebaut, wie es sonst unter den schmalen, kleidsamen englischen Sätteln aus Schweinsleder und den breiten, sanft umfassenden Gurten der Fall ist. Wer soll nun zurückbleiben? Denkt Piggy wirklich an sich selbst? Er sieht auf mich, dem die Entscheidung zusteht. Dabei versucht er meinen Blick zu fangen. Wie er das macht, ist mir nicht erklärlich, denn er fixiert mich nicht eigentlich, er hat die richtig kameradschaftliche, weder übertrieben selbstbewußte noch ausgesprochen familiäre Haltung. Er hat sein Pferd bereits in Empfang genommen und streicht mit seinem auffallend weibischen Daumen über den schmalen Zügel hin. Schon habe ich seinen Namen auf der Zunge und will ihn bitten zu verzichten, als ich bemerke, daß er dies wahrgenommen hat und daß seine Finger den Zügel wieder fortlassen wollen. Er ist also wirklich feige, er hat Angst davor, ein ungesatteltes Pferd zu reiten (dabei ist kein zweiter ungebändigter Cyrus unter diesen Tieren), er will nicht auf einem ungesattelten Pferd sitzend ins Wasser gehen und sich einem schwimmenden Gaul anvertrauen. Gerade weil ich seine Feigheit erkenne, gehe ich nicht darauf ein und bitte den jüngsten unter uns, einen besonders hochbegabten Jungen, der wegen seiner vorgeschrittenen Kenntnisse unter die viel älteren aufgenommen ist, daheim zu bleiben und sich seinen Altersgenossen beim Spiel anzuschließen. Er ist ein reizender Bursche, bescheiden, lebhaft, mit einem runden Gesicht, weiß und rot, wie aus Porzellan gebildet. Er heißt unter uns Assissus, nach dem berühmten Heiligen; wieso er zu diesem Namen gekommen ist, weiß ich nicht. Man hat ihm diesen in meiner Abwesenheit nachts im Schlafsaale nach einer sehr scharfen, aber ohne Wimperzucken ertragenen »Probe« gegeben.

Ich warte weiter nichts ab, nehme aus der Hand des Stallburschen mein Pferd, eine ziemlich hohe, betagte Schimmelstute, entgegen, fasse mit der linken Hand den Zügel, stütze mich mit dieser Hand auf den gekanteten Bug, mit der rechten auf die weiche und doch unter meinem Griff unnachgiebige Kruppe des Pferdes und werfe mich mittels eines mühelos aussehenden, aber immer schwierigen Sprunges über das Tier, dem ich gar nicht Zeit gegeben habe zu überlegen. Ich sitze oben, die Zügel in der linken, meine Gürtelschnalle in der rechten Hand, mit den Beinen den nackten Leib der Stute fest umklammernd, während die andern sich noch mit den unruhig gewordenen, durcheinandergedrängten Pferden abplagen.

Es ist ziemlich düster unter den Lindenbäumen der Allee, denn die Wolken haben sich seit dem Vormittag noch mehr zusammengezogen. Der schwere, fast greifbare Duft der mit honigfarbenen Blüten überhäuften, still rauschenden Lindenbäume mischt sich mit dem von unten nach oben steigenden Dunst der vielen Pferde. Schwärme von Spatzen rauschen schilpernd von den Bäumen herab zu den Füßen der Pferde, denn sie erwarten da etwas. Sie sind besonders unruhig. Man sieht immer wieder ihre mattbraunen Flügelchen aufgeplustert, die helleren Schnäbel haben sie weit geöffnet, und so wirbeln sie kleine Wölkchen Staubes in der Straßenmitte auf, sie baden im Staube, bis sie vor den Pferden aufflattern, kreischend vor Unruhe und Lust. Das Gewitter liegt in der Luft.

Unter den Schülern ist es zuerst meinem Freunde Titurel gelungen, in den richtigen Sitz zu kommen. Er hält sich oben stumm, sehr gerade aufgerichtet. Die sommersprossigen Hände und die mit blondem Flaum bedeckten Unterarme hat er weit vor sich hingestreckt. So bleibt er neben mir und wartet, bis unter lautem Gelächter, das allerdings die Pferde noch unruhiger macht, auch alle andern hinaufgeklettert sind. Das dauert lange, denn einer will dem andern helfen, schließlich gibt es nur einen Haufen von ungeduldigen, schwitzenden und stallenden Pferden, von grauen, unter der Achsel schon vom Schweiß angedunkelten Turnanzügen, von Knabenhänden, an denen die Pferdemäuler ziehen, und von Knabengesichtern, die teils vom Lachen, teils von der Anstrengung stark gerötet sind. Nur einer ist blaß, ruhig, hält sich abseits und lächelt spöttisch, wenn auch kaum erkennbar, mit seinen wulstigen Lippen und seinen hübschen falschen Marmeladeaugen: Piggy.

Nun beginnen wir loszutraben in sehr ruhigem Tempo. Denn es ist nicht leicht, sich ohne Sattel und besonders ohne Bügel längere Zeit oben zu halten, das Gleichgewicht zu bewahren und den Tieren seinen Willen aufzuzwingen. Sicherlich hätte der eine oder der andere der körperlich schwächeren Jungen Schwierigkeiten gehabt, wenn nicht die Pferde, als richtige Gesellschaftstiere, eines dem anderen voll Freude und Genuß gefolgt wären, Gefühle, die sie durch unaufhörliches Aufwiehern, durch Heben der Köpfe, Aufstellen der Ohren und durch einen besonderen, tanzartigen, maskierten, unnatürlichen Schritt dartun. Die Wärme der Tierkörper teilt sich uns mit. Ihre weichen, samtartigen Haare rascheln an unseren Zwilchanzügen. Bei jedem Schritt schnellen unsere Figuren wie elektrisiert auf und nieder. So kommen wir durch die immer stärker duftende, unter Gewitterwolken fast schwarz daliegende Lindenallee, vorbei an den Spielplätzen der Schule, an den Ställen und Gehöften. Jetzt geht es über einen kleinen Steg, der unter den vielen Pferden dumpf wie eine Trommel eines wilden Kongonegerstammes ertönt.

In den Obstgärten ist schon lange alles abgeblüht. Jetzt beginnt ein starker, heißer Wind die abgefallenen Blätter kreisend zu umgeben und emporzutragen. Das Laub der Bäume hat einen grellen, grünen Schein angenommen. Die Stämme scheinen aus einer Stange Tabak gebildet, so stumpf und gesättigt sind sie in ihrer Schwärze unter dem dicken, blau gefütterten Gewitterhimmel. Ich wende mich nach meinen Kameraden um, die mir nicht alle gleich schnell folgen können. Ich erblicke unser Schulgebäude, das sich, je weiter man sich entfernt, desto höher und gewaltiger gegen den Himmel abzuheben scheint. Sein sonst etwas rohes Rot hat sich, gegen den dunklen Wolkenhintergrund gehalten, in etwas Zarteres, Erdbeerfarbenes, trotz der düsteren Stimmung Heiteres verwandelt. Ich fühle es mit besonderer Freude, wie schön unser Haus ist, wie sicher gebaut, für lange Zeiten gegründet. Soll ich darin alt werden, immer da leben?

Das gleichmäßige Traben meiner Schimmelstute ist mir angenehm. Wenn der Huf gegen einen Stein stößt, geht es mir bis zum Herzen, so freudig. Kommt Titurel mit seinen etwas abstehenden spitzen Ellenbogen mir beim Reiten nahe, ist mir, als streichele er mich; trotz seines noch immer abweisenden, fieberhaft stolzen Wesens empfinde ich seine Nähe, sein immerwährendes Nebenmirsein. Wir sollen alt werden in unserer wortarmen Freundschaft und stillen Sympathie. Nun, als die Schule hinter uns liegt und wir unter jungen Buchen, die in der Windstille nur leise hauchen und raunen, dahinreiten, fühle ich mich von allem T. so weit entfernt wie noch nie.

Nun kommt die Pappelallee, die man die italienische nennt, an die sich zu beiden Seiten ein Forst anschließt. Es ist still, auch das leise Raunen ist verstummt, kein Vogelruf, bloß das gleichmäßige Traben unserer Pferde, die sich in ein und denselben Takt gefunden haben, das silberne Klingen der Kinnketten und Knistern der Kleider der Schüler und das durch die mühselige Art des Reitens hervorgerufene schwerere Atemholen. Es spricht niemand mehr. Im Anfange habe ich hinter mir Lachen gehört; Prinz Piggys bellendes Lachen, das durch die Gangart seines stoßenden Pferdes zerschnitten wurde. Jetzt ist auch dies zu Ende. Die Pferde gehen ruhiger, sie treten in das Gras neben der Straße, sie weichen auch dem feuchten Grunde nicht aus, unter ihren Hufen zermalmen sie ruhig die hohen, hier am Wegesrand riesig aufschießenden üppigen Kletten. Dies ist aber nicht ungefährlich, da sich ihnen hinter den Hufen in der Gelenkbeuge Reste der stacheligen Köpfe ansammeln können, was zu einer bösartigen Fußkrankheit, Brandmauke, Veranlassung geben kann. Ich reite also den Zug entlang und bringe den jüngeren Reitern dadurch Unterstützung, daß ich ihre Pferde trotz ihrem Widerstreben auf die Straße zurückbringe. Die Knaben sehen mich an, sie lächeln mir entgegen, von ihren gesunden, frohen Gesichtern trieft der Schweiß, den dieser oder jener mit der aufgeworfenen Oberlippe auffangen will. Vergebens versuchen sie, die etwas heftigen Stöße zu mildern, ja sie wären nicht abgeneigt, die Pferde lieber in den gefahrvollen Kletten laufen zu lassen, wenn es nur für sie persönlich schmerzloser wäre. Aber ich bin für beide verantwortlich, für die Pferde wie für die Knaben, ich bin hier an Stelle eines Offiziers unter ihnen, nicht ganz als Kamerad.

Nun geht es bergauf, dem kleinen See entgegen. Hier stehen Buchen, Eichen, und mitten unter dem helleren, weich umflaumten, milchigen Laube erscheint das ernste, erzähnliche Grün der Nadelbäume, unter dem, wie Früchte verteilt, die weißgrünen neuen Sprossen hervorschimmern. Ein dunkler, fast schwarzer Wolkenhimmel treibt die im Windeshauche bebenden Kronen der Bäume zusammen. Dann öffnet sich dieser Weg, der Abfluß des völlig schwarzen Sees rauscht in gedämpftem Paukenschlage über das vor einem Jahre frisch gezimmerte Wehr aus weißen, gehobelten Stämmen ohne Rinde, an denen sich Moos und Algen erst in dünnen Streifen angesetzt haben.

An dieser Stelle biegen wir vom Wege ab und reiten auf eine abgemähte Wiese, in deren Mitte sich einige hoch aufgeschichtete Heuschober befinden. Sie hauchen jetzt unter dem völlig verhangenen Himmel einen fast betäubenden Brodem aus. Vögel sind nur kurz, abgebrochen zu hören. Weiter in der Ferne weidet eine Rinderherde. Viele Tiere liegen da wie erschlagen, bloß die Mäuler matt bewegend und die Rippen beim Atmen ausweitend. Wenige, weiße und schwarze, wandeln langsam und beugen die schweren Häupter mit den geringelten grauen und schwarzen Hörnern. Es ist sehr still.

Titurels Pferd, ein junger Rapphengst, ist unruhig geworden. Es fängt jetzt, von Mücken belästigt, an, mit seinem starken Schweife zu schlagen und, als dies nicht hilft, mit seinem starken, wie ein Mistkäferrücken schwarz glitzernden Kreuz zu tanzen. Jede dieser Bewegungen bereitet dem sichtlich erschöpften Titurel Schmerzen. Ohne zu reden, lege ich meine Hand auf den Kopfzaum des Pferdes. Schon will sich das Tier beruhigen, als Titurel heftig seine Knie scharf dem sofort wieder wilder und unregelmäßiger atmenden, mit der Hinterhand auskeilenden Pferd in die Seiten preßt. Ich lasse aber diesen Zweikampf nicht weiter gewähren, sondern besänftige das Tier durch einen leisen Pfiff und lege gleichzeitig mildernd meine linke Hand zwischen Titurels Knie und die Flanke seines Pferdes. So wird alles ruhig.

Inzwischen sind die andern Knaben schnell von den Pferden geglitten, manche so ungeschickt, daß sie sich auf dem weichen Grasboden kugeln und sich von den übermütig wiehernden und mit allen vieren zugleich aufspringenden Pferden noch eine Minute lang herumzerren lassen, ein Spiel, das schon deshalb ohne Gefahr ist, weil sie ja jederzeit die verbindenden Handzügel loslassen können. Die meisten kleiden sich rasch aus, das heißt, sie werfen die Turnschuhe, Zwilchröcke und Hosen auf einen Haufen und stehen nun in ihren grün-weiß gestreiften Trikotbadeanzügen da. Sie reiben sich in Vorfreude des Bades die Hände, während die Pferde, ebenfalls ungeduldig, mit ihren Nüstern den Knaben die nackten Schultern »ausradieren« und dabei wie bittend mit den Vorderhufen auf dem grasigen Boden scharren. Andere Schüler haben sich den Spaß erlaubt, die Pferde zu dreien an einem Halfter zusammenzukoppeln, so daß diese nicht weit kommen können. Dafür halten sich die Gäule an den hohen Heuhaufen gütlich, sie ziehen Bündel von graugrünem, duftendem, aber schon etwas unscheinbar gewordenem Heu hervor und mahlen es langsam zwischen ihren Zähnen ohne rechten Hunger, dann werfen sie sich, miteinander kämpfend und spielend, gegen einen der leicht zu erschütternden Heuschober, bis er einstürzt und die verblüfft aufblickenden Tiere unter dem zerflatternden Heu begräbt. Der Himmel ist inzwischen immer dunkler geworden. Der Regen muß ganz nahe sein, Fische springen häufig über die bleifarbene, bloß am Uferrande lichtere Wasserfläche. Völlig sind die Vögel im nahen Forst verstummt. Eine Kuh beginnt zu brüllen. Mücken singen hoch, doch sind sie jetzt nicht zu sehen.

Alle Knaben haben nun bloß die bis an den Hals reichenden Badekostüme an. Wir lösen die zusammengekoppelten Pferde los, sitzen von neuem auf und reiten langsam, die Pferde stark zurückhaltend, in das flache Uferwasser vor. Die Tiere empfinden die Kühle des Wassers als Wohltat. Sie wiehern freudig, trompeten laut, sie trinken mit Gier. Dann gehen sie vorsichtig ins Wasser, sie heben die Beine hoch wie zimperliche Mädchen. Es weitet sich ihnen die Brust, und sie schwimmen, sie peitschen das Wasser mit ihren fächerförmig sich ausbreitenden mächtigen Schweifen.

Auf dem See herrscht wildes Getümmel. Die Knaben lachen, bespritzen sich gegenseitig mit Wasser, und doch schützen sie gleichzeitig ihre kurzgeschorenen, unter dem fast nächtlichen Gewitterhimmel stark glänzenden Köpfe hinter den Hälsen der Pferde vor dem Wasser, während sie sich mit vornübergebeugtem Oberkörper an den Hälsen der Pferde festhalten. Die Dorne der Rückgrate der Jungen zeichnen sich, als wären sie dicke Perlenschnüre, unter dem Trikotstoffe ab, der nur langsam sich mit Wasser festsaugt. Ab und zu hebt der Wasserdruck einen Jungen von dem glatten Pferderücken fort, und mühsam nur gewinnt er seinen Sitz wieder, sieht sich, noch den Mund voll Wasser, verlegen lachend um und ist bald allen anderen voraus. Titurel hält sich neben mir auf seinem jetzt, wie es scheint, friedlich gewordenen Rapphengst. Er hat gute Farben, sein Blick ist ruhig und frei. Er ist so, wie ich ihn die ganzen Jahre hindurch kenne. In den Augen des Pferdes haben sich Algen mit Wassertropfen verfangen, grün schimmert es zwischen den sehr dichten, rutenartig vorstehenden Wimpern hervor. Das Tier schüttelt mit dem Kopf. Mit einer zerstreuten Bewegung, ohne recht hinzusehen, wischt Titurel das grüne Gerinnsel von den glasklaren schwarzen Pferdeaugen fort.

In diesem Augenblick bricht plötzlich mit einem kurzen, scharfen Knall das Gewitter los. Blitz und Donner gleichzeitig. Der Wetterherd ist gerade über uns. Ein gelbes Funkengewirr mitten aus einer fahlen, vom Wind geblähten Wolke, hinter der aber, noch höher im Räume, schwärzere Wolken warten. Von weit her kräuselt sich im Sturm die bis dahin bleifarbene Wasserfläche, als ziehe man ein hellgraues Netz mit der größten Geschwindigkeit durch das Wasser. Es hat sich im selben Augenblick schon bis in die Tiefe getrübt. Es zischt auf, und aufsteigend beginnt es sich wie kochend in gewaltigen, abgerundeten Wellen zu heben. Das Schreien und Lachen der Knaben ist mit einem Male wie abgehackt.

Ich kann es nicht verstehen, daß ein Gewitter sie erschreckt. Ich liebe Gewitter über alles. Aber die andern sind stumm geworden. Mit blanken, bleichen Gesichtern, die Augen tief in den Höhlen, die Hände mit den verschlungenen Zügeln meist über der Brust verkrampft, die Beine eng um die Leiber der Pferde gepreßt, so hängen sie über den hohen, nassen, wie aus Email geschnittenen Pferdehälsen. Die Tiere sind, da sie sich schon durch ihre große Anzahl sicher fühlen, ziemlich ruhig, und das ist gut. Aber Titurel ist zu Tode erschrocken. Sein Gesicht ist grünlichblaß, fast wie der grünliche Unrat, den er aus den Augen seines schwarzen Pferdes wischen wollte. Aber was das Ärgste ist, ich sehe, wie er, ohne es zu wissen, seine Finger mitten in das rechte Auge des armen Pferdes gräbt, das sofort mit einem ungeheuren Satz von dem flacheren Ufergelände absetzt und nun, halb schwimmend, halb springend, weißen Schaum um seine riesigen Gliedmaßen aufpeitscht. So stürzt es sich gegen den tieferen Teil des Sees. Jetzt hat es den Grund unter den Füßen verloren, es schwimmt dahin, ist tiefer getaucht, den Kopf hält es schräg gegen das Wasser hin, und an seinem spitz zulaufenden Halse bricht sich das gewitterschwarze Wasser hell wie am Kiel eines fahrenden Schiffes. Aber noch fühlt es unwillig die Last auf seinem Rücken, es schüttelt sich, schlägt ungebärdig aus. Mit seinem Schweife wirbelt es Schaum. Es hebt, während es laut wiehert, sein Hinterteil, so wehrt es sich gegen den Reiter, der jetzt an dem Pferd mehr wie ein totes Kleiderbündel herabhängt, statt daß er es durch seinen Sitz beherrscht. Ich kann ihn, da mein Pferd unter solchen Umständen schwer pariert, nur aus einiger Entfernung sehen. Seine Augen hat er völlig geschlossen, jetzt legt er, offenbar in einem Zustand von fast völliger Ohnmacht, seinen langen Oberkörper zurück, der Kopf sinkt ihm zur Seite. Den Mund will er zu einem Schrei öffnen, aber man hört unter den wiederholten, wie eine Kanonade prasselnden Donnerschlägen aus seiner Richtung nur etwas Dünnes, Kraftloses. Sein Ohr blinkt ganz an der Seite über den Knöpfen, die sein Badetrikot an der linken Schulter zusammenhalten, es ist so, als lausche er an sich selbst herum.

Noch kann ich alles nicht für Ernst nehmen. Es ist ja nichts geschehen, kein Tropfen Wasser vom Himmel gefallen. Aber jetzt tut er seinen Mund, den blassen, blutentleerten, ganz weit auf, man sieht seine schlechten Zähne, sein Lächeln ist fürchterlich, denn ein krankes kleines Kind in seinen tödlichen Fieberphantasien lächelt ebenso. Damit hat er auch den letzten Halt verloren. Ich sehe noch, während meine Stute mit aller Gewalt, wie die andern Pferde, dem Ufer zustrebt, ich sehe noch, wie er mit seiner sonst so starken, gebräunten Knabenhand seinem näher zu uns hinschwimmenden Pferde über die von Wasser triefenden Stirnhaare streicht. Es ist, als kämme er einer Dame die Ponys aus der Stirn, es ist nicht so, als wolle und müsse er sich an der Mähne des Pferdes halten, bis ich ihm zu Hilfe eile.

Mit aller Gewalt rollt jetzt der Donner über die hoch aufrauschenden Bäume und die hohle Fläche des Sees. Der Regen bricht nieder, mit einem Geknatter, als würde er herabgeschossen. Wo er das Wasser trifft, spritzt es weiß auf. Er fällt in solcher Menge, daß man sich wie unter Wasser fühlt. Keine Luft zum Atmen. Man kann nichts sehen, nichts hören außer dem Gedröhn. Es riecht nach Schwefel. Die Pferde schreien mehr, als sie wiehern. Die Verwirrung ist unbeschreiblich. Die jüngeren Knaben höre ich mitten im Aufruhr der Elemente weinen, der Prinz Piggy ruft laut um Hilfe, aber es ist nur Hohn, denn sofort nachher ertönt vom Ufer her sein bellendes Gelächter.

Beruhigt möchte ich aufatmen. Nichts vom T. Aber unbeschreiblich tief ist mein Erschrecken im gleichen Augenblick, als der blanke Rücken von Titurels Rapphengst leer neben mir auftaucht. Vom Reiter keine Spur. Kein Augenblick ist zu verlieren. Ich habe nicht mehr an mich zu denken, weder an Leben noch an T., nur an die Jungen, für die ich bürge. Ruhe, Mut, Entschluß! Ich löse mich von meinem Pferde los, das wie ein milchweißer Fisch unter mir davonschießt. Das Wasser ist eine schäumende, von unzähligen Spritzern aufgerauhte Masse, warm und in harten Wellen stark bewegt. Nirgends ist Titurel zu sehen. Kann er sich schon gerettet haben? Ist er in dem Getümmel hinter mir auf dem Ufer gelandet? Hat ihn der Prinz mit seinem bellenden Lachen empfangen? *Muß* er nicht gerettet sein? Lautlos geht ein Mensch nicht unter. In mir selbst ist jetzt das Leben so über alles stark, daß ich trotz aller Schrecken, trotz aller den Himmel aufreißenden Blitze zwischen den Wolkenschichten, trotz der violetten Wetterwolken am liebsten vor Freude schreien möchte, ich möchte mich auf den Rücken herumwerfen, mir alle Sommerkraft und Regenwärme in Güssen in die Augen, auf die Brust stürzen lassen.

Aber alles in mir erstarrt, als ich auf eine halbe Sekunde Titurels Füße mit den dunkelgelben, mir wohlbekannten Zehennägeln treibend erblicke; das Hellere weiter vorn müssen seine rudernden, aber das Wasser nicht erfassenden Hände sein. Aber schon versinkt alles mit hohlem Glucksen vor meinen Augen.

In einem einzigen energischen Schwimmtempo bin ich bei ihm. Zum Glück für ihn und mich haben die Pferde das Wasser geräumt, sie sind alle zurückgeschwommen. Die Wasserfläche breitet sich vor meinen immer noch vom Sturzregen geblendeten Augen leer aus. Jetzt sehe ich nur ein weißlichgrünes Bündel unter den Wellen flottieren. Ich fasse Titurel mit der rechten Hand von vorn um den Hals, den er mir entgegenreckt. Ich erkenne aber sogleich, daß ich dann nicht mehr schwimmen kann. So muß ich ihn wieder loslassen. Es gilt als Vorschrift, und so hat man es uns eingeprägt: von hinten den Ertrinkenden fassen. Mit einem Kampfe im Wasser rechnen. Er klammert sich an meine Oberarme. So sind wir beide verloren. Ich muß ihm Mund und Nase absichtlich zuhalten, mit dem linken Handteller das Kinn von unten nach oben gegen den Oberkiefer drücken, mit dem Daumen und Zeigefinger ihm die Nase zukneifen. Das Gesicht muß ich von mir abdrücken. Es muß sein. Ich muß meine Knie gegen seinen Leib stemmen. Jetzt läßt er endlich los. Welch ein Glück! Ich drücke ihn, während ich mich ganz kalt und klar der Lehren des Meisters erinnere, noch einmal unter Wasser. Ich packe ihn richtig an. Schon ist die Betäubung da. Sein großer, langer, heller Körper, von dem aufgegangenen Badeanzug weit umwogt, ist ohne eigene Bewegung. So lade ich ihn mir auf. Ich senke, um besser schwimmen zu können, meinen Kopf in die Wassermasse hinab. Jetzt handelt es sich um vielleicht hundert korrekte Schwimmstöße unter sorgfältiger Berechnung meiner Atemkraft und meiner Energie.

Ich sehe das Ufer immer näher kommen, wenn auch der Regen blendet und täuscht. Die Last wird immer drückender; mag sie drückend sein, ich habe Kraft genug in meinen das Wasser zerteilenden, das Wasser richtig fassenden und sich dann drehenden Händen. Bald habe ich

Grund unter den Füßen. Der Boden drängt sich meinen Zehen gerade entgegen. Jetzt wanke ich noch, die warme, unheimliche Last preßt mir den Nacken nieder, und ich muß, zum ersten Male heute, Wasser schlucken, das dann schmerzhaft aus der Nase wieder herausschießt. Aber jetzt stehe ich aufrecht da, und sorgfältig trage ich, während spitze Kiesel meine Sohlen schneiden, den nicht atmenden, bewußtlosen Titurel durch den prasselnden Regen, mitten durch das fast mannshohe Schilf am Ufer. Von den Pferden und Knaben sind nur wenige da. Wir betten Titurel auf einen von den Pferden zerstörten Heuschober, wobei wir möglichst das trockene Heu nach außen wenden. Wir beginnen unverzüglich mit der künstlichen Atmung, während der Regen dem Jungen auf das Gesicht, in den offenen Mund strömt. Seine Lippen sind genauso farblos wie das übrige Gesicht. Es dauert nicht lange, und die künstliche Atmung hat Erfolg, die Atemzüge beginnen, werden schneller und lauter, und der junge Titurel drückt seinen Kopf nach hinten tiefer ins Heu, als läge er daheim im Bett und wolle nur behaglicher ruhen. Wir lassen es nicht dabei, wir schlagen mit den flachen Händen, aber kräftig genug, ihm in die Seiten, und der Prinz Piggy, der bei alldem mitgeholfen hat, schmettert ihm mit der geballten Faust in die Wangen, bis sie sich ordentlich röten. Da höre ich einen Seufzer, der ganz ähnlich klingt wie der, den das Pferd Cyrus heute morgen an der Doppellonge ausgestoßen hat. Aber dieser Laut, der dem Ziehen einer Säge in frischem Holze gleicht, beschämt mich nicht. Er macht mich nicht stolz. Nur ruhig. So nehmen wir denn zu zweit, der Prinz und ich, den Jungen auf unsere Arme und bringen ihn an das Ende des Sees, wo uns schon der Meister mit seinem Wagen entgegenkommt. Dort wird Titurel gut gebettet.

Der Prinz erzählt auf die Frage des Meisters in kurzen Worten das Ereignis; der Meister antwortet nicht, schweigt erst und macht uns dann von einer großen Inspizierung, die erwartet wird, Mitteilung. Ob es ein General oder der Unterrichtsminister oder der Bischof ist oder einfach der Generalrendant und Vermögensverwalter des Stiftes Onderkuhle, wird nicht verraten, und unserer alten Gewohnheit treu, fragen wir auch nicht weiter. Der Meister zieht seinen Gummimantel aus, der mit Flanell gefüttert ist. Er deckt mit der warmen, trockenen, gelb und rot karierten Futterseide dieses Mantels den hilflos lächelnden Jungen zu.

Ich habe vorhin erzählt, daß ich den Freund unter das im Regen aufzischende, milchig getrübte Wasser getaucht habe, damit er das Bewußtsein ganz verliere und uns das Rettungswerk ermögliche. Aber ich selbst verliere jetzt das Bewußtsein. Unwiderstehlich regt sich etwas im geheimsten Innern meines Lebens. Ich kann nichts tun, als alles über mich herabströmen zu lassen. Mit Beklommenheit, mit immer schwereren, heißeren, süßeren Atemzügen gebe ich mich ihm hin. Wie kann ich es nennen? Es ist das erstemal und doch so vertraut, ich kann es nicht beschreiben. Man erlebt diesen Augenblick nicht ein zweites Mal. Ich kenne den Weg ganz genau, den unser Wagen jetzt nimmt. Ich habe oft hier kutschiert. Kein Baum ist mir fremd. Ich erkenne jeden unter dem Wasserfall des herabstürzenden Wolkenbruchs. Jede Krümmung des Weges ist mir bewußt, ja überklar, trotz der Blendung des immer tosender herabgehenden Gewitters, dessen Blitze sich gelichtet haben und ganz zartblau, dabei aber unerträglich hell geworden sind. Ich messe, indem ich mein neues Glück zugleich mit meinem Atem anhalte; den Abstand bis zu unserem Schulhause, das sich in seinem tiefen, stumpfen Rot hoch über die wassertriefende italienische Allee erhebt. Klar kann ich dies alles sehen; was ich aber nicht beschreiben kann, ist die alles überwallende, alles bis in die tiefste, geheimste Herzkammer erfüllende Glückseligkeit. Worte geben es nicht, ich kann heute kaum nachempfinden, was ich damals gelebt habe. Solcher Tage sind nicht viele. Es war etwas, das mir noch nie beschieden war.

Äußerlich ein sonderbarer, vielleicht für einen Fremden wenig erfreulicher Anblick. Ein magerer, scheinbar knochenloser Jüngling in grünweißem Trikot, mit sonderbar gescheckten, sehr reichen Haaren, die nackte Haut an Gesicht und Händen buttercremefarben und voll von Sommersprossen, die langen sehnigen Arme um den Hals seines Freundes geschlungen; seine Hände nehmen das Pochen der Pulse dort wahr und zählen es, als wären es Lebensjahre, die ich alle noch zu erleben hätte. Zwei Proben auf T. habe ich an diesem Tage bestanden.

So erscheine ich vielleicht, zitternd vor Erregung, den Mund stumm zusammengepreßt, einem Fremden, etwa dem Prinzen Piggy. Er ist von uns, Titurel und mir, auf den Vordersitz der Kutsche gedrängt. Er starrt uns beide unverschämt mit seinen marmeladefarbenen Augen an. Er ist vollständig angekleidet bis auf Turnschuhe und Mütze. Mich trifft von überallher der Regenguß, der heiße schwere Gewitterwind. Aber in mir geht etwas Betäubendes, etwas Überwältigendes unwiderruflich vor. Mein unbeschreibliches Glücksempfinden macht mich still, bedrückt mich tief.

So fahren wir wortlos gegen die Pappeln hin, die sich im Gewitterwinde beugen, durch die bekannte Lindenallee, deren Bäume sich ins Unabsehbare vermehrt zu haben scheinen. Der Regen, der von den honigfarben überblühten Zweigen herab mir in den Mund und ins Gesicht strömt, schmeckt nach Lindenblütenduft, nach kühlen, blumenhaften Essenzen.

Mein Freund ist ganz erwacht und erwärmt. Er richtet sich auf, blickt umher und schlingt des Meisters Mantel enger um sich.

Zweiter Teil

1

In diesem Augenblick des unvergeßbaren Junitages, des 19. Juni 1913, ist der Höhepunkt meines überstarken Lebensgefühls überschritten, und es beginnt, was natürlich und doch so schwer zu ertragen ist, der Übergang in die Zeiten des T. Ich wehre mich dagegen. Ich kämpfe. Aber sagte ich es nicht schon bei der Bändigung des Cyrus, daß er kämpft, macht ihn wehrlos? Kann das sein? Doch ist es so.

Nun bin ich mit meinem Freunde Titurel nach Onderkuhle zurückgekehrt. Daß ich ihn gerettet habe, dankt mir niemand. Die offenbare Ungerechtigkeit stimmt mich aber mutig. Bloß gegen Güte, Milde und Weichheit bin ich wehrlos. Aber weder der Abbé noch der Direktor haben in dem Ganzen etwas anderes gesehen als Fahrlässigkeit. Daß sich Prinz Piggy über den kühlen Empfang freut, kann mich nicht wundern. Bloß einer hält zu mir, der Meister, der mir ein Zeichen mit seiner Hand gibt, die mit einem edlen grünen Ring geschmückt ist.

Aber was sind sie mir alle, der Abbé und Piggy, der Direktor und der Meister? Ich werde sie übersehen und mich stumm lächelnd von ihnen abwenden. Aber etwas anderes trifft mich schmerzlich. Ich kann es nicht übersehen, ich kann mich nicht stumm lächelnd davon abwenden, wenn Titurel einen kaum unterdrückten Widerstand gegen mich entfaltet. Er wird nichts Ungebührliches sagen, dazu hat er sich, dank seiner Erziehung, zu sehr in der Gewalt. Aber so sehr hat er sich doch nicht in der Gewalt, daß er mir Gerechtigkeit angedeihen lassen könnte. Aber ist es denn Gerechtigkeit, wonach ich mich sehne? Wahre Zuneigung fordert man nicht und gibt sie auch nicht gegen Lohn und gute Gründe. Lieben und Geliebtwerden ist entweder selbstverständlich oder unmöglich. Wozu Worte? Er sagt mir nicht den Grund, ich frage ihn nicht. Hat man mit einem Menschen, einem einzigen Freund, einem unersetzbaren, ich fühle es jetzt, Jahre um Jahre zusammen gelebt, dann versteht man einander ohne Worte, oder man versteht sich trotz aller Erklärungen gar nicht.

Was bleibt mir? Meine Zukunft? Neue Fragen, unlösbare. Meine Eltern, mein Vater, meine Mutter? Ich möchte mit ihnen sprechen, sie grüßen, sie mir nahe wissen, ihnen schreiben, aber es gelingt mir nicht. Ich schreibe Anrede auf Anrede, eine immer zärtlicher als die andere, keine aber empfinde ich. Selbst das einfache, schmucklose »geliebte Eltern« erscheint mir unwahr. Als ich von meinem Brief aufsehe, erblicke ich Titurel und freue mich, *daß er lebt*. Titurel fühlt das und gönnt mir auch diesen Augenblick nicht mehr. Er wendet sich ab, sieht mich aber schief von unten an und flüstert: »Wehe dir, wenn du mich noch einmal anfaßt!« – »Ich dich anfassen?« frage ich. »Wer hat dir erlaubt, mich unter Wasser zu drücken? Du willst dich zeigen. Bin ich ein dummes Pferd, an dem du deine Künste versuchen kannst?« Ich gehe ihm nach, fasse ihn zwischen meine Arme, ziehe ihn an den Schultern noch einmal über die Schwelle und sehe ihn an. Nie hatte ich daran gedacht, ihn zu demütigen. Über andere zu herrschen war mir gleichgültig. Der einzige Wunsch in mir war, das ewige Gefühl des T. zu besiegen und mich durch das Bestehen von Proben frei zu machen von der Angst vor dem T. Ich habe diesen jungen Menschen liebgehabt, nicht wie man eine Frau, nicht wie man seine Eltern liebt, sondern wie man sich selbst liebt und seine eigene Jugend. Ich hätte gern in seiner Nähe gewohnt, ihn bei mir gewußt. Nun werden wir uns nicht mehr kennen. Wenn er jetzt mit hängenden Schultern, mit abweisend vorgestrecktem Kinn das Zimmer verläßt, erinnert er nicht mehr an den einzigen Freund meiner Jugend, er ist mein Schulkamerad in der adligen Schule, nicht näher, nicht fremder als andere.

Obwohl ich vor dem Einschlafen begreife, daß dies ein endgültiger Abschied ist, erwache ich doch kaum eine Stunde später von einem leisen Geräusch an der Tür und rede mir ein, daß nur Titurel sich so bei mir anmelden könne, daß nur *er* so schnell zu mir zurückkehre. Dabei weiß ich, daß seine Weise zu klopfen eine andere ist, zwei kurze, scharfe Schläge. Auch müßte ich mir sagen, daß er, mein Freund von einst, auch ohne Klopfen durch die kleine Verbindungstür eintreten würde, die vom Schlafsaal der »Fünften« in mein Zimmer führt, und nicht durch den Korridor, wo um diese Zeit stets eine Ordonnanz schläft. Zum Glück beherrsche ich mich in meiner trügerischen Vorfreude wenigstens so weit, daß ich die im Dunkeln des Zimmers näher kommende Gestalt nicht mit Titurel anspreche. Es ist nicht Titurel und wird es niemals sein. Ich schweige. Auch der Meister schweigt. Dann setzt er sich auf den Rand meines Bettes und beginnt zu sprechen. Ich erfahre jetzt, wer erwartet wird, der Herzog von Ondermark, ein berühmter Forschungsreisender und ehemaliger Schüler unserer Anstalt. »Und wohin Sie?« fragt er unvermittelt. Ich schweige. »Als ich hierherkam, lieber Herr von Orlamünde, dachte ich nur an ein Jahr. Fragen Sie mich nicht, wie viele Jahre es geworden sind. Ich dachte daran, mir ein kleines Vermögen zu machen, gleichgültig wie. Einen Hausstand zu gründen, gleichgültig wo. Nichts davon ist zur rechten Zeit gelungen. Ich habe hier viele Menschen kennengelernt im Laufe der Jahre. Alle sechs Jahre erneuert sich alles. Neue Gesichter, neue Stimmen, alte Namen. Mein ist nichts. Ich bin grau geworden.« Da ich schweige, geht er zum Fenster. Draußen regnet es mit unverminderter Heftigkeit. Das Wasser rinnt wie in starken Säulen, die sich fast gar nicht in Tropfen auflösen, von dem niedrigen Himmel nieder, der sonderbarerweise heller gefärbt ist. Er wiederholt noch vom Fenster: »Wohin mit Ihnen?« – »Wohin sollte ich sonst?« sage ich. »Hier fühle ich mich wohl.« – »Wohl?« sagt er. »Lebt ein Orlamünde um seiner selbst willen? Sie werden hier viele Bekannte haben und keine Freunde, Sie werden hier Befehle erteilen und doch nicht kommandieren. Sie werden...« Plötzlich sagt er mit einer veränderten Stimme: »Sie, ein Orlamünde, wollen doch nicht werden wie ich?« Draußen hat sich der Himmel stärker erhellt, und ich kann seine auseinanderweichenden, scharfen, steingrauen Augen sehen mit einem Ausdruck der Selbstvernichtung, der stärker ist als seine Liebe zu mir. Er, sonst immer Herrscher, hat sich tief gebeugt. Jetzt streicht er mit seinen Händen die Haare ganz straff an die ausgebuchteten Schläfen, so daß sie im matten Licht grau und schwarz durcheinander aufleuchten, dazu noch das Blitzgefunkel seiner schönen Steine. Er neigt den Kopf noch einmal von einer Seite zur andern, als wollte er sagen: »Niemand werde wie ich«...Dann öffnet er den Mund, zeigt seine schmalen weißen Zähne, die in dem alten Munde erhalten geblieben sind. Er tut, als wollte er mich schnell unterbrechen, wenn ich begänne zu sprechen.

Auch ich könnte sprechen. Es gibt viel, was ich niemand gesagt habe und was man nur einem Vater sagen kann. Einem leiblichen oder einem angenommenen. Aber ich kann es nicht.

Ich habe am nächsten Morgen mit den andern in der Anstaltskapelle gebetet. Mein Platz ist nicht mehr unter den Schülern, zu den Lehrern darf ich mich auch nicht zählen, so zwänge ich mich zwischen beide Gruppen. Die Angestellten, die Professoren, der Rendant, der Arzt, die Präfekten und auch die Gutsbeamten, die wir sonst selten zu Gesicht bekommen, sind alle in der viel zu engen Kapelle versammelt, bloß einer fehlt, der sonst sein Auge überall hat, der Meister, der unserem Glauben nicht angehört. Bei der Predigt wiederholt der Abbé immer von neuem die Bezeichnungen Vater und Sohn. Mich trifft das Wort Vater, wie der Hufschlag eines Pferdes einen auf dem Boden Liegenden trifft. Erwartet, unabwendbar, dumpf und blind. Er, der feine, aber in seiner Art starrsinnige und kalte Priester, der oben auf seiner Kanzel, bis über die Hände in seine seidenen Meßgewänder gehüllt, diese Worte ausspricht, weiß nicht, wer zu seinen Füßen liegt. Es ist nicht der seit Wochen vergeblich erwartete Brief meines Vaters, der mir Tränen abnötigen könnte, wenn mir Tränen nicht unbekannt wären. Denn solange ich mich erinnern kann, habe ich noch nie geweint. Es ist nicht das Gefühl der Verlassenheit. Es ist etwas, das man nicht richtig zu Ende denken kann, geschweige denn aussprechen, man kann sich nicht sammeln, kann sich nicht besinnen auf sich selbst. Wohl redet man sich zu, den kurzen Augenblick zu nützen, in welchem die steingrauen Augen des Meisters anderswo sind, in dieser seltenen Stunde sich Trost zu holen, sich innerlich zu ermannen und endlich zu einem Entschluß zu kommen. Sollte es keine Waffe geben, den Kampf zwischen Leben und T. in mir zu beenden? Kann ich mir nirgendwo Rat holen? Wenn mein leiblicher Vater fern ist und stumm bleibt, wenn mein angenommener Vater nur an Erfolg und Tätigkeit, Streben und Ehrgeiz denkt – sollte es keinen geben, dem ich mich anvertrauen könnte? Dem himmlischen

Vater? Aber was sagt mir das Wort »himmlischer Vater«? »Vater« alles – »himmlischer« nichts. Ist, was mich bedrückt, so selten? Hat es noch keinen anderen betroffen? Leichter vertraut man sich einem Bruder an, dem gleichalterigen, als einem alles wissenden, aber um so fremderen Vater. Aber kann der Vater mich kennen, kann ich ihn erkennen? Ich hatte einen gleichalterigen, einen alles verstehenden Freund. Jetzt ist Titurel mit dem Prinzen Piggy ein Herz und eine Seele. Selbst während des Gottesdienstes stecken sie ihre Köpfe zusammen, keiner von ihnen betet, und ich sehe, daß das Gebetbuch, in das sie eifrig hineinzusehen scheinen, einen anderen Druck hat als das unsere. Es wird ein verbotenes Buch sein, Casanovas Memoiren oder Dumas' Monte Christo, das sie jetzt mit den Augen verschlingen. Es ist bitter, sehen zu müssen, wie Titurel, früher mit dem Lesen einer Seite fertig als der Prinz, auf jenen wartet und sich dabei mit dem sprechenden Ausdruck seiner Augen, der mir so bekannt ist, an die wulstigen, blassen Lippen und die huschenden Blicke der marmeladefarbigen Augen des Prinzen heftet. So entwürdigen sie die Stunde Gottes. Aber bin ich besser? Wo sind meine Gedanken? Nicht beim Vater, nur bei mir.

Zwar habe ich am Abend des Sonntags endlich eine Stelle im Evangelium gefunden, die wenigstens mein Beten rechtfertigt und die es mir leichter machen müßte, mich Gott so anzuvertrauen, wie es einem gläubigen Katholiken geboten ist. Es ist die Fortsetzung der Bergpredigt im Evangelium Matthäus, sechstes Kapitel. Es beginnt gut und mit väterlicher Stimme (nicht himmlisch väterlich, sondern irdisch väterlich – wie ein Vater, der Onderkuhle kennt und mich): »Und wenn du betest, so gehe in dein Kämmerlein und schleuß die Tür zu und bete zu deinem Vater im Verborgenen. Und dein Vater, der in das Verborgene sieht, wird's dir vergelten öffentlich. Euer Vater weiß, was ihr bedürfet, ehe denn ihr ihn bittet.« Darauf folgt das Vaterunser im Evangelium.

Ich bin nach dem Abendbrot, von allen allein gelassen, unter höflichem Grüßen in mein leeres, bläulichdunkles Zimmer zurückgekehrt. So liege ich auf den Knien wie ein hingeworfenes Bündel alter Kleider, in das sich die Katze oft verkriecht, wo sie sich anschmiegt und sich wohl fühlt. Aber ich habe nicht die Kraft, ein Ende zu machen. Ich schlafe in dieser unnatürlichen Stellung ein und erwache am Morgen in derselben und gehe an meine Arbeit, eine Schwimmlektion an Stelle des Kapitäns zu erteilen. Meine Lippen beten noch immer weiter, als hoffte ich, noch auf der Treppe, zwischen den Zöglingen in den Frühstückssaal hinabeilend, den Sinn dieses Gebetes zu erfassen. Ist es ein Gebet erst für Männer? Ist es eines für schwer arbeitende Menschen? Ist es für Dienende? Haben meine Vorfahren nicht gebetet? Das einzige, was ich verstehe, ist das Wort vom täglichen Brote. Nicht für mich muß ich das beten, sondern für meinen Vater. Es ist alles stumm um ihn, kein Brief von ihm liegt auf dem Frühstückstische.

Lebt er in Not? In Sorgen? Schuld hat er nicht, an keinem Menschen, eher haben sie schuld an ihm. Führe uns nicht in Versuchung! So tief bin ich versunken in meinen Entscheidungskampf zwischen T. und Leben, daß mich nichts in Versuchung führen kann. Einzig das Übel verstehe ich, einzig um die Befreiung davon müßte ich beten, wenn ich glauben könnte.

Reich, Kraft, Herrlichkeit, daran teilzunehmen, auch nur in Gedanken, welche Hoffnung! Aber ich kann nichts hoffen. Man kann Großes nicht leisten ohne Hoffnung, man kann nicht einmal im Mittelmäßigen bestehen, wenn man überall die Fingerabdrücke des T. sieht und sich ihnen nicht entziehen kann. Ewigkeit! Dem Kosmos gegenüber sich zu behaupten, dem Unendlichen sich als mutiger Aristokrat zu stellen, ich begreife, wie erlösend das wäre, befreiend, ein reines Glück. Aber gerade, daß ich es weiß und daß ich darum kämpfe, macht mich schwach statt stark. Ich habe Angst vor dem T. Ich gehe den falschen Gang wie Cyrus in der grünen Reitschule. Warum faßt mich niemand und führt mich, besser, als ich mich selbst führen könnte?

2

In den guten Tagen des Lebensübermutes ist es mir eine besondere Freude, vom höchsten Sprungbrett, das sich etwa sieben Meter über dem Wasserspiegel der Schwimmschule erhebt, herabzuspringen. Kerzengerade oder in einer geschmeidigen Kurve im Hechtsprung. Hauptsache ist, während der wenigen Sekunden des Falles das Gleichgewicht zu bewahren. Sich zu beherrschen, während man fällt. Die Höhe ist fast gleichgültig. Eine andere Kunst ist das Springen mit Schneeschuhen, das wir hier nicht üben können, da in Onderkuhle weder Schnee jemals genügend hoch liegt, noch ein genügend steiler Abhang existiert. Wenn es dem Skimeister von Norwegen gelingt, von einer haushohen Schneeschanze herabzuspringen, so kann ein guter Schwimmer oder Taucher auch seine zehn und selbst zwanzig Meter in aller Sicherheit hinabspringen und während dieser Sekunden alles Glück des Durchmessens leerer Räume erleben.

Nicht viel anders kann es sein, sich im T. in den leeren, bodenlosen, vor uns sich auftuenden Weltenraum hinabzustürzen oder sich in ihm zu erheben, denn dies ist das gleiche.

Fürchterlich aber ist es, wenn einer wie ich zu diesem Sprung in Angst ansetzt, wenn ihm die Beine den Dienst versagen, wenn er wie ein regennasses, nicht flügges Vögelchen trotz seines geringen Gewichtes schwer vom Zweig wie ein Stück Blei niedersinkt. Unten aber langt der feige Springer unter wütenden Schmerzen an und empfängt von der Wasserfläche eine gewaltige Tracht Prügel. Das darf nicht sein. Was der Mut nicht kann, kann der Wille. Ich beiße die Zähne aufeinander, nehme meine ganze Kraft zusammen und springe kerzengerade mit aussetzendem Herzen in die Tiefe zu meinen sich im Wasser tummelnden Kameraden. Sie werfen sich auf die Seite und auf den Rücken, weichen mir weit aus und umrauschen mich beim Auftauchen mit fröhlichem Lärm. Sie bewundern mich ehrfürchtig, nicht wissend, daß meine ganze Feigheit nötig war, um mir so viel Mut zu machen.

Ich weiß genau, die Proben, die in der Bändigung des Cyrus und in der Lebensrettung Titurels lagen, sind mir nicht gelungen, oder, wenn sie gelungen sind, waren sie nicht entscheidend. Aber diese kleine Überwindung im Sprung von sieben Meter Höhe hat mir wieder etwas Selbstbewußtsein gegeben.

Um wieviel ist der Meister mit seinen grauen Haaren dem Tode näher, und doch beherrscht er dies wie alles hier. Er ist es nicht, der am besten rechnen kann, und doch hat er den höchsten Ökonomieposten hier inne in unserm kleinen Reich. Ihm zur Seite steht der Rendant, ein ausgedienter, aber unverwüstlicher Beamter, der daheim sieben Kinder zu ernähren hat. Für diese lebt er. Er spart hier jede, auch die kleinste Summe zusammenbricht sogar die Zigaretten, die er raucht, in zwei Teile, bevor er sie zwischen seine Lippen steckt, die wie aus braunem Papier gebildet scheinen. Mir ist nicht klar, ob die Roulettuhr, die seit einigen Tagen im Schlafsaal der »Fünften« auf dem Bette eines Kameraden rotiert, durch ihn oder durch den Meister eingeschmuggelt ist. Ich traue es dem Meister zu, daß er die schlechten Instinkte der Zöglinge ausnützt, um Vorteile zu gewinnen, ebenso auch dem Rendanten, daß er sich kleine Nebengewinne, sei es mit oder ohne Duldung des Meisters, nicht entgehen lassen will. Mir ist Geld etwas Fremdes. Was soll es in Onderkuhle? Das, was ich ersehne, wonach ich hungere, wird man sich für Geld, sei es erspieltes oder durch Arbeit erworbenes, nicht kaufen können.

Seit ich Titurel nicht mehr als Freund betrachten kann, sieht man mich oft bei Cyrus. Mich ergreift die Nähe des großen, mausgrauen Pferdes, das mich erkennt und das mich mit seinen sonderbar gefärbten Augen, die sehr denen des Meisters ähnlich sehen, unverwandt anstarrt. Sonderbar ist sein Verhalten gegen mich. Er nähert sich mir mutig mit dem Oberkörper, zugleich aber versucht er mit der feig weggedrehten Kruppe mir zu entfliehen. Aber ich will nichts Böses. Ich weiß auch, daß ich von dem auf immer gebändigten Tier kaum Böses zu erwarten habe. Ich sattle das Tier selbst, schwinge mich vor der Stalltür in den leichten englischen Sattel aus erbsengelbem, feingekörntem Leder, fasse Zügel und Peitsche in die linke Hand. Ich beginne loszutraben und kann zu meiner großen Freude bald wahrnehmen, wie willig der Hengst mir folgt, wie aufmerksam er auf meine Hilfen eingeht und wie er sich, nicht anders als ein Zögling der ersten Klasse bei der ersten Lektion, anstrengt, mir alles recht auf Befehl zu machen. So versuche ich leichte Springübungen über einfache Hindernisse. Die Wiesen sind schon gemäht. Es wird Abend. Ich muß mich kurz fassen. Kleinere Hindernisse bis zu Heuschobern von Mannshöhe nimmt das Tier anstandslos. Ebenso springt es über ziemlich breite Gräben, die man aus Meliorationsgründen durch ein früher sumpfiges, jetzt festes und fruchtbares Grasterrain gezogen hat. Dann treibt es mich zu dem an einer Stelle tief eingeschnittenen Bahndamme, der von Onderkuhle nach der kleinen Industriestadt V. führt. Auch diese Stelle ist eine Art Graben, nicht besonders breit, aber gefährlich für das Pferd und, warum es verschweigen, für mich. Ich weiß es, und das Pferd weiß es, wenn überhaupt, nur durch mich. Faßt nämlich das Pferd nicht Fuß an der Böschung, dann sausen wir hinab auf die schmalen eisernen Geleise unten, und mein Rückgrat wird zwischen der Last des Pferdeleibes und den Schienen zermalmt. Richtig. Wer aber so denkt, der springt nicht. Wer sich so mit einem scharfen Winkel vom Bahndamme abwendet, ist feig. Es ist gesagt.

Wohin also? Vor allem zurück. Zurück über die niedrigen, ein betäubendes, süßes Parfüm ausströmenden Wiesen von schwefelgelben Lupinen auf dem Rücken des immer schneller dahinjagenden Pferdes, das jetzt vor einem unten in den Einschnitt einlaufenden Eisenbahnzuge erschrickt. Es wird zu einem rasenden Tempo angespornt, das ihm niemand zugetraut hätte. Warum sollte, ich es leugnen, daß auch ich stets vor Maschinen und Lokomotiven Angst gehabt habe? Kleinen Kindern ist diese Angst nicht fremd, aber mir, dem über sein Alter Frühreifen? Jetzt zwinge ich mich, stillzuhalten und mir und dem Pferde wenigstens den Anblick des fahrenden Eisenbahnzuges aufzuzwingen. Aus der altmodischen Maschine, die einem messingbeschlagenen Teekessel gleicht, dringt heißer, milchiger Dampf und wirbelt in einer bald verblassenden Wolke um die schmalen Fesseln des Pferdes auf das Wiesengelände hin. Es ist noch hell. Schmetterlinge von nie gesehenen Formen schwanken wie mit vier Flügeln Zitronenfarben in der Luft. Einer sieht aus wie aus gelbem Seidenpapier zackig geschnitten, fast durchsichtig in seinem langsam wehenden und drehenden Flug. Ihn trifft die scharfe Kante meiner Uniformmütze beim schnellen Reiten. Er sinkt in Spiralen nieder. Offenbar ist er schwer verletzt. Ich steige ab, in der Ohnmacht meiner eigenen Feigheit und Todbenommenheit mit allem Tod sympathisierend. Sobald ich mit meinen groben Reiterhandschuhen das sonderbare vierflüglige Gebilde anfasse, erkenne ich, daß es zwei Schmetterlinge sind. Sie sind aneinander mit den spitz zulaufenden Körpern gelötet. Halb zerfetzt sind sie und lassen doch nicht voneinander. Noch scheint eine Spur Lebens, unerfaßbaren, geheimnisvollen Daseinswillens, in ihnen zu wohnen. Aber mehr noch ist in ihnen Schmerz und sicherer Untergang. Man sieht die nach verschiedenen Seiten gerichteten, zart gegliederten Antennen vibrieren. Die Augen sind glasig, dabei gekörnt und ganz unbewegt. Am ergreifendsten ist ein zarter, ganz fremder Duft, der den vereinten Sterbenden im Tode entströmt.

Es tut mir wohl und sicherlich auch ihnen, wenn der Absatz meines Stiefels sie zermalmt. So begräbt er sie in ihrer Jugendblüte mitten in der gewaltig aufatmenden, dufterfüllten Wiese. So empfinde ich Mitleid, wie ich es bis jetzt nicht ahnte. Denn was braucht einer Mitleid zu fühlen, solange er mitten im Lebensrausche dasteht? Erst wenn das Leben zu Ende geht, wenn einer den Blick von der stärkeren Sonne abwenden muß, da begreift er Mitleid und wehrt sich dagegen nicht mehr.

Hoher Lebensmut in bösen Tagen – das ist herrlich. Herrlich ist es, sich wie die Feuerkatze mutig in die Gefahr zu stürzen und über den Tod zu triumphieren. Herrlich ist es, wenn einer keine Gefahr kennt, keine Bedenken. Wenn er atmet mit einer so vollkommenen Befriedigung aller Lebensgier, daß ihn die bloße Luft, der rieselnde Regen berauscht, wenn ihn das Jagen auf dem Pferderücken anspornt zum völligen Vergessen seiner selbst! Wie anders jetzt mein schüchternes Traben auf dem hohen Gaul durch den durchsichtigen, flimmernden, von zirpenden und sich paarenden Insekten erfüllten Abend, wo es mich fröstelt in der erhitzten Luft. Wo ich einsam, selbst mit mir zerfallen, meine Augen scheu von der sinkenden Sonne abwende, obwohl sie ihre höchste, gefährliche Flammenstärke lange schon verloren hat. Ich weiche ihr aus, ich lasse meinen gespenstischen, überlangen und schlanken Schatten vor mir durch den üppigen Grasteppich gleiten, als könnte ich dann vermeiden, einen Halm zu knicken. Ich lebe geräuschlos, feig und mit dem Augenblick vergehend, zitternd vor dem nächsten, weil ich den letzten ahne. Wo ist der andere Orlamünde?

Ich lenke mein Pferd zurück, das den Stall ersehnt und deshalb seine Muskeln zu einem freiwilligen, besonders schnellen Galopp mit toller Freude am Rennen strafft. Aber wo bin ich? In der weiten, fast metallisch grün blinkenden Wiese ist vor meinen Augen ein Stück Stadt erstanden. Ich sehe eine ziemlich hohe, aber mißfarbene und an manchen Stellen schon abbröckelnde zinnoberfarbene Fabrikwand. Sie ist von kleinen trüben Fenstern durchbrochen, die wie Luken aussehen, aber sonderbar angeordnet sind. Daneben eine Art Einfahrt, wo sich jetzt etwas bewegt, ein umgekehrtes, mit den Rädern nach oben gewendetes Lastautomobil, und hinter diesem, fast schon in die Wolken am Horizonte verfließend, ein viereckiger, steingrauer Fabrikschlot, dem als letztes Stück, das aber der Erde am nächsten ist, ein neuerer Teil mit helleren, roten Ziegeln angesetzt ist. Wie kommt dieses alles hierher, in die Schulgemarkung von Onderkuhle, in das Weidegelände südlich der Schule, wo nie eine Fabrik bestand? Ich möchte es mehr aus der Nähe sehen. Aber je näher ich reite, desto mehr verschwimmt die Luftspiegelung, und will ich zurück an die frühere Stelle, so sperrt sich mein Gaul, der ungeduldig mit den Zähnen an der Stange wetzt, mich schief von unten ansieht und die Ohren aufstellt. Was soll ich tun? Der merkwürdigen Naturerscheinung nachjagen und dabei die Früchte der Bändigung des Pferdes aufs Spiel setzen oder mich feige fügen? Füge ich mich?

3

Zugleich mit dem Herzog Ondermark, der dem Kuratorium unserer Anstalt angehört, wird sein Sekretär erwartet, der eine der Revisionen in bezug auf unsere Geldverwaltung vornehmen soll. Infolgedessen ist der Rendant, der »unverwüstliche Beamte«, unaufhörlich auf den Füßen. Er tut uns leid, und Prinz Piggy, der sein Motorrad (das er übrigens fast nie benutzt) sonst niemand leiht, hat es dem Rendanten auf einige Tage überlassen, wenn er es zu Fahrten nach V., wo sich die meisten Lieferanten des Stiftes Onderkuhle befinden, brauchen sollte. Es ist uns bekannt, daß der Rendant eine achtköpfige Familie zu versorgen hat. Er kennt also Entbehrungen nicht nur an sich selbst, sondern auch an seinen Kindern, den unmündigen besonders, denen er sie nicht einmal durch seine Gegenwart lindern kann. Denn er hat hier während des ganzen Jahres Dienst, ebenso wie der Meister und ich, wogegen die andern, der Direktor, Abbé, Professoren und Präfekten, selbst die kleinen Beamten und Handwerker bis zu den Dienern, ebenso wie die Schüler ein Anrecht auf Urlaub haben. Aber ich und der Rendant sind nicht das gleiche. Wenn ich mich im Licht des Meisters sonnen konnte, bleibt der Rendant immer in seinem Schatten. Er ist nicht so sehr des Meisters rechte Hand als dessen Schuhsohle, auf die der Meister tritt, als wäre dies das Natürlichste auf der Welt. Obwohl der vertrocknete dürre Rendant zu uns Zöglingen in keinem Kameradschafts- oder Vorgesetztenverhältnis steht, grüßen wir ihn doch, und manche der freigebigen Knaben tragen ihm Kleinigkeiten für seine Kinder zu. Nun sehen wir ihn trotz der Hitze in sein langschößiges, speckig glänzendes Gewand gepreßt; vom frühen Morgen bis zum späten Abend läuft er zwischen seiner Kanzlei, den Lagerräumen und Vorrats- häusern hin und her, rattert auf dem Motorrade los nach der Stadt, kommt in grauem Staubge- wande zurück, sattelt seine schmutzbedeckten Aktentaschen ab und steckt sich sofort, während seine Äuglein den Meister suchen, eine der in der Mitte durchgebrochenen Zweicentimesziga- retten aus algerischem schwarzem Tabak zwischen die Lippen. Diese sind trotz der Anstrengung blaß und können selbst jetzt beim Rauchen nicht die mechanische Bewegung des Zählens und Rechnens unterbrechen, so daß des öfteren ein Stummel zur Erde fällt, wo er von den immer gierig umhergackernden Hühnern aufgenommen und wütend zerrupft wird. Piggy kann sich natürlich seines bellenden Lachens nicht enthalten, wir andern werfen aber dem Rendanten neue Zigaretten zu, die er »zur Sicherheit« zwischen die Blätter des großen Rechnungsbuches klemmt, um dann, mit den schweren Aktentaschen unter den dünnen Kanzlistenarmen, den blanken Kopf voran in der dunklen Tür seines Büros wie eine Eidechse zu verschwinden.

Ich überrasche ihn dann zu Zeiten, in denen der Hof von den Schülern verlassen ist, hier in aufgeregtem Gespräch mit dem Meister; sie bewerfen einander mit Zahlen und mit unverständ- lichen Geschäftsausdrücken, aber beide verstummen, als sie mich erblicken. Ich gehe fort und überlege mir, nicht ohne Bitterkeit, daß hier ein Familienvater der gutmütigsten, anspruchslo- sesten Art dauernd von seiner Familie ferngehalten wird, ohne diese doch von den dringendsten Sorgen befreien zu können. Alle Geschäfte betreibt er, Prolongierungen und Diskontierungen, nur die eigenen Geschäfte nicht. Wir aber, die Söhne ohne Väter? Kann mir der Meister trotz seiner vielleicht echten Neigung den Vater ersetzen? Jetzt hat er den Rendanten, so ungern dieser ihn losläßt, allein gelassen und kommt mir eilig nach. Ich gehe nur um so schneller.

Ich habe es bis jetzt nicht erklärt, aber gesagt muß es werden, daß ich körperliche Berührung von einer fremden Hand hasse. Es ist eine Erbeigentümlichkeit meiner Familie mütterlicherseits. Meine Mutter habe ich geschildert, wie sie ist, als die kindlichste, verspielteste, reizendste Frau, die es gibt. Aber habe ich gesagt, daß meine Mutter sich stets vor mir gescheut hat? Sie spielte mit allem. Sie griff einem inzwischen längst verstorbenen, immer kränklichen Hündchen ohne Scheu in das Maul, aber mich berührte sie nur mit dem äußersten Widerstreben. Dies war der einzige Grund der Zwistigkeiten zwischen meinem Vater und ihr. Sie faßte mich nie an, weder aus Zärtlichkeit noch zur Strafe. Und ich erbe dies von ihr, nähere mich kaum je ihrem Mund, ihrer Hand oder ihrem Halse, den sie gern mit Perlen geschmückt trägt, außer zu einem mehr gehauchten als wirklich mit warmen Lippen gegebenen Kusse. Es ist mir unbegreiflich, grauenvoll und beruhigend zugleich, wenn mein alter Herr mich rücksichtslos an seine schlecht rasierten Wangen drückt und wenn er mit seiner herabhängenden, müden, trübrot beschlagenen Unterlippe meinen Mund küssen will, was ich aber so geschickt abzuwehren weiß, daß er mein Widerstreben nicht merkt. Oder ist er nur zu vornehm, um es mir zu zeigen?

Jetzt kommt mir auf dem Hofe vor dem Lazarett der Meister nach und faßt nach meiner Hand, in der ich noch die zerrissenen Abschnitzel eines unvollendeten Briefes an meine Eltern trage. Meinem Vater, dem edelsten Menschen, ließ ich meine Hand nicht so lange wie jetzt dem Leibeigenen, ohne ein qualvolles Gefühl der Beklemmung zu haben. Aber dem Meister füge ich mich in alles. Es ist grauenvoll und beruhigend zugleich, wie jetzt mit dieser Berührung das Vorgefühl des T., das mich den ganzen Tag umhergehetzt und mir nicht einmal die Ruhe zu dem Briefe an meinen Vater gelassen hat, wie dieses T. sofort verschwindet, wenn der Meister meine Hand mit der seinen umfaßt. Ist es Gefangenschaft? Zärtlichkeit? Ist er der Herr? Ich der Knecht?

Schließlich muß ihm der Zug meiner Hand sagen, daß ich von ihm fortwill. Ohne mich anzusehen, gibt er mich frei. Warum ist meine Hand so schwach geworden, daß sie die Papierschnitzel, die unnützen Trümmer eines nie geschriebenen Bekenntnisses, fallen läßt, die nun von dem heißen, sandigen, in seiner Glut rauhen Winde aufgehoben werden und nun einen Flug beginnen, der sie, an den geschlossenen Fenstern der Anstalt vorbei, fast bis an das Dach des in der Hitze starrenden roten Schulhauses führt?

4

Die Zeit der großen Gewitter, welche während der ganzen Nacht mit ihren strömenden Güssen die Schlafräume mit ihrem balsamischen Dufte gefüllt hatten, ist vorbei. Ihr ist eine wolkenlose, für Ende Juni ungewöhnlich heiße Witterung gefolgt. Ein stürmischer Wind scheint immer von dem milchweiß oder gelblich umdunsteten Rande des Horizontes hervorzusausen, wobei seine Stärke, nicht aber seine Richtung gleichbleibt. Die Augen der Zöglinge röten sich infolge des Staubes, der von weit her zu uns getragen wird, man verläßt das Haus so wenig wie möglich und muß sogar nachts oft das Fenster schließen, da der sturmartige Wind niemand Ruhe gönnt. Wer wie ich im oberen Stockwerke des Schülertraktes wohnt, kann oft während der ersten Nachtstunden kein Auge schließen, sosehr er sich auch danach sehnt, da von den stark erhitzten Ziegeln des Daches eine furchtbare Glut ausströmt. Das nach und nach ganz ausgedörrte Gebälk beginnt zu krachen, um sich dann in den kühleren Morgenstunden wimmernd zusammenzuziehen, so daß man weder in den Stunden um Mitternacht noch in denen der Morgendämmerung die Erholung findet, deren man in dieser unnatürlichen Zeit besonders bedarf. Infolge dieser »unnatürlichen« Zeit ist eine Mißernte nicht ausgeschlossen, und der Rendant, der einen Teil der Ernte in V. verkaufen wollte, kommt mit ganz verzweifeltem, aber deshalb nur um so blasserem Gesicht auf seinem Motorrade zurück. Oder ist der Grund seiner Verzweiflung ein anderer? Was können die paar Scheffel bedeuten? Neben dem äußerlich ruhigen Meister erscheint seine Erregung fast lächerlich. Wer sollte auch das Lachen verbeißen, wenn der unverwüstliche Beamte, der sorgenreiche Rendant den Rest seiner noch nicht entzündeten Zigarette in seinen kummervollen Gedanken hinunterschluckt? Aber mir kommt dieses Lachen nicht aus dem Herzen. Wie gern wollte ich ihm helfen! Vielleicht fehlt ihm zum Ausgleich seiner schlechten Rechnung nur eine kleine Summe. Aber unter den ärmsten und hilfsbedürftigsten Zöglingen von Onderkuhle ist keiner ärmer als ich, keiner hilfsbedürftiger; wenngleich ich nicht nur in Geldmangel die Armut, noch in ein paar tausend Franken die Hilfe sehe, wie dieser arme Vater von sieben Kindern in seinem abgetragenen grauschwarzen Anzug hier...

Jetzt kommt die letzte Nacht in Onderkuhle oder die letzte Nacht von Onderkuhle. Denn dies ist das gleiche. Ich habe Onderkuhle überlebt. Es ist nicht mehr. Zwar: was von mir nach dem Brande von Onderkuhle zurückblieb, heißt nur Boëtius von Orlamünde, ist aber ein anderes Wesen. Oder scheint es nur mir so?

Nach dem gemeinsamen Abendessen (wie genau erinnere ich mich noch heute der Kirschen, die zum Nachtisch kamen, dunkelrot, feucht vom Wasser, in dem man sie gebadet hatte, und mit Resten von Blättern an den Stengeln, die aber von der unmäßigen Sonne fast zu Zunder verbrannt waren), nach dem Abendbrote begebe ich mich in mein kleines Zimmer, das mir mit seinen vielen überflüssigen Schreibsekretären doppelt leer und unwohnlich vorkommt, seitdem Titurel keinen Schritt mehr hineinsetzt. Er ist mir gegenüber nichts mehr als ein korrekter Kamerad, ich komme in seinen »Aufgaben und Rechnungen« nicht mehr vor, nicht in seinem Haß, weniger noch in seiner Liebe. Er hat mich ausgelöscht, oder, ärger noch, meine Existenz hat sich ihm von selbst ausgelöscht, so daß ich ihn nicht einmal zum Zorn reize noch auch zum Widerspruch – denn auch dies wäre mir ein Zeichen, daß ich für ihn noch lebe. Es ist vorbei.

Ich nehme noch im Waschraum ein kaltes Duschebad und begebe mich dann zu Bett. Die aus dem dämmerigen Baderaum mitgebrachte Kühle tut mir wohl. Die Dinge bleiben wohlwollend, sie versagen die Treue nie ...Ich schlafe sofort fest ein.

Aber schon eine Viertelstunde später erwache ich. Vor meinem Fenster, das nach Süden geht und trotz dem unheimlich sausenden Winde weit offen ist, breitet sich der klar ausgestirnte, ultramarinfarbene, wolkenlose Himmel bis an die waldigen Berge des äußersten Horizontes aus. Ich kenne vom Unterricht her viele von den Sternen. Auch die Geographie der Erde war mir stets ein Lieblingsfach, ich kann mir die Erde mit ihren Erdteilen und riesigen Meeren ganz lebhaft vorstellen und dabei doch ihrer Kugelgestalt eingedenk bleiben, mir Städte, Gebirge und Flüsse an ihrem unverrückbaren Orte stets ins Gedächtnis rufen, das mich hier nie im Stich läßt. Aber mehr noch reizte mich immer die unabsehbare sphärische Geographie des ewig bewegten, kreisenden Himmelsgewölbes, die Namen und Stellungen, Lichtfarben und Klassen der Sterne, von denen ich immer Neues von unserm alten Professor (einem ehemaligen Seeoffizier) erfragte. Bis jetzt wirkte ihr Anblick in den guten, in den besseren Tagen ebenso wohltätig auf mich wie auf die meisten Menschen. In der Verwirrung der Menschen kann man nicht dauernd bleiben. Mit seinen unbefriedigten und unerfüllbaren Wünschen kann man nicht ruhig leben. Die Sehnsucht nach Vater und Zuhause läßt sich durch Sport und Arbeit nicht immer überwinden ohne einen Freund. Aus der Unruhe des eigenen Herzens flüchtet der Mensch zu gern in den Anblick der Sterne und wird erquickt, getröstet von ihrer Harmonie, von ihrem sanften, lautlosen Gange. So auch ich, bis auf diese Nacht. Von dem panischen Schrecken, der mich heute nacht bei dem plötzlichen Erscheinen der stark blitzenden Gestirne packt, kann aber keine Schilderung berichten. Besonders ist es ein Sternbild im südlichen Himmel, das aus fünf zusammengehörigen Sternen besteht und das mich bis zum Entsetzen ergreift, und unter den fünfen ist es wieder besonders der höchststehende, der eine Jahrmillion von uns entfernt sein soll und von dem ich nicht lassen kann. Was soll die Furcht? Furcht ist sinnlos. Vor nichts braucht ein kleines, namenloses, zu höchstens sechzig bis siebzig Jahren Lebensdauer bestimmtes, aber selbst in dieser kurzen Frist immer zwischen Leben und T. schwankendes Wesen so wenig Angst zu haben als vor diesen Weltenkörpern, die uns nie erkennen, sich nie um uns kümmern, uns ewig fremd sind. Was sind wir ihnen? Weniger als Hekuba, nichts. Wir bestehen vor ihnen nicht. Was sind sie uns? Doch nur ein schöner Anblick, etwas, das edlere Gefühle anregt, wie die blauen Fahnen unseres adeligen Stiftes, Sinnbilder ohne Wesen und Wirklichkeit. So spricht der Verstand. Aber er überzeugt nie. Vergebens lasse ich, um dem Grauen zu entgehen, die zwilchleinenen Fenstervorhänge niederfallen, wobei die eiserne Stange, an der sie aufgerollt sind, mit dumpfem Klang wie ein abgeschlagenes Haupt auf das Fensterbrett niedersaust. Die Sterne brechen dennoch mit ihrem fürchterlichen Glänze durch. Sie stechen, und der eine bestimmte Stern von den fünfen funkelt ganz besonders grell durch die feinen Lücken des schlissigen Gewebes. Vergebens hülle ich mich in mich selbst wie in eine Decke, ich erinnere mich meiner sonderbaren rothaarigen Existenz, ich denke an meine Leistungen, an meine »Rechnungen und Aufgaben«, an meine Lebensziele, an Geographie und Geschichte, Sport und Pferde, ich versuche vergebens, einen Brief an meinen Vater aufzusetzen, an ihn, der mir so sehr fehlt, gerade jetzt! Nur eine Zeile von ihm, ein Brief, wie ich deren schon so viele ohne großen Dank und sogar ohne tiefe Erregung bekommen hatte und alles wäre anders. Der Gedanke an das Unendliche faßt immer stärker in mich hinein. Es krampft sich etwas in mir fühlbar zusammen, und plötzlich höre ich mich so seufzen und stöhnen, wie das Pferd Cyrus, besiegt durch inneren Zug, gestöhnt hat. Muß es nicht schrecklich anzuhören gewesen sein, dieses mein Seufzen oder Stöhnen, wenn die Jungen im Schlafsaal nebenan aufmerksam werden? Ihre Roulettuhr hört auf, sich schnurrend zu drehen, einige stehen auf und kommen zur Tür, um nach mir zu fragen und trotz meinem Schweigen mich durch wiederholtes Pochen und sogar Pfeifen zu sich einzuladen. Bei aller Anteilnahme ist auch Hohn dabei, ich weiß es. Stolzer ist es, allein zu bleiben.

Noch kämpfe ich mit aller Energie gegen das Furchtbare an sich, gegen das Zerschmettertwerden. Ein kleines Kind, das man in wärmeren Landstrichen nackt unter die dort noch viel schärfer blitzenden Nachtgestirne legt, erträgt diesen Anblick ohne weiteres, es lächelt, leckt sich mit der Zunge die letzten Milchreste von den wulstigen Piggylippen und schläft ein. Aber ich, ein Orlamünde? Ich soll davor fliehen? Ich muß? Mit den andern Roulett spielen, wenn es hier Ernst ist? *Wem* kann ich dann ohne Furcht begegnen? Wovor kann ich bestehen? Was soll aus mir werden? Aber ich fühle es, wenn ich den Kopf absichtlich wende und mir trotzdem das giftige Strahlen des fünften Sternes in die Augen fällt durch die Lücken des alten Vorhanges – nur widerspenstig bin ich wie das Pferd Cyrus, nicht mehr mutig. Einst träumte mir von einem Tod unter diesem Pferd, jetzt sehe ich einen Tod, wie er dieses Pferd erwartet, vor mir.

Die Zeit muß, nach dem Stande der Sterne zu urteilen, nahe an Mitternacht sein. Die Hitze ist kaum noch zu ertragen. Ich ertrage mich selbst nicht mehr. So gehe ich zu meinen Kameraden, die mich empfangen, als wäre ich eben aus ihrem Kreise fortgegangen. Sie sind noch fast alle wach, sitzen aufrecht, manche halbbekleidet, manche nackt wegen der Hitze. Titurel trägt einen ausgewachsenen Schlafanzug, den ich schon kannte, als er ihm noch zu weit war. Er läßt die Roulettuhr in seiner abgebrannten großen gelben Hand kreisen, wobei ihm Piggy mit seinen marmeladefarbenen Augen zusieht und doch auch seine Augen nicht von den Einsätzen läßt, welche die Zöglinge machen. Da ich kein Geld habe und ohne Einsatz nicht spielen will, bekomme ich das Amt, die Uhr zu handhaben. Sie hat eine Feder, die man bis ans Ende aufzieht und dann losschnurren läßt. Der Zeiger bleibt dann auf einer wechselnden Stelle stehen, zeigt die Zahl und die Farbe an. So geht es durch Stunden. Einige Schüler haben bares Geld, Goldstücke und Silber, andere schreiben Ziffern auf Zettel aus ihren Notizbüchern, auch gibt es einige, die Wertgegenstände an Stelle des Geldes annehmen und abgeben. Alles Derartige überwacht Piggy, während Titurel sich ganz dem Spiel als solchem hingibt. Inzwischen wird es Morgen. Es hat sich am Rande des Horizontes eine rauchige Trübung des ultramarinfarbenen klaren Himmels eingestellt. Einige unter uns sind bereits von der Müdigkeit überwunden; sie sind eingeschlummert, liegen mit ihren nackten Oberkörpern, an denen man die Rippen sich ausweiten sieht, auf der Seite, einer hält mit seinen blassen vollen Lippen, welche von dem ersten Flaum eines Schnurrbartes beschattet werden, den Rest einer allmählich verkohlenden Zigarette umklammert, bis sie ihm ein anderer, jüngerer, lachend fortnimmt, andere haben sich, in den Händen noch die Zettel mit Einsätzen und Gewinnen tragend, wie Igel zusammengerollt und schnarchen ächzend. Einer trägt die Likörflaschen an den Hälsen zusammen und verbirgt sie in einem Fach des großen Institutsschrankes. Vor den Fenstern hört man die Hähne krähen. In den Gebüschen flattert es, und die Singvögel beginnen die ersten, fast unhörbaren, sehr süßen Flötentöne, die sie absichtlich recht lang ziehen, als wenn es Fragen wären. In der bereits taubengrauen Dämmerung durchschwirren sie die feuchte Luft, noch unsicher erheben sie sich im Morgennebel und senken sich, während sie sich wie kleine Gewichte schnell niederfallen lassen. Die rauchige Stelle am Horizonte hat sich wie ein weißlicher Flaus mit Blut gefüllt. Langgestreckte Wolken beginnen mit ihrer der Erde zugewandten Seite wie Apfelsinen zu glänzen. Mit einem Male ist es ganz hell, und das Rot ist glühend geworden, in Wellen bewegt und kaum mit bloßem Auge zu ertragen. Die Jungen sind alle verstummt, niemand schenkt der Roulettuhr Aufmerksamkeit außer Piggy, der unermüdlich wacht und dem alle übrigen Einsätze bleiben. Er nimmt nachher die Roulettuhr als sein Eigentum in Empfang.

Ich kehre in mein Zimmer zurück, das im Gegensatz zu der verbrauchten und nach Zigaretten riechenden Atmosphäre des Schlafsaales von einem würzigen Salbeiduft erfüllt ist, wie er jetzt durch den kühleren Morgenwind von den frisch gemähten Wiesen herübergeweht wird. Die Gutsarbeiter verlassen jetzt in kleinen Gruppen ihre Häuser. Der Meister tritt fröstelnd und blaß vor das Haus und sieht sich um. Dann begibt er sich schnell in das Hauptgebäude, wohl um vor seinem ersten Inspektionsgang die blauen Fahnen abzustauben. – Ein Bäcker kommt mit einem großen Korb voll Brot. Das Zimmer füllt sich mit dem Lichte der grandios aufsteigenden Sonne, man hört das Getümmel der Pferde in den Stallungen, das Brüllen der hungrigen Kühe und leise und vertraut das Scharren und fragende Miauen meiner Feuerkatze, die sich während der Nacht auf den Wiesen und Getreidefeldern umhergetrieben hat, wo sie auf die Mäusejagd gegangen ist. Jetzt schmeichelt sie sich hinein, will mich mit ihrem noch mit Blut befleckten Maule liebkosen, wobei sie schnurrend den feuerroten Rücken hochwölbt. Jetzt möchte sie sich zu meinen Füßen auf der Anstaltsdecke zusammenrollen und schlafen. Lange sucht sie nach der für sie bequemsten Stellung, wobei sich ihr Schnurren verstärkt. Das ganze schlecht gezimmerte Institutsbett zittert mit – unter diesem Geräusch schlafe ich endlich ein.

5

In dem Traum dieser Nacht muß etwas von dem Brande Onderkuhles gewesen sein. Zwar ist es mir nicht klar, wie es möglich sein sollte, daß Onderkuhle zweimal gebrannt habe, und zwar das erstemal während meines kurzen, durch Windstöße gestörten Schlafes zwischen vier und acht Uhr morgens und dann in Wirklichkeit an dem Abend dieses Tages. Ich weiß nur, daß ich dadurch geweckt werde, daß zu ungewohnter Stunde die Zöglinge in den Schlafsaal zurückkehren, um sich dort die Galauniform anzuziehen. Der Herzog hat eben aus der nächst Onderkuhle gelegenen großen Bahnstation dem Obersten telegrafiert, daß er mit seinem Sekretär lieber mit dem Wagen abgeholt sein will, statt die Reise mit der Kleinbahn fortzusetzen. Ich höre dies aus den Gesprächen der Knaben und richte mich für meine Person danach. Zufällig blicke ich hinaus und sehe den Meister neben dem »unverwüstlichen Beamten« mitten in der sausenden Morgenglut stehen, sie sprechen aber nicht miteinander, sondern bloß ihre Hände bewegen sich unruhig, schließlich rafft sich der Meister auf und geht seiner Behausung zu; der Rendant folgt ihm wie hypnotisiert, so in Gedanken versunken, daß er fast von dem eben in schnellem Tempo losfahrenden Wagen, der mit unseren besten Pferden bespannt worden ist, überfahren wird. Der dritte in Träume Versunkene bin ich, der weiß, daß er etwas Bedeutsames geträumt hat, aber noch nicht richtig auf den Geschmack dieses Traumbildes gekommen ist.

In sehr kurzer Zeit erscheint der Wagen wieder. Im Fond sitzt ein einfach gekleideter Mann von etwa fünfundvierzig Jahren. Er ist in einen sehr weiten, aber ausgezeichnet geschnittenen englischen Reiseanzug gekleidet. Er ist eher klein als groß und unmilitärisch in seiner Haltung. Nur beim Reden werden die schon etwas schlaffen Züge straffer. Das unbewußte, das angeborene Kommandieren (eine seltene Begabung) wird dann offenbar, wenn er etwas ablehnt: dann hält er den linken Vorderarm rechtwinklig abgebeugt und schiebt das von ihm nicht Gewollte in eine nur ihm sichtbare Versenkung, so daß nie mehr die Rede davon ist. Dagegen winkt er, wenn er etwas haben will, bloß mit dem Zeigefinger der rechten Hand das Gewünschte zu sich her, wobei er den gelblichen, mit kurzem Haar bedeckten, langen und sehr schmalen Schädel ein wenig hebt. Er gibt dem neben ihm sitzenden Sekretär allerhand Winke und Aufträge, die sich offenbar auf die Zeiteinteilung des ganzen Tages beziehen. Am Abend, gegen zehn, muß der Herzog wieder fort, es erwartet ihn ein Extrazug, da er am nächsten Morgen einer wichtigen Sitzung in Brüssel beiwohnen muß. Seinen etwas verdrossenen und mißtrauischen Charakter versucht der Herzog mit großer Willensanstrengung zu überwinden, ebenso auch die Anzeichen einer Schwerhörigkeit zu vertuschen, die er wohl den gewaltig das Trommelfell erschütternden Winchesterbüchsen verdankt, wie man sie bei Tropenjagden anwenden muß. Solche Jagden hat er zu wiederholten Malen im Kongo und im englischen Sudan mitgemacht. Er winkt den in seiner goldgestickten Uniform schwitzenden Direktor an seine rechte Seite, offenbar, weil er an dieser besser hört, dann verbittet er sich, während er mit mißvergnügter Miene die Lippen des Obersten betrachtet, alle Adelsprädikate und ruhmvollen Ansprachen und ist für Einfachheit. Sein Blick hellt sich auf, als er uns in unsern neuen Uniformen schön aufgestellt erblickt, aber unsere Personen sind es und nicht die Galauniformen oder die Paradeaufstellung, die ihn erfreuen, denn er versammelt uns kurzerhand um sich und wünscht, daß wir die gewöhnlichen Uniformen anlegen. Auch im übrigen soll sich dieser Tag in nichts von einem gewöhnlichen Schultage in Onderkuhle unterscheiden, wie er solche in seiner Jugend hier mitgemacht hat.

Wir legen nun unter großem Hallo die Extrauniformen ab. Es ist ein ganz unvorschriftsmäßiges Geschrei. Aber der Meister, der im Hintergrunde steht und alles mit seinen eisgrauen Augen umfaßt, lächelt dazu. Er lächelt selten, und das Lächeln an diesem Tage hat viel bei mir entschieden. Nach dem Ausbruch des Brandes kam es dazu, daß man den Meister, dessen »Unregelmäßigkeiten« hier jeder kannte, aber keiner anzugreifen wagte, verdächtigte, er hätte gemeinsam mit dem Rendanten, der in die Geschäfte (Diskont und Prolongation, Börsenengagements und Verluste auf Kosten der Anstalt) verwickelt war und der die Untersuchung durch den Sekretär des Herzogs fürchten mußte, den Brand von Onderkuhle gelegt. Obwohl viel dafür sprach, glaube ich es nicht. Ich glaube nicht an die Schuld des Meisters. Erstens deshalb nicht, weil tatsächlich das ganze Hab und Gut, das schwer und gewissermaßen ehrlich erworbene Vermögen des Meisters in dem Brande unterging, doch vor allem nicht wegen dieses wohltuenden, leichten, väterlichen Lächelns, mit dem er die kreischende, jauchzende, sich schon im Hofe und auf den Treppen entkleidende Jugend begleitete.

Aber wozu jetzt schon von dem Brande sprechen? Noch stehen die Mauern des hohen, roten, schloßähnlichen Baues, noch flattern die grauen Vorhänge aus Zwilchleinwand vor den Fenstern. Die Pferde und Kühe und das andere Vieh, soweit es sich nicht auf der Weide befindet, leben heil und wohlbehalten in diesem Augenblicke noch in den gewohnten Ställen, und von dem ganzen Brand ist noch nichts da außer einer Vorahnung im Herzen des achtzehnjährigen Boëtius von Orlamünde. Jetzt trete ich mit den andern Jungen in das bedrückend schwüle, von gleißendem Glanz erfüllte Schlafzimmer der »Fünften«, blicke in die schnell geöffneten, riesigen Schränke, wo die Uniformen und die andern Habseligkeiten der Zöglinge sich in abgeteilten Fächern numeriert befinden. Dann erst stutze ich, seit langem bin ich ja aus diesem Raum verbannt, ich begreife mein Mißverständnis und gehe zurück in mein Kabinett. Titurel, beim Umkleiden halb entblößt, wirft mir einen sonderbar kalten Blick zu. Der Prinz Piggy legt nur den Kopf zur Seite, so daß sich richtige Speckfalten an seinem gelblichen, stämmigen Halse bilden. In meinem Zimmer erblicke ich die Feuerkatze, die noch tief schläft und sich in meinem Bett eine kleine Höhle gegraben hat. Eine Minute später eile ich zum Schwimmunterricht in die Halle, wo ich den verreisten Rittmeister vertreten soll.

Der Herzog hat sich inzwischen von dem Sekretär getrennt, der sich mit dem Rendanten an die Bücher und Kassarevision machen soll. Der Herzog selbst will mit der jüngsten Klasse zusammen sein, die jetzt ihre ersten Schwimmlektionen erhält. Die meisten können allerdings schon beim Eintritt ins Institut schwimmen, nur wenige, die Zartesten, können es nicht. Da ist ein blonder, sehr zierlicher Knabe, zehn Jahre alt, so alt wie ich, als ich hierherkam. Er ist ein wenig wasserscheu. Man merkt es gleich, wenn er aus der Kabine herauskommt. Das grünweißgestreifte Trikot ist ihm zu groß. Der Junge zittert. Vor Kälte kann er nicht zittern an diesem sausenden, überheißen Junitage. Aber er nimmt sich zusammen, streckt seine magere Kehle vor, blickt mutig mich, das Wasser und den Herzog an. Die seidigen aschblonden Haare hat ihm seine zärtliche Mutter daheim tief in die mädchenhafte, niedrige Stirn wachsen lassen, an deren unterer Grenze die ebenfalls aschblonden Augenbrauen wie mit einem millimeterbreiten Stift gezogen sind. Er spricht mit einem hellen, silbernen Stimmchen, halblaut wehrt er sich, ohne seinen Stolz aufzugeben, ohne seine Schwäche einzugestehen, gegen die gutmütigen oder auch boshaften Scherze seiner Kameraden, die sich darüber lustig machen, daß er an die »Angelrute« kommen soll, woran sie aber auch fast alle einmal gewesen sind, denn wie sollte man das Schwimmen sonst lernen?

Es gibt zwar auch Menschen, die man einfach ins Wasser wirft oder die sich selbst ins Wasser werfen (wie ich) und sofort schwimmen, schlecht zwar und unter großer Kraftvergeudung – aber doch. Sie sind selten. Ich sorge selbst dafür, daß die Riemen der Angelrute richtig umgeschnallt werden. Die Angelrute ist der in allen Schwimmanstalten gebräuchliche Apparat, der aus einer Stange besteht, die der Schwimmeister führt, und dem dazugehörigen Riemenzeug, das um den Schüler gelegt wird. Ich warte ab, bis sich die Aufregung des Jungen, den man bei uns Alma Venus oder einfach Alma genannt hat, etwas gelegt hat, bis sich seine feine Haut kühl anfühlt und sein Pulsschlag ruhig geht. Gerade diese Vorsorge scheint aber Alma zu bedrücken, denn seine mädchenhafte Stirn wird immer röter, seine niedlichen Lippen zucken, immer krankhafter reckt er seinen schmächtigen Körper, und unter den beiden Riemen an der Brust rieseln geradezu Ströme von Schweiß herab. Also: bloß schnell ins Wasser – und alles ist gut.

Da tritt der Fürst, der meinen Vater kennt, zu mir. Er reicht mir die Hand, die ich ehrerbietig nehme, er lehnt sich neben mich über das Messinggeländer des Schwimmbassins und gibt mir Grüße an meinen Vater auf. Er merkt aber, daß meine Aufmerksamkeit in dieser Minute geteilt ist. Er winkt mir freundlich mit seiner gelben, starken, männlichen, mit keinem Ringe, sondern nur mit einer breiten, dunkelbraun gewordenen Narbe geschmückten Hand. Ich wende mich meinem Alma wieder zu. Die wenigen Augenblicke Wartens haben aber die moralische

Widerstandskraft des Jungen stark angegriffen. Er verkrampft jetzt seine schönen Lippen. Die Neckereien seiner Kameraden, welche sich durch die Anwesenheit eines Mitgliedes des königlichen Hauses nicht im mindesten bedrückt fühlen, lassen ihn abwechselnd erblassen und erröten, seine ersten Tränen rinnen, glücklicherweise nur von mir bemerkt, in das von den Zöglingen aufgerührte, in kleinen Wellen bewegte Wasser des Schwimmbassins. Unter anderen Umständen hätte ich die Schwimmlektion verschoben, bis wir, Alma und ich, allein gewesen wären.

Jetzt aber ist der Herzog aufmerksam geworden. Er ist entfernt mit Alma verwandt. Er lehnt sich nun in seinem leichten englischen Reiseanzug (Pfeffer und Salz) an das Geländer und raunt dem Jungen an der Angelrute zu: »Nur Mut, Baby! Hopp!« Gerade das macht das arme Baby ganz kopfscheu. Es weint nun ganz offensichtlich, während es die vorgeschriebenen Bewegungen rein mechanisch so ausführt, wie ich sie ihm beim Vorunterricht auf der Matratze beigebracht habe. Und nach ein paar schlechten, kraftlosen Schwimmbewegungen geschieht das Unglaubliche: Alma verliert die Fassung, beginnt nach der Mutter zu schreien und sich mit beiden Händchen um das eiserne Rohr zu klammern, das innen in Wasserhöhe um das ganze Bassin herumläuft. Ich nehme davon natürlich keine Notiz – merke nur, wie ich rot werde. Ich hätte selbst in der größten Gefahr nie an meine Mutter gedacht. Ich hätte sie nie gerufen. Nur meinen Vater. Nur ein Vater hat die Kraft, mir in meiner Angst vor dem T. helfend zur Seite zu stehen – aber wie weit entfernt ist er jetzt? Seit fünf Wochen habe ich keine Nachricht von ihm. Aber ich beherrsche mich – ich mahne auch die laut aufschreienden und boshaft johlenden Kameraden des mitleidswürdigen Alma zur Ruhe. Ich kommandiere weiter. Ich gehe Schritt für Schritt mit meiner Stange vorwärts und schleppe den hilflos mit den feinen, spitz zulaufenden Füßchen zappelnden Alma mit. Ich bin natürlich stärker als er. Er muß folgen. Er muß das eiserne Rohr loslassen. Es kann ihm nichts geschehen. Zwar ist das Becken hier so tief, daß ein Stück Blei versinken oder ein mit Willen ertrinkender Mensch untergehen könnte, aber der Knabe hat ja mich, der ihn vor dem Tode schützt.

Der Herzog hat dieses Beispiel von Wasserscheu sehr ungnädig bemerkt. Vergebens wollen ihn der Direktor und einer der Präfekten von der Stätte des Versagens eines Schülers unserer Anstalt fortziehen. Der Herzog bleibt aber gerade deshalb hier wie eingewurzelt und würdigt diese jedem Schwimmlehrer bekannte Szene einer Aufmerksamkeit, die sie sicher nicht verdient. »Geben Sie einmal her!« sagt er zu mir und nimmt mir die Schwimmstange aus der Hand. Er bringt durch brüskes Aufrichten des Instrumentes den Knaben dazu, sich im Wasser zu eben, richtig wie ein geangelter Fisch. Dann schiebt er, der Herzog, die Stange weiter hinaus, so daß der Knabe das Geländer nicht mehr erwischen kann. Dann läßt der Herzog die Stange tief niedergleiten, so daß das verbindende Seil schlaff wird und der Oberkörper Almas ganz im Wasser untertaucht. »Los!« ruft der Herzog halblaut. »Vorwärts! Hopp und schäme dich!«

Doch der Knabe hört nichts mehr. Hilflos schlägt der Unselige mit Armen und Beinen und mit dem niedlichen Köpfchen um sich. Die Haare, goldblond, im Wasser schimmernd wie Fischschuppen, fallen ihm ins Gesicht, fast in die Augen. Er prustet und ruft: »Hilfe, Mutter! Ich ertrinke!« Lautes Gelächter der Zöglinge. Ich schäme mich für ihn. Der Herzog wird dunkelrot. Nun wirft er dem Knaben die Stange zu, als sei er des Ganzen überdrüssig. Aber nun schaukelt sie in ihrer ganzen Länge im Bassin. Der Junge hängt nicht mehr an ihr. Er sinkt nun allen Ernstes im Wasser nieder. Niemand scheint es zu bemerken. Die Kameraden lachen nur und bespritzen sich und ihn johlend mit dem lauwarmen Wasser. Der Herzog hat sich abgewendet und unterhält sich mit den Professoren, zu denen sich Piggy gesellt.

Alma hat sich im Wasser infolge seiner krampfhaften und zugleich gefesselten Bewegungen gewendet, er liegt auf der Seite, gurgelnd ruft er um Hilfe.

Sein Zustand ist nicht ohne Gefahr, da er sich mit dem linken Unterschenkel in die Seile verwickelt hat. Mir bleibt nichts übrig, als mich mit einem Hechtsprung ins Wasser zu werfen und die Stange zu erfassen. Bei dem klatschenden Geräusch (tadellos ist der improvisierte Sprung nicht geworden) hat sich der Herzog erstaunt umgewendet. Nun lacht er aus vollem Munde. Ich schleppe Alma, der blau geworden ist, ans Land. Er zittert und scheint ohnmächtig zu sein. Ich empfinde jetzt starkes Mitleid. Das darf nicht sein. Es widerspricht der spartanischen, unnatürlichen Lebensauffassung Onderkuhles. So wird der arme kleine Kerl, das moralische Baby, wie ein Aussätziger behandelt. Er bekommt Zimmerarrest, darf nicht bei dem gemeinsamen Mittagessen dabeisein. Das ist die Strafe für seine Feigheit, für seine Angst vor dem T. Als Straflokal bestimmt man den Fechtboden. Ich helfe dem fassungslosen Jungen beim Ankleiden wie ein Vater seinem Sohn. Ich führe ihn hinauf in den nach rostigen Rapieren und Karbolsäure riechenden Fechtsaal. Ich möchte, selbst von Feigheit angekränkelt, mit dem fürchterlichen Traum der Brandnacht im Herzen, dem armen kleinen Feigling etwas Gutes tun, ihm vielleicht die Möglichkeit geben, im benachbarten Schlafraum seine Haft zu verbringen und den schwarzen Tag zu verschlafen. Gegen diese Regung von feiger Milde und unmännlicher Weichheit wehre ich mich und führe Alma, der leise, aber unverkennbar widerstrebt, zu der Bank an der Wand des Fechtzimmers und schließe ihn in dem überhitzten, unter dem Dache liegenden Raum pedantisch von außen ein. Wir andern setzen uns im Schatten der blauen Schulfahnen unten zu Tisch in der großen Kadettenmesse und speisen mit ausgelassener Fröhlichkeit und lärmend wie Spatzen zu Mittag. Dazu tragen guter Wein und Liköre, ungewohnte Genüsse, noch das übrige bei.

Nach dem sehr üppigen Diner begeben wir uns alle in den Park. Das Rauchen, sonst nur als heimliches, aber unvermeidliches Laster geduldet, wird am heutigen Festtage vom Obersten, dem Direktor, persönlich zugelassen, nur bittet er, mit den Zündhölzern vorsichtig umzugehen, denn die Hitze der letzten Tage, verbunden mit dem auch heute wehenden, die ganze Landschaft mit einem zischenden Geräusche erfüllenden Hitzewind, hat alles, von den Schindeln der Dächer angefangen bis zu dem früh von den Bäumen fallenden Laube, völlig ausgedörrt. Fällt ein glimmendes Streichholz zu Boden, so flammt innerhalb von drei Sekunden der wie Papier raschelnde und ganz trockene Grasboden auf, bis man das Feuerchen unter den Schuhsohlen zusammentritt.

Wir haben uns, als wären wir alle eine Familie, nämlich die königliche, um den Herzog geschart, lauschen seinen Berichten, die er in einer ganz sachlichen Form zum besten gibt, so etwa, daß er von seinen Jagden auf wilde Büffel, weiße Nashorne mit kalendarischer Genauigkeit berichtet, dagegen andere Jagdzüge, zum Beispiel die in dem englischen Sudan, einfach dahin zusammenfaßt, man könne dort alles schießen, angefangen vom Menschen bis zum Paradiesvogel. Ist eine Schule wie die unserige die richtige, ist der Unterricht in den Reiter-, Schwimmer-, Fechterkünsten der wahre, ist die Pflege männlicher Eigenschaften, Mut, Haltung und Form, Hintansetzung des eigenen Lebens bis zur Todesverachtung das richtige Ziel des Daseins, so muß ein Dasein, wie es der Herzog führt, bestehend aus Jagden, Reisen und lebensgefährlichen geographischen Entdeckungen, der höchste Inbegriff des Lebens sein. So empfinde ich es.

In der Nähe des Herzogs riecht es, vielleicht nicht für jedermann erkennbar, nach Juchten oder Nilpferdpeitsche; ein Geruch, halb scharf, halb süß, den ich mit besonderer Wollust einatme. Mir ist der Anblick des Herzogs eine Stütze, eine wichtige und unentbehrliche gerade an diesem Tage, ich gestehe es.

Für mich hat er, der Herzog, viel übrig. Er zeichnet mich zwar nur durch einen Blick aus oder durch eine winzige Wendung seines Körpers, ein schwaches Heben der Stimme, wenn er zu mir spricht. Mein Vater und er waren Kameraden hier. Aber wie sehr hat sich ihr Dasein seither geändert! Aber davon kein Gedenken jetzt. Hat er, mein Vater, es aller Welt verborgen, das fürstliche Elend der Seinen, dann kann auch ich schweigen. Vor der Welt ist mein Vater immer noch der große Mann. Er fehlt bei keinem der exklusiven Empfänge, die er im schwarzen Frack mitmacht, als einzige Auszeichnung einen österreichischen Orden tragend, vielleicht den höchsten, einen Komturstern, den außer ihm nur gekrönte Fürstlichkeiten verliehen bekommen. Aber ist unser Geschlecht der Orlamünde nicht ebenso alt, ebenso gut wie das der Habsburger? Ganz schmucklos und ohne Ehrenzeichen ist der Anzug des Herzogs. Dieser Mann gehört einer neueren Zeit. Dieser Mann liebt, ein andersgearteter Schüler unserer Schule, keinen Prunk, seine Uniform ist der englische Reiseanzug, Pfeffer und Salz. Sein Orden ist die breite Narbe an der rechten Hand. Wie wir alle, lebt auch er nur unter Männern, Kameraden seiner Reisen, Trägern seiner Flinte, Führern seiner Last- und Tragtiere, deren er auf seinen

Expeditionen bedarf. Bei Hofe wird man ihn nicht oft sehen. Sein Hof ist die Königliche Geographische Gesellschaft, wo er unter Professoren wie unter seinesgleichen sitzt, genau hinhört, da sein Gehör geschwächt ist, und wo er eine Rauchglasbrille nicht verschmäht, deren er, dessen Augen durch die Tropensonne geschwächt sind, sich auch jetzt, im blitzenden Licht der Nachmittagssonne, bedient.

Alles tut mir an diesem endlosen, feurig goldenen, durchsichtigen Sommertag wohl. Ich klammere mich an den Mut, die Überlegenheit, den Gleichmut des Herzogs. Die letzte Nacht liegt weit hinter mir. Mit ihren Träumen von Brand ist sie fast völlig versunken. Das »im ganzen Wohlwollende« der Welt, ihre verhältnismäßige Sicherheit macht mich jetzt ruhig, besonders in der Nähe des Herzogs, und ich wünsche, in seiner von juchtenähnlichem Geruch und Zigarrenrauch erfüllten Nähe auf einem Liegestuhl ruhend wie er, mit dem Blick auf den Park und die Gebäude des Stiftes, ich wünsche Proben herab, mich in ihnen ruhig zu bewähren und mich selbst endlich ganz wiederzugewinnen.

6

Mein ganzes Dasein wäre geändert, könnte ich an der Seite eines solchen Mannes, wie es der Herzog ist, leben. Er ist stärker, klüger, fester als ich. Er scheint in meinen Augen lesen zu können, er betrachtet mich lange mit seinen blaßblauen, scharf blitzenden Augen, die eigentlich etwas hinter mir Befindliches zu betrachten scheinen, dabei aber doch durch Herz und Nieren gehen. Von meinen Anlagen zu sprechen ist mir nie möglich gewesen. Meine Wünsche habe ich stets nur mir selbst eingestanden. Meine Mutter habe ich hier nie vermißt. Mein Vater aber hat mir immer gefehlt und niemals mehr als in diesem Augenblick. »Vor dreißig Jahren bin ich hier mit deinem Vater zusammen gewesen. Es kann sein, daß ich ihm den Vorschlag gemacht hatte, mit mir die Expedition Römisch I mitzumachen. Er kannte damals bereits deine reizende Frau Mutter...« Er begründet nicht weiter, weshalb mein Vater das Angebot abgelehnt hat, er sagt nicht, daß er bedauert, daß mein Vater die Laufbahn eines »stellungslosen Fürsten« eingeschlagen habe. »Wir haben immer zuwenig Leute mit und zuviel. Verwendung wäre für einen absolut durchtrainierten Sportsmenschen, der Medizin, auch Tierkrankheiten, studiert hat, schießen und Tierbälge präparieren kann, Orientierungssinn und etwas wissenschaftliches Interesse besitzt und der leichten Herzens Europa auf einige Jahre verläßt. Übrigens sind auch Sprachkenntnisse unerläßlich. Englisch zum Tagesgebrauch. Die Sprachen der Eingeborenen muß man von heute auf morgen aufnehmen können und nicht so schnell vergessen. Dabei gibt es in Zentralafrika Gegenden, wo jedes Dorf seine eigene Sprache spricht. Diese Sprachen sterben aus, aber wie vieles kann gerettet werden! Früher kam ein Forscher mit einer Waggonladung Elfenbeinhauer und Löwenfelle und fünftausendsechshundert Pflanzenarten zurück, heute mit soundso viel aussterbenden Sprachen und Kulturen, Fetischen, primitiver Kunst, Sagen und Kulturgebräuchen. Ich sehe dich, Orlamünde, ich kann mir deine Art gut bei einer Expedition vorstellen. Außer dir könnte mir nur Prinz X., der, den ihr Piggy nennt, gefallen...«

In diesem Augenblick tritt der Sekretär zu dem Herzog, um ihn zu fragen, ob er nicht noch Aufträge habe. In der gleichen Sekunde hören wir, daß in jenem Teil der Anstalt, wo die Kanzleiräume untergebracht sind und von wo der Sekretär eben gekommen ist, eine Fensterscheibe geplatzt ist. Ich denke erst daran, einer der Zöglinge, etwa Piggy, dessen bellendes Lachen man unverkennbar vernimmt, hätte aus Übermut eine Fensterscheibe eingeschlagen. Aber da vernimmt man unruhiges Rufen. Plötzlich wird es totenstill, alles ist von uns fort. Alles schart sich um die Verwaltungskanzlei, aus deren zerbrochenem Fenster wir, der Herzog, der Sekretär und ich, schon von weitem mattblaue, durchsichtige, zigarettenrauchähnliche Schwaden hervordringen sehen. Der Meister, weiß wie die Wand des Verwaltungsgebäudes, stürzt an uns vorbei, ruft: »Es brennt« und eilt durch den Park zu den Wirtschaftsgebäuden; um die Spritzenhäuser zu öffnen, deren Schlüssel er besitzt. Wir nähern uns schnell der Brandstätte. Der Rauch ist dichter geworden, wie feines Seidenpapier hängt er vor der Eingangstür. Im Innern des Hauses summt es wie in einem Bienenhause.

Ratlos stehen die Leute, Zöglinge und Erwachsene durcheinander, vor dem Eingang. Immer dichter dringt der Rauch hervor, dem etwas besonders Scharfes, Schweres beigemischt ist. Man hört das Feuer zischen. Plötzlich kommt ein unterdrücktes Stöhnen (nicht zum erstenmal höre ich es, dieses Stöhnen, das dem Ziehen einer Säge in frischem Holze gleicht) aus dem brennenden Innern. Nicht einen Augenblick überlege ich. Ich drücke den Schirm meiner Kappe tiefer ins Gesicht, streife meine alten schwedischen Reithandschuhe über, gehe vor, ergreife die heiße Klinke und stürze mich in die Kanzlei.

Sofort übersehe ich alles. Ausgegangen ist der Brand von dem Motorrade, das in der Kanzlei des Rendanten nichts zu suchen hat und an dem das zwischen den Rädern an dem Gestänge anmontierte Benzinbehältnis eben geöffnet sein muß. Aber der Brennstoff hat noch keinen richtigen Abfluß, und deshalb brennt das Benzin so artig, es pflanzt sich erst puffend am Boden und an den Wänden fort, die von den Regalen bedeckt sind. Es müssen ungeheure Mengen von altem, etwas feuchtem Papier hier angesammelt sein. Unberührt steht in der Ecke, wie ein kleiner Turm aus Blei, niedrig und fest, eine schwere eiserne Kasse. Am furchtbarsten ist der dicke graublaue Rauch, welcher der verglimmenden Makulatur entströmt. In der Ecke neben dem Fenster rechts, die vom Feuer noch unberührt geblieben ist, lehnt oder hockt ein Mann; jetzt erst sehe ich ihn deutlich, er sitzt wie ein Schneider da, die spitzen Knie vorgestreckt, und atmet den Rauch ein, als käme dieser von der in der Mitte durchgebrochenen Zigarette, die er unentzündet zwischen seinen welken Lippen hält: der Rendant. Sein speckiges schwarzes Gewand glänzt in der Feuerflamme. Ich verstehe alles. Ich greife nach ihm, packe ihn beim Kragen, wie man ein Pferd am Halfter packt, und ziehe ihn aus der Ecke fort zur Tür. Er wehrt sich ängstlich, er hält die magere Kanzlistenhand schützend über den gelb glänzenden Scheitel, er klammert sich, als ich Gewalt anwende, an einen der bekannten hohen Sekretäre, die am Fußende schon zu glimmen beginnen. Jahre hat er an ihnen, schreibend und rechnend, zugebracht, hat mit ihnen gelebt und will nun mit ihnen sterben. Niemand anders als er kann den Brand gelegt haben. Er glotzt erst und schweigt, dann öffnet er den Mund wie eine gähnende Katze, Tränen springen ihm aus den kleinen schwarzen Augen, und er fällt zusammen. Er will nicht fort. Er windet sich am Boden, umfaßt meine Knie, ruft mich mit dem Namen seiner Kinder: Paul, Jeanne, Chéri. Schon saust das Feuer stärker. Lautlos hat es sich der Sekretäre und Regale bemächtigt. Die Brandstiftung des Rendanten ist eine Art Selbstmord. Lohnt es sich, eine solche Kreatur zu retten? Aber es muß sein. Die Luftreifen des Motorrades schmoren und entwickeln unerträgliche Dünste, dann platzen sie beide zugleich und werden zu gleißenden Kreisen. Jetzt leckt die Flamme am Benzinreservoir, während ich mich mit Gewalt des schwächlichen Verbrechers bemächtige. Mit einer Hand raffe ich seine aufgegangene Halsbinde in einen Knoten zusammen, mit der andern Hand stütze ich ihn im Kreuz, lasse ihn vor mir her trippeln. Noch an der Tür bückt er sich nach einem Zettel, dem Fragment einer Rechnung, die der Sekretär des Fürsten geprüft und unterschrieben hat. So von Sinnen (oder so klar?) ist der Brandstifter, daß er sich in einem solchen Augenblick nach einem Fetzen Papier, wertlos für alle und für ihn, bückt. Dabei ist es höchste Zeit, denn kaum sind wir zum Hause heraus, als mit dumpfem Knall die Fensterscheiben der ganzen Front platzen und mit einem Male das bis jetzt brummende Raunen der Flammen sich in ein eiliges, rhythmisches, metallisches Prasseln verwandelt. Nie habe ich gewußt, daß Feuer einen Laut hervorbringen kann, als spielte man mit stählernen Kastagnetten. Zum erstenmal sehe ich jetzt unter wallenden Schwaden leibhaftige Flammen aus dem Rechnungsraum hervorschlagen. Der heiße Wind über den Kronen der Bäume hat sich noch gesteigert, wie er es seit Wochen an jedem Abend tut. Soll die Natur eine Ausnahme machen, um das geliebte Onderkuhle zu retten? Überall herrscht unbeschreibliche Verwirrung. Das Vieh in den Ställen, das der Hitze wegen heute besonders früh von der Weide zurückgekommen ist, stößt in seiner Angst gegen die Raufen und Wände, es rasselt mit den Ketten, an denen es befestigt ist. Die Hühner flattern auf, ungeschickt und plump lassen sie sich nieder, während die Tauben hoch oben über ihren Schlägen kreisen, ihr Grau ist vom Feuerglanz oder von der allmählich sinkenden Sonne vergoldet. Wer unterscheidet das? Wer starrt gegen den Himmel, als könnte er von dort etwas herabgreifen, das alles ungeschehen macht? Ich glaube an Gottes Hilfe nicht. Ich glaube daran, daß man in die Ställe eilen muß, wo die Pferde stehen. Ich bringe in die gaffenden, vor Schrecken blöd grinsenden Reitknechte ein wenig Leben. Das Nötige ist schnell geordnet. Gänzlich unfähig sind unsere Führer. Der alte, sonst so mutige Abbé kniet auf den Stufen vor der Kapelle, den Rosenkranz schnell und gedankenlos bewegend, der Direktor und die Lehrer, umgeben von den Präfekten, »disponieren«, wollen das Feuer planmäßig isolieren und bekämpfen, aber sie sehen nicht, daß es unaufhaltsam von dem »isolierten« Kanzleigebäude aus weitergeht, und die seelische Ergriffenheit des trunksüchtigen Direktors, die sich in dicken Tränen ausdrückt, wirkt abstoßend und lächerlich. Der Meister fehlt sehr. Er hat das erste beste Pferd bestiegen und ist nach der Eisenbahnstation geritten, um von dort durch den Draht die Feuerwehr des nächsten Ortes zu alarmieren. Eine Telefonleitung hat unser konservatives Knabenstift nie erhalten. Man wollte sie nicht. Ruhig, beherrschend, im Vollbesitze seiner Geistesgegenwart ist der Herzog. Er hat die Zöglinge um sich zusammengezogen. Sie nehmen die altmodische Spritze vom Dienstpersonal in Empfang. Man rollt sie eiligst heran. Die Schläuche werden gelegt, an die Hydranten angeschlossen, bald beginnen sie zu arbeiten, und der erste feine Wasserstrahl richtet sich gegen das rote, vor Hitze glühende, aber vom Feuer noch unberührte Haus der Schule, in dem sich die großen Lehrsäle, die Kadettenmesse und die Wohnräume für die Vierte und Fünfte befinden. Der Direktor stört. Gefolgt von seinen Trabanten, läuft er händeringend umher. Er möchte die ihm anvertrauten Jungen am liebsten sofort aus dem Umkreis der brennenden Verwaltungsgebäude entfernen, was aber der Herzog nicht zugibt. Der Brand hat sich inzwischen schnell ausgebreitet. Ich komme und gehe in höchster Eile. Die Pferdeknechte werden der Tiere nicht Herr. Ich binde zuerst eine ältere Schimmelstute an einen Baum im Obstgarten. Jetzt nehme ich Cyrus vor. Er folgt ungern. Er wendet immer wieder seinen feinen mausgrauen Kopf zurück nach dem Stalle, aus dem die ersten Flammen lecken, er stampft mit seinen zierlichen, schwarz lackierten Hufen die heißen Pflastersteine, als wolle er bleiben. Aber schließlich fügt er sich. Die andern kommen nach, bald sind sie vollzählig. Sie wiehern viel, schlagen aus, drängen die Köpfe zusammen, stellen die Ohren auf. Aber sie weichen nicht voneinander. Der Meister ist eben zurückgekommen. Die Feuerwehr des nächsten Ortes ist benachrichtigt, sie muß sofort kommen. Inzwischen werden unsere Feuerleitern herbeigebracht. Wir alle bitten den Himmel, man möge sie nicht verwenden müssen. Sie sind nur kurz und würden kaum über das erste Geschoß reichen. Es hat sich nichts geändert. Die Sonne ist tief hinab. Aber jetzt, sonderbarerweise noch mitten im Brande, atmet alles auf, als sei das Schwerste vorbei, alles gerettet, der Schaden nicht zu groß. Die Menschen haben sich aus dem nächsten Umkreis der wie mit großen Flügeln rauschenden Flamme zurückgezogen.

Ich stehe eben im Begriff, den Herzog bei dem Kommando an der Feuerspritze abzulösen, als er die Jungen, die ihm formell anvertraut sind, überzählt. Lange will die Zahl nicht stimmen, da ein paar Jungen, an Kopfschmerzen von den Feuergasen leidend, sich in die kühlen Wiesen hinter dem Hause geflüchtet haben und nur mürrisch aufstehen, um sich zu melden. Sehr sonderbar ist es, daß keiner von ihnen in das Hauptgebäude einen Schritt machen will, etwa um etwas von den Habseligkeiten oder Andenken zu retten. Und bis zu dieser Zeit war das große Haus frei von Feuer, die Treppen und Korridore waren noch ohne Gefahr zu betreten. Aber sie denken gar nicht daran, sondern lassen, besonders die jüngeren, die blassen Köpfe wie geknickte Blumen hängen.

Auf dem Rasen beim Tennisplatze wälzt sich krampfhaft schluchzend und sein morsches Gewand zerreißend, der unverwüstliche Beamte, der Rendant. Ich stopfe ihm den Mund, der von Gebeten und Selbstanklagen überquillt, und heiße ihn um seiner Kinder willen schweigen. Aber er ist taub, nichts rührt ihn, bis ich mich der Namen seiner Kinder (oder wenigstens eines Teils derselben) erinnere und ihm »Jeannette, Paul, Chéri!« ins Ohr brülle; jetzt endlich schweigt er und fährt mit dem Finger wie von Sinnen in die Löcher seines abgeschabten Habits, die er sich selbst gerissen hat. Es ist düster und dunkel, obwohl noch nicht Dämmerstunde. Ein Gewitter scheint auf dem Wege, der Himmel, gegen den die wüsten Flammen schlagen, hebt sich wie mit fahlem gelbem Fell gefüttert von der Schule ab.

Daß die Menschen und Tiere glücklich gerettet sind, das macht mich stolz. Vermessen möchte ich mein Eindringen in das brennende Gebäude noch einmal wiederholen, aller Gefahr ungeachtet, trotz der immer brütenden Angst vor dem T. Der Traum, der Brand im Traum der letzten Nacht war düsterer. Er endete schlecht, ich weiß es. In diesem Augenblick ruft mich der Herzog. In seinem Gesicht nehme ich mit Schrecken mitten durch seinen grünlichgelben Gallenteint eine tiefe Blässe wahr. Er befiehlt mich mit seiner eigenartigen Handbewegung zu sich. »Wo ist der Junge?« fragt er leise. Ich antworte zwar: »Welcher Junge?«, weiß aber sofort genau, wen er meint. Und jetzt endlich sind schreckensvoll Traum und Wirklichkeit eins geworden. Ich habe den kleinen Alma im Fechtzimmer eingeschlossen. Ich habe dies vergessen. Wer in mir hat das vergessen? Der Lebenshungrige? Der Todesfürchtige? Ich breche zusammen. Der schwere Schlüssel in meiner Hosentasche zerquetscht meinen Körper, aber dieser Schmerz ist nichts gegen mein Gefühl in diesem Augenblick, als ich fallend mit den Knien die spitzen Steine im Hof berühre.

Prinz Piggy, mein alter Feind, reißt mich, empor. Titurel steht mit seinem kalten, bösen Lächeln daneben. Der Herzog preßt seine Lippen zusammen, bis aus ihnen alle Farbe weicht. Er nimmt mich an der Hand, zwingt mich durch seinen Blick, den Schlüssel hervorzuholen, und sagt halblaut zu mir, wie er heute morgen, heute vormittag dem armen Alma gesagt hat: »Hopp! Vorwärts!« Er schleift mich durch schon ganz verlassene, betäubend heiße Plätze, die ich im hochlodernden Flammenschein nicht mehr richtig erkenne. Sollte es hier sein, wo ich so viele Jahre gelebt habe und von heute an nicht mehr leben werde?

Schon stehen wir vor dem Portal des Hauptgebäudes. Ich blicke zu dem Fenster empor, hinter dem Alma gefangen sitzt. Weshalb reißt er den Fensterflügel nicht auf? Weshalb hat er nicht schon längst um Hilfe gerufen? Eine hämische, eine tückische Stimme in mir will das so deuten, als hätte er sich »durch das Blut Christi und die Gnade Gottes«, die ich sonst immer bezweifelt habe, dennoch gerettet, durch verschlossene Türen hindurch. Aber die andere Stimme, die lebensmutige, sagt mir, daß mir die Probe nicht erspart wird, daß unser armer Alma eingeschlafen ist, von der Hitze betäubt, daß er in Ohnmacht auf seiner Bank liegen muß und daß, wenn *wir* nicht kommen, seine Augenblicke gezählt sind. Denn schon rieselt zu unsern Füßen schwerer Rauch umher. Was soll nun bei mir entscheiden? Ich weiß, was sein muß, aber ich kann es nicht! Aus der Ferne kommt das Glockensignal der Feuerwehr der Nachbarstadt. Die Glocke auf ihrem Wagen ähnelt im Klang der Schelle der Milchhändler, die mich als schlafendes Kind auf dem halbmondförmigen Sofa geweckt und von dem Nachtschrecken befreit hat. Ist ja nur ein Traum, sage ich mir. Keine Angst! Ein Traum mehr zu den andern, und von jetzt an, nach diesem letzten Schritt, den Träumen abgesagt! Los! Vorwärts, beherrsche dich! Hast du keinen Funken Courage? Immer schwerer wird die Wolke um uns, sie reicht schon an die Schultern, und immer giftiger wird ihr Hauch. »Es muß sein«, sage ich laut. »Los!« Die Feigheit ist gefährlicher als der Mut. Aber nun flüstert das andere, klügere, erbärmlichere Ich: Sind denn keine andern hier? Du mußt dich den Deinen erhalten! Dein Vater stirbt, wenn du zugrunde gehst. Sollen zwei Menschen sterben? Ist denn eine Rettung überhaupt logisch möglich? Entweder ist Alma schon erstickt, oder er hat sich gerettet. Ruhig im dunklen Zimmer sitzend wird er nicht sein Ende herangewartet haben. Dann wieder: Es muß sein!! Denn wer sonst soll es sein, der es wagt? Aber ich zittere, ich bin wie nasses Werg. Meine Lippen formen gegen meinen Willen oder nur mit dem Willen des einen Ich das Wort: »Entschuldigung!« Ratlos wanke ich, während meinen Körper eisiger Schweiß umhüllt, zitternd in der sausenden Flammenglut. Der Wind ist heute stürmischer denn je. Ich zittere, denn ich habe Angst. Angst beschreibt man nicht, Furcht wie diese erlebt man nur.

Nun stehen wir alle, von Aschestäubchen heiß überrieselt, mit den schützenden Händen über den Augen, im Hofe. Totenstille mitten im Sausen des Brandes. Selbst die Glocken der Feuerwehr sind verstummt...

Ich wende mich zu dem Herzog. Ich halte den Schlüssel in der Hand. Auf dessen blanker, eisengrauer Oberfläche schimmert das erste düstere Gold des Brandes. Ich spreche nichts. Auch der Herzog schweigt, und sein Schweigen ist der Beweis, daß auch er nicht Mut genug hat. Aber ich? Das unwillkürliche Zittern meines Körpers, das Senken meines Kopfes, von dem die Kappe herabgefallen ist, sagt dies nicht alles? Schneller als wir beide, der Herzog und ich, hat sich der Prinz entschlossen. Er reißt mir den Schlüssel aus der Hand. Er spuckt wiederholt in sein Taschentuch, er hält es wie eine Maske vor sein weißes fettes Gesicht. Er drückt seine marmeladefarbigen kleinen Augen etwas zusammen und fliegt so schnell die Treppe empor, daß es aussieht, als wehe ihn der Wind, einem Stückchen hechtgrauen Papieres gleich, über die Stufen.

Wütend schnauben und stampfen große, fahle, schweißgetränkte Gäule mit geifernden Mäulern neben mir, die Feuerwehr aus V., die Fabrikwehr. Der erste Strahl ihrer keineswegs gigantischen Feuerspritze geht auf das Fenster im dritten Stockwerk, das eben klirrend von einem Rapier durchstoßen wird und in dem sich der Kopf des Prinzen und etwas Weißes, offenbar Almas Oberkörper im weißen Hemd, zeigen.

7

Aber schon eine Sekunde später sind sie verschwunden. Atemlos starrt alles empor. Die Dampffeuerspritze, nur allmählich zu ihrer ganzen Wirksamkeit gelangend, beginnt rhythmisch zu arbeiten und hohe Dampfwolken, die sich in den feuerbeglänzten Kronen unserer schönen Bäume verfangen, auszustoßen. Aber nichts von Bäumen. Nur das Feuer beherrscht alles. Dumpf rumort es im Innern der Schule, als würden schwere Möbel oder Kisten die Treppe herabgerollt, und mit einem Male donnert es dröhnend aus dem Innern, man sieht feurige Massen sich auf die steinernen Treppenstufen ergießen, die wir Jahr für Jahr, Tag für Tag bestiegen haben. Wie sollen die unseligen Kameraden zurück? War alles vergeblich? Umsonst der Heldenmut des tapferen Piggy, des wahren Mannes, des richtigen Helden?

Jetzt zeigt sich zum zweiten Male das Köpfchen des Alma, um das sich der Arm des Prinzen schlingt – in einer vorsorgenden, beruhigenden Geste, nicht anders, als mein lieber Vater vor sieben Jahren seinen Arm um meinen Knabenhals geschlungen hat, wenn wir beide aus dem Fenster des Salons unserer Wohnung in Brüssel der Fronleichnamsprozession zusahen, vorn der Erzbischof, der Hof...

Vergebens will ich mich in diesem furchtbaren Augenblick an die Vergangenheit klammern, will nicht glauben, was ich doch vor mir sehe, will nicht einstimmen in das schrille Rufen und Heulen der Menschen ringsum, die den beiden unseligen Knaben oben zuwinken und sie auffordern, ruhig zu bleiben, nicht zu verzagen – sie alle nicht minder feig und erbärmlich als ich. Aber sie sind keine Orlamünde, Orlamünde bin ich allein. Auch ich winke, ich, der Feigste, ihnen hinauf mit meinen Handschuhen, den alten weißen, die an manchen Stellen des Handrückens schwarze, verkohlte Stellen aufweisen. Ich ziehe sie ab, die Zeichen meines gehobenen Standes, den ich durch meine Feigheit vor mir selbst verscherzt habe, aber das Abziehen tut mir weh, und als ich sie endlich heruntergebracht habe, sehe ich, daß gleichzeitig runde Stücke Haut mitgegangen sind. Meine Hände sind an vielen Stellen von Brandwunden bedeckt, die ich mir bei der Rettung des Rendanten zugezogen habe. Aber dieser körperliche Schmerz, mag er auch mit jedem Augenblick, aufreizender, peinigender werden, ist nichts gegen das Gefühl der Schande. Man wirft mir nichts vor. Niemand kommt zu mir. Um mich ist ein leerer weiter Kreis, nur von goldenen Funken, von rieselnder glühender Asche durchflogen, die der Wind nicht zur Ruhe kommen läßt. Vor ihnen schütze ich meine Augen – oder verberge meine Augen vor dem unvergeßlichen Anblick, dem unbeschreiblichen, wie Alma und der Prinz abwechselnd im Innern des brennenden Zimmers verschwinden, dann wieder an den Fenstern erscheinen, winken und Unhörbares rufen. Ein Taschentuch entgleitet ihnen, oder ist es ein Papier, eine Botschaft? Sie flammt während des Weges auf und erreicht uns nicht.

Die Feuerwehrleute stehen nicht untätig da, der Brandmeister, ein dicker, schwerfälliger Mann mit kupferbraunem Gesicht, hat vor allem das Brandgelände abgesperrt. Alle, der Direktor, der Herzog, die Schüler, das Dienstpersonal, auch der Anstaltsarzt, der als einziges seine schwarze Kiste mit Verbandzeug gerettet hat, der Abbe, die Präfekten, alles ist fortgeschickt worden, bloß mich hat man vergessen. Oder weicht man mir aus? Sie richten den Schlauch gegen das bedrohte Fenster. Umsonst. Der Druck ist zu schwach, die Wasserreserve zu klein, die altmodische Maschine zu ohnmächtig. Einer schleppt die Feuerleiter von Onderkuhle herbei, aber sie reicht nicht hoch genug, sie stört nur, sie selbst kann verbrennen.

Kein Augenblick ist jetzt zu verlieren, aus dem Dache braust es manchmal auf, nicht anders, als wenn man ein Brausepulver ins Wasser wirft, nur sind es nicht Wasserblasen, nicht ein nach Zitronen schmeckender Dunst, sondern bordeauxweinrote, aufsprühende Partikel, aufrauschender Feuerstaub, da die Gegenstände der Bodenkammern Feuer gefangen haben. Das Treppenhaus in Flammen. Der Bodenraum ebenfalls im Beginn des Brandes. Wie lange kann es noch dauern, bis zwischen beiden auch der Fechtboden erfaßt wird und die beiden Knaben vernichtet werden, wenn sie es nicht vorgezogen haben, sich mittels eines der scharfen Fechtrapiere die Adern zu öffnen und so den unbeschreiblichen Schmerzen zu entgehen? Warum versucht von den bewährten Feuerwehrleuten keiner, das Gebäude zu stürmen? Unfaßbar ist mir freilich, wie es geschehen könnte, aber in der tiefsten Tiefe meines Herzens flehe ich zu der unbekannten Gottheit (Christus und sein Wunder!) dennoch um die Rettung dieser zwei Menschenleben und des meinen dazu. Denn ich weiß genau: jetzt schon ist meine Rückkehr unter meine Kameraden unmöglich, unmöglich auch mein ganzes künftiges Leben, wie ich es bis zu diesem Tage geplant habe, unmöglich auch das, daß ein feiger, ein infamer Orlamünde unter die Augen seines Vaters tritt. Aber auch jede andere Art des Lebens wäre mir abgeschnitten, jede, wenn einer von meinen Kameraden, Alma oder Piggy, durch mein Versagen seinen Untergang unter den Brandtrümmern des Hauses Onderkuhle fände. Mag das Haus zugrunde gehen! Mögen die Bäume, die schönen, verbrennen, mögen die Reitschulen, die eine wie die andere, mit ihrem alten Strohbelag an den ovalen Wänden wie Zunder aufflammen, mögen die Kücken sich selbst braten, mögen die Pferdeställe zusammenfallen, das ganze herrliche Anwesen in Nichts aufgehen, nur Menschenleben sollen nicht verloren sein: dies mein Gebet, das erste seit Jahren, das echte. Nicht auf den Knien gebetet, sondern aufrecht. Meine Hände, die mit Brandblasen bedeckten, presse ich mit aller Gewalt gegeneinander. Wird das erhört? Niemand mir zur Seite, kein Vater, kein väterlicher Freund, keine Obrigkeit, keine Mutter: bloß ich allein mit meiner Schuld.

Da begibt sich das Unerwartete, die letzte Rettung. Ich sehe, es wird ein großes Tuch, von allen Feuerwehrleuten gehalten, unter dem flammenumlohten Fenster ausgespannt. Ähnelt es nicht auch dem Innentuch einer Wiege, so tief, so weich? Zwei Feuerwehrleute schreien, indem sie die Hände von dem Sprungtuch lassen und sie wie eine Trompete an ihre Lippen halten. Einer macht eine mit aller Energie angedeutete Bewegung vor. Diejenigen Feuerwehrleute, die mehr zur Wand aufgestellt sind, sind besonders gefährdet, denn Trümmer stürzen flammend jeden Augenblick herab, und man versteht jetzt, warum die Leute eiserne Dragonerhelme tragen, an deren messinggezogenen Raupen kleinere Fragmente ohne Schaden abprallen können.

Kaum kann ich durch die wehenden Schleier brennender Luft die Gesichter meiner Freunde im Fensterrahmen erkennen. Jetzt aber weht der Wind die Flammensträhnen fort. Wie durch ein Opernglas erblickt man alles in äußerster Klarheit.

Der kleine Alma ist der erste. Piggy hilft ihm aus dem Fenster heraus, schützt ihn vor den Glassplittern, die noch da sind, läßt ihn sich so weit als möglich hinausbeugen, dann faßt er ihn um die Hüften, hebt ihn wie ein Federchen aus dem Fenster, so weit als möglich ab von der Mauer, an der sich der Kleine den Kopf zerschellen könnte, und gibt ihm einen kurzen Befehl, ein Kommando, und Alma, der nicht den Mut gehabt hat, sich mir an der Stange im Schwimmunterricht anzuvertrauen, der geschrien hat: »Ich ertrinke!«, er wagt den furchtbar gefährlichen Sprung, durchmißt den heißen, leeren Raum, das Stück Weltall, ohne Furcht, er weiß sich zu halten, während er fällt. Schon ist er unten, hüpft noch einmal, in den wogenden Falten des Tuches halb verborgen, auf. Die Köpfe der Feuerwehrleute werden durch den Zug des Tuches etwas einander genähert; mit einem unbeschreiblichen Gefühl empfinde ich die Tatsache dieser Rettung, und zugleich ist mir bewußt, daß ich dies schon einmal (eben im Traume) erlebt habe.

Jetzt schwingt sich, während Alma flink wie ein Wieselchen und lachend (!) sich seinen Weg aus dem Getümmel bahnt und während das Licht der Brandfackeln über sein kleines Köpfchen und die feinen Haare streichelt, jetzt schwingt sich der viel massivere Prinz aus dem Fenster; er stößt seine Ellbogen und Fäuste nach rückwärts, um sich vor dem Anprall an die Wände zu schützen. Schon ist er unten angelangt, viel plumper als der Knabe, und die Köpfe der Träger des Sprungtuches knallen aneinander. Lachen kann ich nicht, aber erlöst atme ich auf. Dies war es, was ich im Traum der letzten Nächte gesehen habe. Der Prinz drängt sich durch die Menge der Mannschaft. Mich sieht er nicht. Er gesellt sich den anderen zu, langsam gehend, ein Lächeln auf seinen dunklen Lippen verbeißend, mit ungleichen, müden Schritten den Hof überquerend.

Jetzt ist das Werk der Feuerwehrleute vollendet. Hilflos ist die aufgeregt pustende Feuerspritze. Das Haus ist verloren. Die Feuerwehrleute müssen sich zurückziehen, die umliegenden Häuser, soweit sie noch nicht brennen, zu schützen versuchen. Die Pferde schnauben, sie stampfen mit den glitzernden Hufen auf die Schulfahnen, die jemand gerettet und am Boden liegengelassen hat, sie schlagen mit den Schweifen aufgeregt umher. Die Männer führen sie fort. Mit den hohen Schuhen treten sie sicher und fest auf den glühenden Boden, die Fahnen beachten sie nicht, lassen sie glimmen und zugrunde gehen. Ab und zu blickt einer zurück, hebt den Raupenhelm von der schweißüberströmten, aber dennoch blassen Stirn und nimmt den Weg schneller zwischen die Füße. Es ist tief in der Nacht. Kein Mond. Kein Stern. Bloß Hitze und Wind.

Bald ist der Hof verlassen. Das Feuer hat sich aus dem Stadium des wütenden in das Stadium des befriedigten Feuers gewandelt.

Als wäre es aus Papier, hebt sich plötzlich das ganze Dach, bleibt eine Sekunde oben und stürzt wie ein Feuerwerk funkelnd zusammen. Dann beginnen die Mauern zu glühen. Die lebhaften Flammen, das Züngelnde, Prasselnde ist verschwunden. Ruhig und ernst brennt das gewaltige Gebäude, die Heimat meiner Jugend, nieder und schweigt.

8

Nie vergesse ich den Gang durch das brennende Onderkuhle. Hinter mir auf dem hellen Hügel das lautlos flammende, wie in flüssige Bronze gebadete Hauptgebäude, über dem Schwärme von Vögeln kreisen, vor mir den lebhaft erleuchteten Park. Die Rauchschwaden haben sich in den Kronen der schönen Bäume verfangen, unter denen sich in jedem Augenblick mehr Menschen ansammeln. Durch viele Jahre haben nur Angehörige des adligen Stiftes diese Plätze betreten, jetzt sind von der ganzen Umgebung Menschen zusammengeströmt, in deren Mitte meine Kameraden, dann die Präfekten. Auch Gendarmen sind eingetroffen und umstehen mit drohenden Mienen den Meister. Der weist sie an mich, und ich berichte, was ich weiß: daß das Feuer in der Kanzlei ausgebrochen, daß aus dem Benzinbehälter eines Motorrades Brennstoff ausgeflossen ist und sich entzündet hat. Das bin ich bereit zu beeiden. Allen leuchtet dies ein, man läßt den Meister frei, der mit einer gemessenen Verbeugung dankt. Er weiß sich zu beherrschen, anders als der Direktor, der von den verbrannten blauen Schulfahnen faselt. Ist denn nicht heute, am 29. Juni, unser ganzes Leben verbrannt und zu Asche geworden? Wenigstens das meine ist es. Mit verhülltem Gesicht, in den Händen die verbrannten, mit schwarzen Kreisen gezeichneten Handschuhe, so nehme ich den dunkelsten Weg durch das Gehöft, komme aber einer neu eintreffenden Feuerwehr, der Gutswehr des angrenzenden Gutes, in die Quere. Der Gutsherr ist ein herkulischer, nie den Humor verlierender Mann, auch er ist ein ehemaliger Schüler unserer Anstalt, und zwar ausnahmsweise ein bürgerlicher. Er erkennt mich sofort und hält mich mit seiner bäuerischen gewaltigen Faust fest, während er seinen Knechten Anweisung betreffs der Feuerspritze gibt. Aber es wird nicht viel zu machen sein, wie der Meister meldet, da an den wenigen wasserspendenden Hydranten bereits die Dampfspritze und die unsere angeschlossen sind. Der Meister und Herr B. kennen einander, oft hat Herr B. den Meister zur Jagd eingeladen, als wäre er seinesgleichen. Auch jetzt sprechen sie ruhig wie Brüder miteinander.

Unsere Kapelle ist von innen erleuchtet, als würde eine Messe hier abgehalten. Von der Reitschule ist nur ein Feuerkranz da. Ich benütze den Augenblick und flüchte mich, verliere mich tiefer in den Teil des Parkes, wo die Tiere angepflockt sind. Die Rinder sind stumpf, sie haben sich niedergelassen, ihre vielfach gewellten, überhängenden Wampen sind vom Feuer rötlich angehaucht. Sie fressen das zusammengeschmorte, fast zu Heu gewordene Gras, mahlen es und käuen wieder, mit ihren schweren eisernen Ketten rasselnd, der Leitstier mit seiner tönern klingenden Glocke läutend. Faltig und hell glitzernd hängt ihnen die erwärmte Haut an der regelmäßig atmenden Brust. Ihnen allen ist trotz des Feuers friedlich zumute. Deutlich klingt das andauernde Sausen des Feuers hinüber, ab und zu durch ein dumpfes Donnern unterbrochen, welches das Zusammenstürzen einer Treppe, einer Traverse, einer Mauer kennzeichnet. Ich blicke nicht wie die großäugigen Rinder friedlich dem Feuer entgegen. Wie die Pferde habe ich mich scheu abgewendet, meine Augen tränen. Nein, ich weine nicht, denn ganz regelmäßig sammelt sich, ohne wahre seelische Erschütterung, ein Salztropfen nach dem anderen in meinen Augenwinkeln und rinnt von da ab. Mein Freund Titurel geht an mir vorüber, mit dem Prinzen Arm in Arm. Der Prinz hinkt etwas, beide sehen mich und sehen mich nicht. Die Pferde sind aufgeregt, sie reiben sich aneinander, öffnen die Mäuler, als wollten sie gähnen, sie wiehern, sie suchen etwas mit ihren erhobenen, schwanenartig gestreckten Hälsen, sie blicken ratlos und verstört, sie winden sich, wollen fort und knabbern mit ihren Raffzähnen an den sie festhaltenden Bäumen umher, vernichten die Rinde, scharren die Erde zu ihren Füßen auf. In den Schollen bricht sich die ferne Flamme, golden und zart. Keines berührt etwas von dem Heu, das der mitleidige Stallpage zu ihren Füßen ausgebreitet hat. Sie sind einander nicht freundlich gesinnt, obwohl sie sich aneinanderdrängen, sie stoßen und beißen einander, legen die Ohren zurück, und eines von ihnen, mein geliebter Cyrus, hat sich in seiner sinnlosen Angst auf den Boden geworfen und ist in Gefahr, sich zu erwürgen, da der lederne Haltezaum ihn fesselt und ihm schon eine tiefe Furche in seine seidenweiche, feine mausgraue Haut gezeichnet hat. Dabei stößt er in unbändiger Wut alle viere von sich. Sein gewaltiger Körper hat alles platt gedrückt, das zartere Gebüsch, dessen erste Früchte im fernen Feuerglanz wie Goldträubchen leuchten, wie in der Herbariumpresse gepreßt. Wie das Licht auf immer neue Stellen seines mit schwellenden Adern bedeckten Unterleibes fällt, habe ich die Gefahr erkannt, in der das Tier schwebt; ich schütze mich, so gut ich kann, vor den umherstampfenden, in der Luft umhersausenden Hinterbeinen mit den scharf beschlagenen Hufen, gewinne schnell die Kopfseite, zäume das Pferd ab, indem ich die Schnalle löse, rede ihm gut zu, denn ich weiß, daß Pferde auch in den Augenblicken stärkster Erregung der Menschenstimme zugänglich sind. Sofort wird das Tier ruhiger, erhebt sich, erst mit den Vorderfüßen und dann, aufschnellend wie ein Ball, auf den prachtvollen Hinterbeinen und steht, tief schnaubend, schweißbedeckt, gold und grau glänzend, wie aus Erz gegossen neben mir. Es reibt seine noch zitternden Nüstern an meinem hechtgrauen Gewande und wiehert mir leise zu.

Zu meinen Füßen schlängelt sich etwas Feuerfarbenes, Rauhhaariges. Jetzt stößt die Feuerkatze ihre langgezogenen Wehklagen aus, wimmernd wie ein kleines Kind. Sie ist auf immer aus ihrem Haus vertrieben, an das solche Tiere sich mehr gewöhnen als an den liebsten Menschen. Warum hat sie sich dem Feuer nicht ganz ergeben? Sie folgt uns, mir und dem Cyrus, den ich weiter ins Dunkel führe, bald aber wendet sie sich mit einem noch wehmütigeren, zarteren Klagen von mir ab und kehrt hopsend zu dem flammenden Hause zurück, läuft mir aber bald wieder nach, erhobenen Schwanzes, das große Maul weit geöffnet beim Schreien, so daß man die spitzen Zähne alle sieht und die geriffelte große Zunge. So will mich keines der Tiere verlassen.

Ich aber will allein sein, ich muß allein sein, auf meiner Brust liegt ein Gewicht, vielleicht nur das Gewicht des eingeatmeten schweren, beizenden Rauches, da mir bei jedem Ausatmen leichter wird und es sich bei jedem Einatmen mir mit neuem Gewichte auf die Herzgrube legt. Ich wußte damals nicht, wie Kummer tut. Nur dies war es. Sähe mich ein Fremder, etwa Titurel oder Prinz Piggy, so glaubte er, ich wäre ganz gebrochen, völlig zusammengefallen. Aber ich war es nicht. Ganz kann ein Orlamünde sich nicht vergessen. Jetzt erscheint es nur als Folge meiner legeren Haltung, ich tue, als käme ich von einem weiten Spaziergange oder von einer anstrengenden Reitstunde – so schleppe ich mich über den kiesbedeckten Weg, der aus dem Park herausführt.

Ich sitze auf, mein Pferd Cyrus hält ruhig still; obwohl ich keine grobe Gewalt mehr über das Tier habe, fügt es sich mir leicht. Ich bleibe ein Mann auch in dieser Stunde, ein Reiter auch in diesem Ort, in dieser brennenden Heimat, der sterbenden. Es ist düster unter den Lindenbäumen der Allee, denn durch das dichte Dach dringt der Feuerschein nur matt auf den Hals und die kurze Mähne des Pferdes vor mir und auf meine unbehandschuhten Hände, die stark zu schmerzen beginnen. Am leichtesten erträglich wird der Schmerz, wenn ich die Hände bis zur Schulterhöhe hebe und bloß durch Schenkeldruck mich auf dem hohen Gaul behaupte. Von selbst beginnt Cyrus weich loszutraben. Weit hinter uns die Brandstätte, leise klingen die Hornsignale der Gutswehr herüber. So geht es durch die immer stärker duftende, unter den Gewitterwolken fast schwarz daliegende Lindenallee, vorbei an den für immer verlassenen Spielplätzen der brennenden Schule. Jetzt muß ich über einen kleinen Steg, der unter den Hufen des Tieres dumpf wie eine Trommel eines wilden Kongonegerstammes erklingt. Bei der Wendung des Weges leuchtet es dunkelrot herüber zu uns. Das Pferd zuckt beim Scheine zusammen, es verstärkt sein Tempo zu einem kurzen Galopp. Viele Blätter fallen. Dürre, Sommerbrand und früher Herbst in einem. Ein heißer, starker Wind beginnt sie kreisend zu umgeben und emporzutragen.

So schnell das Pferd auch geht, so versuche ich doch, einen Blick zurückzuwerfen. Ich erblicke unser Schulgebäude, ohne Dach, mit den halb zusammengebrochenen Mauern, aus denen lebhafte Flammen schlagen; je weiter man kommt, desto gewaltiger scheint es sich gegen den erzdunklen Nachthimmel abzuheben. War dies nicht alles schon einmal? Niemals wieder wird es sein. Ich werde da nicht mehr leben. Das gleichmäßige, wiegende Heben und Senken, Fallen und Steigen im Galoppschritt soll mich beruhigen. Meine Augen sind in der reineren Luft schmerzfrei geworden. Aber wenn der Huf des Cyrus gegen einen Stein stößt, geht es mir zum Herzen, nicht ohne Schmerz.

Jetzt ist die Schule mit ihrer Brandhülle ganz verschwunden, wir reiten unter jungen Buchen dahin, die in der schwülen Sommerluft nur leise hauchen und raunen. Nun kommt die Pappelallee, und dann wendet es sich bergauf. Unter dem ernsten Grün der Nadelbäume erscheint der erste Widerschein des nächtlichen Sees. Ein düster roter, von Funkensternen durchbrochener Wolkenhimmel treibt die im ewigen Windhauche erschauernden Kronen der Bäume zusammen, es öffnet sich der Weg, der Abfluß des ferne goldig angehauchten Sees rauscht in gedämpftem Paukenschlage über das Wehr. Die Trompetensignale raunen, sie tönen wie Weckrufe am Morgen oder Schlußsignale nach einer Exerzierübung. Ist es das Ende aller Versuche, den Brand zu löschen? Durch den balsamischen Odem des Waldes haucht etwas von dem schweren, giftigen Geruch des Brandes. Wir stoßen an hohe, weiche Heuschober. Ohne Kraft jetzt bin ich nur an das Pferd geklammert, ich sinke herab. Ich liege auf dem schwer duftenden Heu. Über mir die großen steingrauen Augen des Pferdes. Das Wasser ist bewegt, es schlagen die Wellen regelmäßig an. Viele Vögel regen sich im nahen Walde, von dem Brande erweckt. Einige haben sich aufgemacht, sind über die Wasserfläche geflogen. Ihre ausgebreiteten Flügel zeigen den goldenen Widerschein des Brandes von Onderkuhle, oder ist es der spät aufgehende, kupferfarbene, übergroße Mond? Ich wende mein Gesicht von dem ruhig das Gras rupfenden Pferde ab, verberge mein Gesicht in dem Ärmel und weine die ersten Tränen, nicht die letzten.

Dritter Teil

1

So endet Onderkuhle. So endet meine fürstliche Erziehung.

Wohin? Zu meinen Eltern zurück? Was kann ich ihnen sein, wenn nicht eine Last? Ein Sohn gehört zu seinen Eltern, ich weiß es. Aber was dann, wenn er für ihr fürstliches Elend nur Sorge bedeutet? Das Geschenk der Armut und Genügsamkeit haben sie mir von sich weitergegeben, aber sie haben genug davon für sich behalten. Und doch würden sie ihrem einzigen Sohne die Tür nicht verschließen, auch wenn er nicht im vollen Glänze einer ausgezeichneten Aufführung zu ihnen zurückkäme. Sie würden ihre kleinen Portionen in noch kleinere Teile zerschnitzeln, vielleicht mir den Hauptteil zuweisen, dagegen alle Sorgen auf sich nehmen, wie sie auch jetzt die Sorgen lieber bei sich behalten, statt mir zu schreiben. Denn ihr Schweigen ist nicht Lieblosigkeit. Aber mögen sie verblendet sein in ihrer Liebe, ich bin es in meiner Liebe nicht.

Ich verfolge den Weg zwischen den Rübenfeldern, der zur nächsten größeren Ansiedlung führt. Von Onderkuhle habe ich Abschied genommen. Ich sehe nur zu klar, daß dieser Abschied nicht den von mir selbst anerkannten Gesetzen entspricht. Nicht Mut zu haben wurde verlangt, sondern Mut zu zeigen. Mut haben kann man nicht immer, Mut zeigen ist immer möglich. Das war die Lehre der Schule und des Meisters. Was ich war, habe ich vernichtet. Sollte es so sein? Soll ich dem Schicksal danken, daß es Onderkuhle zerstört hat und mit dem schönen, durch Generationen gepflegten und geliebten Onderkuhle auch das Onderkuhle in mir selbst? Ich lebe. Ich fühle, Feigheit ist gefährlicher als Mut. Ich will den Versuch wagen, allein zu leben, mich allein durchzuschlagen. Meine Hände schmerzen nicht mehr. Die offenen Stellen haben schon begonnen, sich zu überhäuten. Ich bin achtzehn Jahre alt. In der Brusttasche habe ich meine Papiere und in der linken Seitentasche meine Uhr. Man wird diese in V. in Geld umsetzen können, das ist für den Anfang das wichtigste. Es wird nicht viel sein, aber genug, mich nach Brüssel zu bringen und mich dort die ersten Tage über Wasser zu halten.

Längst hat die flache Landschaft, die ich durchwandere, ihren eigentümlichen Onderkuhle-Charakter verloren. Es sind Felder, Flecken, Gehöfte, Wege und Viehherden wie überall in der Welt. Aber mit dem Gefühl der freudigsten Bestürzung sehe ich plötzlich gegen sieben Uhr morgens die Luftspiegelung vor mir, wie ich sie einige Tage vor dem Unglück gesehen: ein Stück Stadt, eben V., an ihrem Rande eine ziemlich hohe, aber mißfarbene und an einigen Stellen deutlich abbröckelnde Fabrikwand. Das Haus steht allein, ist von unangenehmen Dünsten umgeben, die an die Chlordämpfe bei den chemischen Experimenten von Onderkuhle erinnern. Ich sehe eine breite Einfahrt, die sich eben öffnet, um die übernächtige Feuerwehrmannschaft auf ihrem Lastautomobil einzulassen, ihr folgt später eine Pferdefeuerspritze. Das Automobil rollt langsam, die Pferde aber keuchen, sie haben ihr Letztes hergegeben, um dem Automobil folgen zu können. Im Hintergrund der Fabrik raucht ein viereckiger, mäßig hoher Fabrikschlot, auch er mit Zeichen des Verfalls. Vielleicht ätzen die chemischen Dünste. Auch ist weit und breit um das Haus alles Grün stumpf und kärglich. Es ist Wochentag, und die Arbeit beginnt wie immer. Die Arbeiter sehen mich an, sie wissen, woher ich komme. Ebenso weiß es jeder Kaufmann in der kleinen Stadt, wo alle Lieferanten des Stiftes wohnen. Als ich in das erste beste Geschäft eintrete und meine Uhr vorlege, um darauf Geld zu erhalten, weist man die Uhr zurück, stellt mir aber ohne Pfand jeden gewünschten Betrag zur Verfügung und weigert sich sogar – ganz Onderkuhle –, etwas Geschriebenes als Schuldschein anzunehmen. Aber ich bestehe darauf. Dann begebe ich mich zum Bahnhofe. Eben läuft ein Zug ein, dem noch Arbeiter für die Fabrik entsteigen. Man erkennt meine hechtgraue Uniform, und ein junges Fabrikmädchen lächelt mir halb freundlich, halb spöttisch zu. Ich löse im Zuge mein Billett und bin am Spätnachmittag dieses Tages in meiner Vaterstadt.

Es ist heiß, aber die Luft ist gesättigt von Feuchtigkeit. Die grelle Sonne bricht durch die übermäßig belebten engen Straßen wie in Schächte. Aber hier in den breiten Boulevards atmet es sich nicht freier als in der Nähe der giftige Chlordämpfe erzeugenden Fabrik in V. Der Verkehr spielt sich, für mich fast unbegreiflich laut und schnell, inmitten einer Art gleißenden Nebels ab, aus dem nur die staubgrauen Kronen der bemitleidenswerten Bäume und die Türme der alten Baulichkeiten hervorragen. Die Straßen und Plätze sind strotzend gefüllt mit abgehetzten, dabei aber nicht einmal richtig erschöpften Menschen, dazu Fahrzeug auf Fahrzeug mit blind rennenden schlechten Pferden, rasend schnell fahrende Automobile. Kaum erkenne ich die Straßen wieder, die ich doch als Kind unzählige Male gesehen habe. In einer sehr engen, aber aus lauter sechsstöckigen Bauten bestehenden Seitenstraße finde ich ein Hospiz, wo man für wenig Geld einen Schlafraum erhält. Auch hier gibt es eine Hausordnung, an der hellsten Wand des finstern Kämmerchens angeschlagen, die eine Aufforderung enthält, täglich an den Segnungen des gemeinsamen Gebetes teilzunehmen. Doch wird kein Zwang ausgeübt. Das Haus selbst ist so ruhig mitten in dem rasenden Dröhnen des Straßenverkehrs wie ein großer Kiesel mitten in einem Bienenhause. Gerade diese Stille läßt sich schwer ertragen. Ich bin müde, aber nicht fähig, ein Auge zu schließen. Ich hatte es mir leichter gedacht, in derselben Stadt wie meine Eltern zu leben, ohne sie in der ersten Stunde schon aufzusuchen. Ich möchte es zu gern wagen, mich noch heute meinen Eltern zu nähern. Schon daß die bloße Möglichkeit besteht, macht mich glücklich, glücklicher, als ich es in der letzten Zeit in Onderkuhle war.

2

Ist es nicht, als hätte mich gestern erst mein Vater den Weg zur Bahn geführt? Heute kehre ich zurück. Ich stelle mir vor, er habe die Nachricht von meiner Ankunft zu spät erhalten, oder er sei verhindert, an die Bahn zu kommen, eine wichtige Sitzung im Adelsklub halte ihn fest. So will ich mir die Sorgen fortdenken, die – jetzt erst fühle ich es ganz deutlich – während der letzten Wochen auf mir gelegen haben. Mit meiner Mutter rechne ich nicht einmal in meiner Phantasie. Sie erwarte ich nicht einmal in meinen Träumen. Schon sind die Straßen zwischen dem Bahnhofe und meinem Vaterhause durchflogen. Plötzlich kommt mir der Gedanke: Sollte meinem Vater etwas zugestoßen sein? Erwartet mich eine Strafe für mein Versagen? In unserer Anstalt gab es ernstere Strafen nie. Sehr oft hielten die Schüler untereinander ein Strafgericht ab, aber nie wurde von einem der Lehrer oder Meister eine Züchtigung befohlen; die schärfste Strafe war der Aufenthalt in einem abgeschlossenen Raum, allein mit sich selbst und seinem bösen Gewissen.

Alle diese Gedanken erlöschen mit einem Male, als ich vor der Tür meines Vaterhauses einen Leichenwagen erblicke. Nicht Todesangst überfällt mich, sondern es ist heißer Schmerz, ein lebendiges Erschrecken. Nicht zum Klagen, Jammern, Stöhnen treibt es mich, nicht zum Hinwerfen auf die Stufen, aber zum Blickabwenden zwingt es mich und, ich sage es offen, zur Flucht. Was ist geschehen? Wovor will der Mensch fliehen, der eben erst vor dem Brande Onderkuhles geflohen ist? Auf wen wartet der Leichenwagen mit den müden verschwitzten, struppigen Pferden im Spätnachmittagslichte, die unter schäbigen, früher schwarzen, jetzt grünlich schillernden Schabracken versteckt sind? Wer ist es? Meine Mutter, die verspielte, die zarte, die schüchterne, die mädchenhafteste Mutter, die nur den einen Fehler hatte, sich vor mir zu scheuen? Aber scheue ich mich nicht ebenso vor ihr? Geht meine Scheu nicht so weit, daß ich mich in den gegenüberliegenden Hauseingang drücke? Dort atme ich wie einen Trost die kühle, mit fernem Obstgeruch erfüllte Luft ein. Oder ist es mein Vater, der ewig müde, er, der Fürst mit der hängenden Unterlippe, den schieferfarbenen Augen, die nur zu selten ins Blau umschlagen, der adelsbewußte, zurückhaltende Mann mit seinem kavaliersmäßigen Gang, mit seiner immer und für jeden offenen, leider oft leeren Hand, die aber die Handschuhe nicht gern ablegt?

In dem Treppenhause brennen die wenigen Leuchter, es entsteht ein sonderbares Zwielicht, da aus den Hoffenstern (wie deutlich erblicke ich jetzt das Haus vor mir!) ein starker Strahl der Abendsonne fällt. So sieht es aus, als hätte man vergessen, das Licht auszudrehen. Über den Läufer ist noch ein dunkelgrüner Trauerteppich gespannt. Er zeigt Schmutz- und Staubspuren, man kann es nicht verhindern, daß Lieferanten und Hausbewohner, wenn auch auf den Zehenspitzen angesichts des feierlichen Augenblicks, emporsteigen.

Es kann nicht sein, daß es ein Mitglied unserer Familie ist, das darauf wartet, daß man es zu Grabe trage. Oder sollte das Elend unseres Hauses so weit gehen, daß es sich ein standesgemäßes Sterben nicht mehr leisten kann? Ich empfinde jetzt die Nähe meiner Eltern als etwas sehr Nahes, sehr Gewohntes, sehr Warmes, Beruhigendes, nicht als etwas Erregendes. Und doch möchte ich Tränen weinen um sie beide.

Meines Mitgefühls bin ich mir noch nie so bewußt geworden, wenn ich mich aus Onderkuhle nach ihnen sehnte, wie jetzt, wo ich aus dem gegenüberliegenden Hauseingang die doppelt beleuchtete, im hellen Staube daliegende Treppe betrachte. Aber soll ich um Menschen weinen, die ich seit so vielen Jahren entweder gar nicht, wie meine Mutter, oder nur auf wenige, streng bewachte Augenblicke gesehen habe, wie meinen Vater? Aber unbeschreibbar, nicht anders als unbeschreibbar ist meine Freude, als ich sie jetzt beide erblicke! Meine Mutter geht einige Stufen voran, als könne sie es nicht erwarten, auf die Straße zu kommen, ihr folgt mein Vater, sehr ernst, sehr bleich. Hinter ihnen die Träger, bärtige, schon greisenhafte Gestalten, die nicht ohne Anstrengung einen schwarzen Sarg auf Händen tragen. Unser uralter Diener David muß es sein, den sie jetzt bestatten wollen. Wahrscheinlich war er lange krank, mein armer Vater hat ihn bedient, statt daß er meinen Vater bedient hätte, aber man wollte sich voneinander nicht trennen. Deshalb das lange Schweigen. Nur deshalb? Könnte ich es doch nur glauben! Mein

Vater ist sehr ergriffen, er will sich fassen, sieht sich um, ob man mit dem Sarge auch richtig umgehe – eine Bewegung ohne Sinn, aber sehr ergreifend, da mein Vater einen zu hohen weißen Kragen trägt und seinen Kopf nur schwer darin bewegen kann. Jetzt schluchzen beide Eltern auf, sie weinen beim ersten Schritt aus dem Hause. Nicht um mich, der aus seinem Winkel ihnen zusieht und sie beide mit seiner scheuen Liebe umfaßt. Nun kommen sie alle in meine Nähe. Ich sehe vor mir den aus billigem Material gearbeiteten Sarg, an dem der Lack schon abspringt, ich sehe den dürftigen Blumenkranz mit der blauen seidenen Schleife, dem einzigen Schmuck. Mein Vater wendet sich jetzt zu meiner Mutter, um ihr den Arm zu reichen. Diesen Augenblick benutze ich, um, aus dem Haustor hervortretend, mich tief zu verbeugen. Nur so kann ich mich ihnen verbergen. Und muß ich es nicht? Muß es nicht sein? In katholischen Ländern ist es Sitte, jede Leiche durch Abnehmen des Hutes zu grüßen. Nie wurde ein leererer Gruß gegeben noch angenommen. Meine lebenden Eltern lasse ich, der lebende Sohn, ohne ein Wort vorbeigehen, aber den toten Diener grüße ich um seines Todes willen. Oder um seines Dienstes willen? Meine Eltern sehen mich, aber sie erkennen mich nicht. Nur so ist ihr Dankesgruß zu erklären, der wortlose, den sie mir beide, mein Vater etwas herzlicher, meine Mutter etwas unbeteiligter, zukommen lassen. Dies unser Wiedersehen nach so langer Zeit! Fast sieben Jahre ist es her, daß ich meine Mutter nicht gesehen habe. Sie ist beinahe nicht gealtert, sie ist schön, wie sie immer war, aber mein Vater zeigt ein gänzlich verändertes Wesen.

Das Schiebefach in dem Leichenwagen wird mit großer Schnelle aufgezogen, mit dem Sarge beladen und wieder eingeschoben. Ein sonderbarer Anblick, der einer gewissen Komik nicht entbehrt, denn es sieht aus, als würde ein Kastenbrot ins Ofenrohr geschoben. Jetzt kommt eine schwerfällige Karosse angefahren, die bis jetzt an einer schattigen Ecke unter den mageren Bäumen gehalten hat. Der Kutscher ist ebenso müde wie die Leichenbeamten. Offenbar haben sie heute schon mehr als ein Begräbnis dritter Klasse hinter sich, schnell raffen die Beamten noch den Treppenbehang mit sich, drehen die Lichter aus, holen in aller Eile zwei eiserne Kandelaber herunter, die sie mit dem andern feierlichen Gerumpel unter dem Schiebefach unterbringen, und jetzt schlagen sie auf die Pferde ein, sie wollen auf den Kirchhof und dann heim zu ihrer Familie.

Meine Eltern haben in der altmodischen, langgeschweiften, aber sehr gut gefederten Karosse Platz genommen, die nun beim schnelleren Anfahren wie ein Boot auf See schwankt. So folgen sie in unzeitgemäßer Eile der Leiche ihres alten Dieners. Er hat auch meine Jugendjahre begleitet, mich verläßlich, aber ohne Liebe betreuend. Er war dem Geschlechte der Orlamündes treu, nicht mir. Er diente der dritten Generation. Muß er deshalb dritter Klasse bestattet werden? Das ist Ernst, keine Ironie, die mir ferneliegt. Jedes Geschlecht lebte standesgemäß, soweit es konnte. Das vierte vor mir noch im Besitze eines großen Vermögens und auf eigenem Grund und Boden. Aber schon mein Großvater, der einzige Nachkomme meines Urgroßvaters (kinderreiche Ehen gab es in der ganzen Verwandtschaft nicht), verbrauchte viel, erwarb nichts, er heiratete in beschränkte Verhältnisse hinein, mein Vater in bedrängte. Alle drei Geschlechter hatten Diener, das älteste eine große Anzahl, das zweite eine mittlere, aus welcher zum Schluß nur der Alte übrigblieb. Ich werde seine Dienste nicht mehr in Anspruch nehmen. Ich werde mein eigener Diener sein und, will es das Glück, auch mein eigener Herr. Aber die Überlieferung unseres Hauses, ich weiß es, fährt eben in dem Wagen, dessen Pferde in ihren baumwollenen Schabracken schwitzen, unter dem absplitternden Lack seines Fichtenholzsarges dem Kirchhofe zu. Auch hier geht ein Orlamünde den Weg unseres niedergleitenden Geschlechtes. Ich will ihm nicht folgen.

Während ich die altgewohnten Treppen zu unserer Wohnung in wenigen Sprüngen durchmesse, empfinde ich den Stoff meiner Litewka freudenvoll an meine Brust gepreßt, so hohes Lebensgefühl umfängt mich jetzt. Jetzt habe ich den Entschluß für die nächste Zeit gefunden. Nur Handarbeit kann mich erhalten. Ich bin stark, jung und gesund, ohne Ansprüche, ohne Bedenken, denn ich habe Angst vor nichts. Maschinen, proletarische Arbeit für geringes Geld, selbst körperliche Berührung mit Menschen, nichts davon schreckt mich. Vor allem will ich mein Leben aus eignem fristen. Weshalb soll, was Millionen gelingt, gerade mir unmöglich sein?

Noch ein Geschlecht, das meine, das vierte, hätte sich an die Reste der fürstlichen Herrlichkeit halten können, wenn auch nur entweder unadelig in der Gesinnung oder kümmerlich im Resultat. Ich weiß, daß meine Mutter eine kostbare Perlenkette besitzt. Mein Vater hat ein Paar goldene Sporen, einen mit Stahl und Gold eingelegten alten Küraß, alte Orden mit echten, wenn auch nicht großen, altmodisch geschliffenen Steinen und unseren Namen. Den Namen besitzt er noch, was von den übrigen Herrlichkeiten noch da ist, weiß ich nicht und will ich nicht wissen. Denn ich will bewußt auf jedes Erbe verzichten. Nun will ich mich als verschollen ansehen; aus Onderkuhle bin ich geflohen, in der weiten Welt, von der mich nichts trennt und von der mich gegen meinen Willen nichts fernhalten kann, bin ich nie mehr aufzufinden. Der andere Weg ist weniger romantisch. Aber menschlicher ist er und erspart meinen Eltern den großen Kummer, mich lange zu suchen und vergeblich nach mir zu forschen. Ich muß nur wie ein Mensch in der Masse verschwinden. Diesen Schmerz aber kann ich ihnen beim besten Sohneswillen nicht ersparen, daß ich mich von ihnen, wenn auch nur vorläufig, löse und sie ihrem Schicksal, mich dem meinen überlasse. Von meinem Schicksal wissen sie wohl noch nichts. Zeitungen lesen sie selten, und der Schuldirektor von Onderkuhle hat ihnen wahrscheinlich noch keine Nachricht gegeben. Besser ist es, wenn sie alles durch mich erfahren, was sie doch erfahren müssen. Ich will den Meinen schreiben und auch mir den Lebensweg wie einen Stundenplan in Onderkuhle für die nächste Zeit vorzeichnen. Ich habe mich mit den Schultern an die Tür unserer Wohnung gelehnt, aus welcher der alte Vaterhausduft dringt und daneben ganz zart der Brodem nach Weihrauch, nach gelöschtem Kalk, nach Medizin und Tod. Ich habe zufällig etwas Papier bei mir (welcher Zögling eines Erziehungsinstituts lebt ohne Notizbuch, auch wenn er nichts zu schreiben hätte?), und nun schreibe ich: »Liebe, teuerste Eltern! Unser Institut in Onderkuhle ist am dritten Juli einer Feuersbrunst zum Opfer gefallen. Wir sind alle, Professoren und Personal und Schüler, gerettet, ebenso die Pferde. Ich bin am nächsten Morgen über V. abgereist und bin um fünf Uhr siebzehn nachmittags hier angekommen. Ich habe gleich die große Freude gehabt, Euch beide zu sehen. Dies beruhigt mich sehr. Das lange Ausbleiben Eurer Briefe hat mir Sorge gemacht. Nun ist alles gut. Ich muß nun trachten, einen Beruf zu ergreifen, und hoffe, daß mir dies bald gelingen wird. Ich habe eine Bitte an Euch. Sucht nicht nach mir! Ich muß erst alles ordnen, dann werde ich mich sofort melden. Und noch etwas, eine wirkliche Bitte, an der mir viel mehr liegt als an der ersten: Ich möchte gern, daß Ihr...« Diesen Satz streiche ich aus. Ich überlege, was ich habe, was mir fehlt, was ich wünsche, was ich fürchte. Mir geht, ich kann es nicht anders sagen, das Herz bei dem Gedanken an die erste Freiheit meines Lebens auf. In Onderkuhle habe ich schön gelebt, aber nicht frei. Die Luft hier, die mir beim Betreten der Stadt chlorartig giftig erschienen ist, kommt mir jetzt wunderbar leicht vor, lebenspendend und berauschend. So kommt es, daß ich etwas schreibe, das nicht im Sinne meiner Erziehung ist, nicht der Lehre des Meisters von der Distanz entspricht.

Aber ich fühle es so: »Ich weiß, geliebte Eltern, daß Ihr noch kostbaren Schmuck und ähnliches besitzt, wovon Ihr Euch vielleicht nur aus Sorge für meine Zukunft nicht trennen könnt. Diese Sorge fällt jetzt fort. Verkauft, wenn es so ist, diese Gegenstände, die mir heute wie später nur zur Last wären, und wenn meine Bitte Euch etwas bedeutet, spart nicht, um mir einmal etwas zu hinterlassen. Ich habe gute Pläne und hoffe, daß ich mich nicht nur selbst erhalten, sondern auch etwas für meine weitere Fortbildung zurücklegen kann. Ich hoffe, daß ich Euch bald wiedersehe. Sorgt Euch nicht! Ich will den Versuch machen, allein zu leben. Ob er nun gelingt oder nicht, auf jeden Fall seht Ihr mich bald wieder. Laßt mir Zeit und sorgt Euch nicht! Meine Bitte vergeßt nicht!

Ich küsse meiner teuren Mutter die Hand, ich grüße in tiefer Verehrung meinen geliebten Vater!

Euer treuer Sohn

Boëtius.«

Ich schiebe die Blätter unter die Türschwelle, wo sie die heimkehrenden Eltern sofort finden müssen. Dann kehre ich durch die breiten Straßen in mein Hospiz zurück. Die meisten Läden sind schon geschlossen, einige Läden in der Nähe des Bahnhofes aber noch offen. Ich kaufe vor allem Knöpfe, die ich an meiner Jacke an Stelle der silbernen annähen will, dann Toilettengegenstände, einen billigen Hut und einen praktischen Mantel. In dem Wartesaale des Bahnhofes esse ich eine Kleinigkeit, die aber dennoch teurer kommt, als wenn ich mir Brot und Käse oder Speck gekauft hätte. Alle Ausgaben trage ich ins Notizbuch ein.

Inzwischen ist es dämmerig geworden. Ich bin in dem Hospiz angelangt. Nun ist es von Leben erfüllt in der sehr stillen Gasse, in welche der Straßenlärm von den Boulevards nur undeutlich herüberdröhnt. Mein Zimmerchen ist sauber aufgeräumt, aber nicht sehr wohnlich. Eine fahl beleuchtete Feuermauer vor dem weit geöffneten Fenster. Ein Stück violetten Himmels ist zu sehen, noch etwas umdunstet. Aber während ich im Bette liege und auf den Schlaf warte, löst sich dieser Dunst in der beginnenden Nachtkühle, und die Sterne treten hervor, umgeben von leichten schwebenden Wolken von unbestimmbarer Farbe und unverkennbarem Umriß. Diesen Anblick ertrage ich heute ohne Bedrückung, ohne panisches Entsetzen, ohne Furcht. Von den milchig beleuchteten, die Nähe des noch unsichtbaren Mondes verkündenden Nachtwolken geht mein Gedanke auf Cyrus über, der in der letzten Nacht am See von Onderkuhle verschwunden ist. Hat er sich, während ich im ersten Schlummer lag, frei gemacht und hat die andern Pferde wieder aufgesucht? Oder weidet er jetzt, sich einer ungewohnten Freiheit freuend, auf den weiten prachtvollen Wiesen längs des Bahndammes zwischen Onderkuhle und V.? In einem der auf den Innenhof hinausgehenden Säle des christlichen Hospizes beginnen Männer und Frauen einen langgezogenen eintönigen Choral, der von Predigtworten unterbrochen wird. Ich versuche vergebens, den Worten zu folgen. Darüber schlafe ich ein, traumlos, tief, gesättigt.

3

Am nächsten Morgen habe ich mich, früh erwachend, schnell gewaschen. Ich bekomme in dem sauberen, aber dennoch muffig riechenden Frühstückssaal für wenige Heller ein annehmbares Frühstück. Es ist noch früh am Morgen. Die auf sechs Uhr angesetzte Morgenandacht warte ich nicht ab, sondern trete vor das Haus, in dem festen Entschluß, Arbeit und Verdienst zu finden. Die Straßen sind verhältnismäßig frei von Fuhrwerken, aber die Gehwege sind von einer dichten Menge stumm dahineilender Arbeiter bedeckt, die alle, ob alt oder jung, denselben, mehr schiebenden als schreitenden Gang und dieselbe Gesichtsmiene des Unausgeschlafenseins an sich tragen. Aufs Geratewohl schließe ich mich einer relativ markanten Erscheinung an, einem hochgewachsenen blatternarbigen Arbeiter oder Handwerker oder Bahnangestellten, den ich aber trotz aller Vorsicht an der nächsten Ecke im Gedränge aus den Augen verliere. Aber ich folge der einmal eingeschlagenen Richtung, die in das Fabrikviertel der Stadt zu führen scheint. Ich durchstreife lange Straßenzüge, über welche der in der Morgensonne lange Schatten der Mietskasernen hinüberfällt. Es ist noch kühl, Karren mit herrlichem Obst und üppigen Blumen ziehen vorbei und verbreiten schönen Duft. Ich komme in ein mir von der Kinderzeit her ganz unbekanntes Viertel, das möglicherweise damals noch nicht bebaut war. Jetzt steht hier eine mächtige Fabrik neben der andern. Eine Schicht Arbeiter verläßt eben durch ein Portal das Gebäude, die andere Partei tritt, ohne einen von der Gegenpartei zu erkennen oder zu grüßen, in den großen Komplex ein, der sich bis zum Kanal erstreckt. Jeder muß den Portier passieren, einen dicken, grauhaarigen Mann mit englischer Pfeife (kalt), der bei jedem Eintretenden sich ein Zeichen an eine Tafel macht, die im Dämmerlichte seiner Zelle neben riesigen Schlüsselregalen und dem Zifferblatt einer Stechuhr blinkt. Obwohl diese Tafel viele hundert Namen umfaßt, braucht keiner der Eintretenden zu warten, aber ebensowenig wird ein Fremder durchgelassen. Die Büros in den Verwaltungsgebäuden haben einen eigenen Eingang, der erst in ein gut gehaltenes Vorgärtchen führt, dann in den schönen, wenn auch schmucklosen Rohziegelbau. Mir sowie einigen andern jüngeren Menschen gibt der Portier ein Zeichen. Wir bleiben seitwärts stehen, um niemand im Wege zu sein. Alles spielt sich leicht und selbstverständlich ab. Nichts trübt meine gehobene, fast freudige Stimmung. Schlag sechs Uhr beginnt eine mächtige Sirene zu heulen und erschüttert mit ihrem kaum zu ertragenden Dröhnen das ganze Gebäude. Bis auf wenige Nachzügler ist die ganze Menschenmenge im Innern der einzelnen Fabrikgebäude verschwunden. Jetzt wird alles stiller, man hört deutlicher das rhythmische Donnern, das tiefe, wie unterirdische Surren, kurze Pfiffe, das Rasseln ablaufender Ketten, ferne das Wiehern eines Gaules oder das Klingeln einer Straßenbahn, die wohl um den Häuserblock einen scharfen Bogen macht, so daß die Räder kreischen.

Es ist ohne alle Überlegung gekommen, daß ich wie die andern jungen Menschen mich hier in dieser fremden Fabrik um Arbeit anstelle. Wir erhalten von einem Angestellten ein mit Buchstaben durchstanztes Stück Blech und werden in einen kleinen Schuppen beordert, wo ein Werkbeamter in grauem Zwilchanzug dasitzt und uns die Personalien abnimmt. Dann wird eine Sehprüfung, eine Hörprüfung gemacht, wobei ich am besten abschneide, ein paar Intelligenzfragen gestellt, die mir zwar fremd sind, die ich aber doch gerade noch lösen kann. Dann werden die gemachten Notizen einem andern Beamten, wohl einem Ingenieur, übergeben, der alles mit seinen tiefliegenden Augen mustert, aber weder an mir noch an den andern etwas Auffälliges findet. Er fragt mit monotoner Stimme, als lose er ein Gesellschaftsspiel aus: »Gelernt? Ungelernt? Büro? Montage? Zeichner? Lehre? Schwachstrom? Spuler? Aushilfe? Schlosser? Fräser? Chauffeur? Modelltischler?« Gerade diese Leistungen scheint er zu brauchen, unglücklicherweise ist keiner von uns dazu geeignet. Ich weiß nicht, wozu ich mich melden soll. Schließlich kommt er noch einmal auf seine Listen zurück und übergibt einigen von uns neue Blechmarken. Diese begeben sich, nachdem sie auf die Marke einen Blick geworfen haben, in einen Teil des riesigen Komplexes, der aus zahllosen improvisierten, mit Wellblech gedeckten Schuppen, dann wieder aus wie auf Zeit und Ewigkeit aufgebauten kirchenschiffähnlichen Hallen besteht. Dazwischen liegen Garagen und Lagerräume aus Eisenbeton, Kleinbahngleise mit vollständig rangierten Zügen, viele Waggons, einer wie der andere mit Maschinenteilen, offenbar Dynamos und Turbinen, wenn mich meine geringen technischen Kenntnisse nicht trügen, beladen. Jetzt ist die Arbeit überall in vollem Gange. In den Höfen herrscht großes Getümmel. Die Lastautos rollen aus den Gebäuden vor. Die kleinen Eisenbahnlokomotiven setzen sich kreischend und pfeifend in Bewegung, sie ziehen, starke Dampfwolken ausstoßend und sich wie große Eilzuglokomotiven gebärdend, ihren Weg zu den Anschlußgleisen der staatlichen Eisenbahn. Der Lärm wird immer schriller. Das monotone Brausen und Dröhnen der Maschinen ist daneben fast nicht zu hören, eher zu fühlen. Die Luft ist von feinem Staub und Rauch erfüllt, dem eigenartigen Aroma, das man an sehr heißen Tagen, wenn die Eisenbahnschwellen und -schienen bei Onderkuhle unter der Sonne brannten, in der Nähe der Schule spüren konnte. Ratlos irre ich zwischen Fabrikgebäuden und Schuppen hin und her. Mir ist dies eine völlig fremde Welt, deren Notwendigkeit und Zweckmäßigkeit mir aber schnell einleuchtet. Plötzlich stehe ich an einem Zufahrtskanal, wo riesige flache Kähne oder Prahme mit Langholz zum Abladen bereitstehen. Sie wiegen sich lässig auf den Wellen. Der würzige Waldesduft der harzreichen Stämme mischt sich mit dem etwas modrigen Aroma des stehenden Wassers, an dessen Oberfläche Ölhäutchen in bunten Farben schillern. Bei den Stämmen steht, abgeschirrt und unbeweglich, mit hängenden Köpfen, ein Paar alter, aber guter Pferde und blickt nicht auf. Es dämmert faul in der Morgensonne dahin, schlägt nur bisweilen trage mit den sonderbar kurz gehaltenen hilflosen Schweifen nach schwärmenden Fliegen.

Ich bin ganz am Ende des Fabrikgeländes und sicher nicht da, wo es Aushilfsarbeit (Montage, Marke P) für mich gibt. So kehre ich wieder an den Ausgangspunkt zurück, wobei ich mich erinnere, daß das neueste und zugleich höchste Haus, das kirchenschiffähnliche, großfenstrige, hellrote Gebäude mit dem mattblauen steilen Schieferdach am Eingange stand. Der Zufall will, daß ich gerade dort erwartet werde. Denn ich finde ungehindert durch die Drehtür Einlaß. Die Halle ist mindestens so hoch wie ein dreistöckiges Haus. Sie hat keine richtigen Mauern, sondern nur durch Ziegel nach außen verkleidete, innen nackte eiserne Konstruktionen, und zwischen ihnen Glaswände aus großen gerippten Scheiben, es sind nicht die winzigen, schulheftgroßen Fabrikfensterscheiben, wie man sie gewöhnlich in Fabrikhallen hat. Ein einziger Raum unter spitz zusammenlaufendem Dach. Eine Unmenge von sich drehenden, von hin und her schwingenden, von stampfenden und schiebenden Maschinenteilen, von fast nackten hellen Männerkörpern, von sich senkenden, sich schaukelnden und wendenden Kranen, die an silbrig glänzenden Ketten sich wie Arme im Räume bewegen, alles eingehüllt in eine Wolke feinen Staubes, wie eine sandige Rennbahn, durchflogen von einzelnen Funken und von den bläulichen Feuerbüscheln, die einem Schweißgebläse entströmen. Es sind mindestens zweihundert Arbeiter in der Halle beschäftigt. Man begreift nicht, wie sie Hand anlegen, sieht nur, wie alles sich bewegt und vom Fleck kommt. An der kurzen Wand der Halle stehen würfelförmige Gebilde aus grauem, ins Bläuliche hinüberschimmerndem Stahl, von der Größe einer Bauernhütte. Aus ihrer Mitte treten, näher kommend und gleichzeitig dünner werdend, fischähnliche Stücke Eisens in der Breite eines hundertjährigen Eichenstammes, von denen dann eine Art Hobelmesser kreischend spiralige Streifen abschält, in ähnlicher Weise wie die mechanische Kartoffelschälmaschine in der Hand eines Küchendieners von Onderkuhle, wobei sich hier sozusagen die Kartoffel selbst schält. Andere Werkzeugmaschinen bohren an vorgezeichneten Stellen Löcher in faustdicke Eisenplatten, als wäre es weicher Käse. Auf dem asphaltierten, von Öl beschmutzten, aber oft gesprengten Fußboden hocken Angestellte in ihren sandfarbenen Overalluniformen und zeichnen mit Schlämmkreide auf den unbearbeiteten Werkstücken dasjenige in vergrößertem Maßstabe mit ihren Zirkeln und Doppellinealen nach, was in den blau bezeichneten Plänen der Ingenieure angeordnet ist. Ohne daß man besonders aufgepaßt hat; hat sich inzwischen das fischähnliche Stück aus der Werkzeugmaschine losgemacht, die mit einem Male stillsteht. Ein von oben zurrend herabgleitendes Gebiß eines elektrischen Kranes nähert sich ihm, nimmt es unter Aufsicht eines Oberarbeiters in seine Klauen, trägt es über die unbekümmerten, schweißbedeckten Köpfe der Arbeiter fort in einen andern Teil des jetzt von flutender Sonne erfüllten Raumes, wo es mit einem im Getöse nicht wahrnehmbaren Lärm auf einen der Kleinbahnwaggons aufgeladen wird, wo schon Balken bereitstehen, an die das Stück gekettet oder angenietet wird. Es ist nur provisorisch auf den Balken befestigt und geht jetzt in eine andere Maschinenhalle.

Unerschütterlich sind die Mienen der Arbeiter. Sie haben einen Ausdruck, den ich niemals an Bauern oder an dem Personal unserer Anstalt bemerkt habe. Die Männer kommen scheinbar schon von Arbeit übersättigt morgens an. Sie sprechen nicht, sie rauchen nicht, sie scherzen nicht, sie vertreiben sich nicht die Zeit, obwohl sie nicht ununterbrochen beschäftigt, durchaus nicht »angebunden« sind. Sie stehen scheinbar unbeteiligt da, bis die Reihe an sie kommt und sie einen bestimmten Handgriff tun müssen. Diesen vollbringen sie aber derart mit dem letzten Aufgebot ihrer Kräfte, daß sich die Muskeln an den nackten Oberarmen fast hörbar straffen und ihnen der Schweiß von den Augenlidern auf die Mundwinkel und vom Hinterkopf auf den Nacken tropft. Einer liegt auf dem Fußboden und sieht von unten in ein Stück, wie ein Astronom in ein Fernrohr, und gibt mit unhörbarer, aber den Umstehenden dennoch verständlicher Stimme Anweisungen, offenbar Korrekturen, die sich die Leute sofort mit Kreide an dem Werkstück anzeichnen.

4

Mich hat man längst bemerkt, doch hat sich keiner von seinem Platz gerührt. Es scheint auch keine beamtete Aufsichtsperson im Saale zu sein, wenigstens vermag ich sie nicht von den andern zu unterscheiden. Ich durchirre den riesigen Raum, bis ich an den Fuß einer Leiterkonstruktion gekommen bin, zum Fundament eines der vielen Krane, die sich mit ihren langen Hälsen, ihren winzigen, nur auf eisernen Leitern erreichbaren Führerkabinen und den glitzernden Ketten über den Grundraum der Montagehalle erheben. Hier werde ich gerufen. Nicht mit einem richtigen Zuruf, sondern mit einem Pfeifchen, als wäre ich ein kleiner Hund. Aber wer kennt meinen Namen hier? Wie anders sollte man mich darauf aufmerksam machen, daß ich hier fehle? Es gilt mir. Ich habe das Signal verstanden und klettere als guter Turner flink die etwas schlüpfrige Leiter empor, ich verbeuge mich vor dem Kranführer, der mich aber nicht weiter beachtet. Ohne das Auge von der Tiefe unter ihm zu lassen, hält er mir die linke Hand hin. Die rechte hat er an dem Lenkrade. Aber er erwartet keinen kameradschaftlichen Händedruck von mir, sondern hat mir die Hand nur gereicht, um die Marke zu erhalten, die man mir vorhin eingehändigt hat. Er spricht nicht mit mir. Vielleicht weiß er nicht, daß ich zum erstenmal hier Dienst tun soll, vielleicht wäre aber bei dem herrschenden Getöse jede Verständigung unmöglich. (Später sah ich, daß man sich auch hier unterhalten konnte, jedenfalls brauchte man die Stimme durchaus nicht stark zu erheben. Wie das möglich war, weiß ich nicht.) Nun winkt er nach rechts in den Winkel der kleinen, nach Öl riechenden, mit nassen Tabakresten beschmutzten Kabine, wo eine blecherne Ölkanne und ein paar Werglappen liegen. Er bedient ohne Unterbrechung den Kran. Wendet ihn nach außen, nach innen, hebt ihn, senkt ihn, alles auf den Zentimeter genau, auf die halbe Sekunde präzis. Er arbeitet mit seinen schweren Ketten fast lautlos, er ist ein Meister in seinem Fach. Mir weist er bei der ersten Atempause der Maschine meine Arbeit an: federnde Deckel der Maschine lüften, den Hals der Ölkanne daran halten, die Kanne seitlich fest zusammendrücken, andere Schmierstellen durch Abdrehen der Kapsel frei machen, mit festem Fett schmieren, das in einer alten Nickelbüchse liegt, das überschüssige mit einem Streichhölzchen fortstreichen, die Leiter herauf- und herabklettern, die Werkstücke besser postieren, sie mit Holzwolle umhüllen, damit der Transport sie nicht beschädigt. Die Arbeit, die ich zu dieser Zeit zu verrichten hatte, war nur Arbeit letzten Ranges, etwa wie die, die bei uns in Onderkuhle der Stallpage zu verrichten hatte. Denn weder die eigentliche Wartung der Pferde war dessen Amt, denn diese Wartung gehörte zu den vom Meister fest vorgeschriebenen und von den Reitlehrern und von den Gutsbeamten kontrollierten Obliegenheiten der Pferdeknechte, noch auch die persönliche Bedienung des Meisters war sein Amt, denn dieser hatte keinen Anspruch darauf. So war der Stallpage überzählig. Ich in der Turbinenfabrik nicht anders.

Die Arbeit des Kranführers, meines Vorgesetzten, ist keine ununterbrochene. Es vergehen oft zwanzig Minuten, während der Kran ruhig steht, bloß erschüttert von dem explosionsartig einsetzenden Lärm und Beben der automatischen Dampfhämmer in der Nachbarhalle, die dann plötzlich wieder verstummen. Während dieser Zeit konnte der Führer sich an Kaffee erholen. Alkohol war offiziell verboten, dies stand schon in der Aufnahmekanzlei angeschlagen und war sofortiger Kündigungsgrund. Kam »sein« Kran an die Reihe, dann gab man ihm ein Zeichen, das er meist gar nicht brauchte, denn er hatte schon seine teils hydraulisch, teils elektromagnetisch angetriebene Maschine in Gang gesetzt. Die Arme greifen aus, man rückt unten noch näher heran, das Stück wird von den Klauen erfaßt, entweder direkt, wenn es sich um kleinere Stücke handelt, oder es wird eine große Kette darum geschlungen, in die ein fragezeichenähnliches Zwischenstück eingeführt wird. Es gibt aber auch Greifkrane, die lose Eisenteile zusammenraffen können, um sie in die kleinen Waggons zu schaffen. Wenn die Masse emporgewunden ist und den höchsten Punkt erreicht hat, beginnt sie seitlich zu schwanken, wobei es die besondere Kunst des Kranführers ausmacht, diese seitlichen Schwingungen möglichst zu vermeiden, da sie das Material des Krans, Ketten und Übertragung, anstrengen und der Fall nicht ausgeschlossen wäre, daß sich einmal die Last frei macht, trotzdem die Klauen durch

Elektromagnetismus aneinandergepreßt bleiben, solange der Strom hindurchgeht. Aber mein Vorgesetzter ist seiner Sache sicher, ein Stück mag hundert Zentner oder zweitausend wiegen (Schiffskiele oder große Turbinenachsen), ihm macht dies nichts aus. Er schafft jedes Stück, ohne dauernd hinzusehen, bloß aus einem angeborenen Gefühl für die Sache heraus, an die verlangte Stelle. Freundlichkeit ist dabei seine starke Seite nicht. Er stößt mich mit dem Ellbogen fort, wenn ich ihn störe; dabei habe ich mich schon aus freien Stücken so klein gemacht wie möglich, denn die Kabine ist eng.

An Onderkuhle, an meine Eltern, an mich, ja überhaupt an etwas Bestimmtes zu denken ist mir bei der Arbeit (und dabei ist es noch nicht einmal eine ernste, verantwortliche) nicht möglich. Man kann diese Arbeit unter keinen Umständen mit der Arbeit in unserer Schule, mit dem Zureiten eines Pferdes, und wäre es auch ein Cyrus, vergleichen. Wie man eine solche Tätigkeit, von der halbwüchsigen Jugend angefangen bis zu den Monaten vor dem Tode, aushalten kann, verstehe ich nicht. Es muß Not hinzutreten, etwas, wovon ich weiß, daß es existiert, aber nicht, wie. Meine Arbeit ist weitaus die leichteste. Ich habe die Schmierstellen in Ordnung zu halten; etwas Öl und Staufferfett fließt bei jeder Aktion aus, man hat es zu ersetzen, im Notfall könnte es auch der Kranführer besorgen und tut dies wohl auch gewöhnlich. Man hat den Staub von dem elektrischen Meßgerät, dem Amperemeter, abzuwischen, dann hat man ab und zu hinabzuklettern, ein Werkstück zu stützen, wenn es schwanken will. Dann wieder durch das Gewirr von Maschinen, Kleinbahngleisen und Menschen, die aber gutmütig ausweichen, einen Weg suchen, den man in der Verwirrung nicht finden kann, muß in die Werkskantine laufen, dem Kranführer Kaffee besorgen in einer blauen Emaillekanne, sich selbst auch etwas gönnen, um nicht zusammenzubrechen, dabei aber auf die Uhr sehen, um nicht zu lange auszubleiben. Dann wieder eine Rolle Kautabak holen, der aber nicht von der gewünschten Sorte ist, also wieder zurückspringen«. So wird es Mittag, neues Heulen der Sirene, ohne daß die Arbeit in dieser Halle Unterbrechung erleidet. Plötzlich gewaltiges Rollen und Sausen an einer der unsern entgegengesetzten Ecke des Raumes; Dampfwolken erheben sich mit kaum zu ertragendem Zischen, und eine Maschine beginnt zu laufen und kreischt so sehr in ihren nicht genügend geölten Lagern, daß man sich die Ohren zuhalten muß, ob man will oder nicht. Es sind neue Turbinen, wie ich in einer stilleren Pause erfahre, die an eine Dampfleitung gekuppelt werden auf dem Probierstande. An ein Niedersetzen, Ausruhen ist nicht zu denken. Kaum daß ich die nötigsten Pausen erhalte. Man schickt mich von einer Maschine zu der anderen, leiht mich her, gibt mir alle fälligen kleinen Besorgungen auf, als habe man es sich stillschweigend zur Pflicht gemacht, ich dürfe keinen Augenblick lang ausschnaufen. (Eine Probe?) Endlich verliere ich gegen Nachmittag das Gefühl der Müdigkeit. Mir ist alles gleich. Ich bewege mich, wie man mich stößt, ich tue, was man mich heißt, ich denke überhaupt nicht mehr klar, ein Glück, daß ich nicht von einer Maschine abgefangen werde und in ein freier laufendes Radgetriebe komme. Schließlich stehe ich die meiste Zeit am Postament »meines« Kranes fest; »mein« sage ich mit Unrecht, da ich ebensogut allen anderen Kranführern und Oberarbeitern gehöre. Ich spüre meine Glieder nicht mehr, mein Körper hört bei den Handgelenken auf, die ich noch als schmerzhaft und angeschwollen empfinde. Dabei stehe ich müßig, während man rings um mich mit unverminderter Intensität schafft. Ich sehe, wie der Schaufelring einer Turbine entsteht, wie man die pflugscharähnlichen Stahlteile Stück für Stück an die Hauptwelle aufkeilt, wobei mittels eines besonderen Meßverfahrens der auf dem Boden liegende Korrektor Abweichungen von einem Bruchteil eines Millimeters feststellt. Denn schon die Differenz von einem Zehntel Millimeter hat bei der rasenden Geschwindigkeit der laufenden Maschine die furchtbarsten Folgen. Selbst wenn die Maschine ordnungsgemäß läuft, fühlt man den orkanartig ansteigenden, anschwellenden Sturm der Luft in der Halle; das ganze, schwer gebaute Haus mit seinen Eisenträgern bebt in seinen Grundfesten. Es kommt von der einen Seite, der Materialseite, der unbearbeitete Stahl hinein, dort wird daran gearbeitet; halbrund profilierte Eisenstangen werden erst in Hitze gerichtet, dann möglichst erschütterungsfrei gefräst, dann gezogen, dann von den würfelförmigen Halbautomaten weiterbearbeitet. Das alles geht in allen möglichen Stadien nebeneinander vor sich, wechselt seinen Platz, wird gehoben, niedergelassen, zurückgestellt, hervorgeholt, nichts ist in dem Gewühle von Eisen, von aktivem, arbeitendem und passivem, bearbeitetem Metall vergessen, alles hat seinen Platz und seine Bestimmung. Nur ich treibe mich hier gedankenlos umher, verstehe jetzt auch die Signale nicht mehr, die mir der Kranführer gibt, komme manchmal ungerufen, und ein andermal lasse ich ihn warten, ich bin wie vor den Kopf geschlagen, blockiert. Man kennt diesen Zustand auch bei überarbeiteten Pferden, ein Stadium, wo sie richtig »kopfscheu« sind, alles und nichts annehmen, und in diesem Stadium sind sie unberechenbar, man nähert sich ihnen dann besser nur mit größter Vorsicht. Bei mir ist keine Vorsicht nötig. Ich stehe wie unter der Wirkung starker alkoholischer Getränke, bin wunschlos, fast besinnungslos. Ich halte mich zusammengerafft, aufrecht, soweit es nur meine gewöhnliche schlaksige Körperhaltung erlaubt. Man sieht mir nichts an als ein bestimmtes gedankenloses, blödes Lächeln und dazu eine ebenso gedankenlose Bewegung meiner ölbedreckten Hände, mit denen ich mir über das Gesicht und über den Hinterkopf fahre, dabei vermehre ich noch das Jucken, imprägniere die Haut und das Haar noch stärker mit Eisen und Kohle.

Unsere Arbeit dauert am längsten, da wir eine Zahl von Werkstücken, die von den anderen »finiert«, fertiggemacht werden, durch die Krane weiterbefördern müssen. Schließlich ist auch diese Arbeit, der ich nicht mehr richtig folgen kann, beendet. Ich wanke durch die plötzlich menschenleere Maschinenhalle, nachdem ich mit dem linken Fuß fast in einer Sprosse meiner Leiter hängengeblieben bin. Der Raum ist jetzt ziemlich einsam, nur von Scheuermännern belebt; die Maschinen stehen. Die nächste Schicht trifft erst später ein. Jetzt ermißt man den ungeheuren Umfang des Gebäudes.

Ich begebe mich in den Ankleideraum des modern eingerichteten Unternehmens, wo sich unter lebhaft sprudelnden kalten Duschen reihenweise nackte Arbeiter reinigen. Man sieht ganz junge, porzellanartig harte und weißliche Körper, fast ganz unbehaart, und solche, die am ganzen Leibe braun bezottelt sind, andere haben ihr dunkles Kopf- und Körperhaar schon mit Grau untermischt, zeigen aber oft noch die prachtvollste Muskulatur. Alle stehen sie mit gebeugtem Rücken da, welchem Körperteil sie das Wasser besonders reichlich zukommen lassen. Auch ich habe die stärkste Sehnsucht nach Wasser, ich eile hinzu, werde aber von einem neu einströmenden Rudel beiseite gestoßen und liege nun auf dem Boden. Das reine Wasser und auch etwas von dem beschmutzten rinnt mir ins Gesicht, in die Ohren. Ich sehe auf dem sauberen, schlüpfrigen, aus kleinen Steinchen zusammengesetzten Fußboden, hart an meinem Munde, die Füße der Arbeiter, Pantinen mit Holzsohlen. Ein einziger Augenblick solchen Liegens genügt, um alle Ermüdung abzuschütteln, wieder zu sich zu kommen. Ich erhebe mich mit dem Versuche eines Lachens. Ich dränge mich energisch heran, dusche mich reichlich, ziehe mich sodann schleunigst an. Ich verlasse den Ankleideraum, bin, ohne es zu merken, wie, in der nächsten Sekunde auf der Straße, in der zweitnächsten schon weit aus dem Bereiche der Turbinenfabrik.

Es kommen breite Boulevards, der Bahnhof ist nahe, aber ich erkenne ihn kaum wieder, er scheint nicht derselbe zu sein wie gestern. Ich strebe nach Hause, in »mein« Hospiz, erreiche es aber nicht mehr. Auf einer Bank, die zu den Anlagen eines öffentlichen Volksparkes gehört (habe ich nicht einmal in Onderkuhle von einem Spazierritt in diesem Parke geträumt ... mit meinem Vater ... auf Cyrus? ...), falle ich zusammen, sehe noch einmal scharf um mich, wie um Haltung und Bewußtsein zu markieren, und bin im nächsten Moment rettungslos in einen unnatürlich plötzlichen, alpdruckartigen Schlaf versunken, aus dem mich erst die Hand eines Polizisten weckt. Es ist Mitternacht. Der Polizist hält mich nicht für einen Vagabunden, eher befürchtet er, man könne mir im Schlafe meine wenigen Habseligkeiten stehlen. Deshalb hat er mich geweckt, nachdem er mich, wie er mir erzählt, durch eine Stunde beobachtet hat.

5

Die Tage vergehen in rasender Schnelligkeit. Ich muß mir ein anderes, billigeres Quartier suchen, komme aber während der ersten Woche nicht dazu.

Am Sonnabend ist der Augenblick des Lohnempfanges von einer gewissen Feierlichkeit. Ich bin natürlich auch an diesem Tage müde, obwohl ich nur fünf Stunden statt sonst neun gearbeitet habe. Immerhin ist meine Haltung (jetzt wo es nicht mehr darauf ankommt) besser als am Tage des Zeugnisempfanges in Onderkuhle. Nichts mehr von der gezierten und unbehilflichen Haltung. Es kümmert mich nicht, wer umhersteht und wer sich vielleicht bei der Nennung des adeligen Namens über mich lustig machen könnte. Übrigens tut es keiner, jeder ist mit sich selbst beschäftigt und wartet nur das Geld ab, um die Fabrik zu verlassen, so schnell wie nur möglich. Die Zeremonie dauert nicht lange. In länglichen, weizenfarbigen Kuverts liegt der Lohn bis auf den Heller für jeden Namen abgezählt. Keine Quittung, keine Schreiberei. Augenblicklich hat das Nachzählen zu erfolgen, Reklamationen sind sofort, aber bei einem andern, nicht bei dem auszahlenden Beamten, anzubringen. Da sich die Namen oft gleichen, wird die Berufsbezeichnung beigefügt, so Monteur, Chauffeur, Elektriker, Zeichner, Modelltischler, Spuler, Schweißer, Nietenschläger, Gießer, Schmied, Fräser, Stückezeichner, Kontrolle, Schaufeldreher, Tischler, Mechaniker, Heizer usw. Einen Teil meines Geldes trage ich sofort zur Post, um einen Teil meiner Schuld bei dem Kaufmann in V. abzutragen, dann begebe ich mich auf die Wohnungssuche und miete die erste beste Kammer, die, wie ich später erfahre, in Anbetracht des Gebotenen zu teuer ist. Es ist keine bloße Schlafstelle, sondern ein abgeschlossener, nur mir gehöriger Raum in einer von unzähligen kleinen Parteien bewohnten sechsstöckigen Mietskaserne mit vier Aufgängen, die alle sehr belebt und (wenigstens heute, am allgemeinen Reinmachetage) ziemlich sauber sind. Ich freue mich beim Beziehen des Zimmers auf den morgigen Tag, ich möchte die Messe in der Kathedrale besuchen, bei welcher seit Jahren regelmäßig meine Eltern anwesend sind, und bitte meine Wirtsleute, eine kinderreiche jüdische Schneiderfamilie, mich pünktlich zu wecken. Sonderbarerweise erwache ich Sonntag erst gegen Abend. Ich hatte, meinem gesunden Hunger zum Trotz und ohne auf die zahlreichen Versuche der Wirtin auch nur durch Umdrehen im Bette zu antworten, den Ruhetag fast ganz verschlafen. Ich trete auf die Straße, gehe ein paar Schritte spazieren und gehe dann in ein Kino, da ich den Drang habe, genauso gedankenlos, wie ich die Woche bei der Arbeit verbringe, auch den Sonntag bei der Erholung zu verbringen.

Auch das übrige Publikum des billigen kleinen Kinos besteht fast nur aus Arbeitern, männlichen und weiblichen. Als man mich am nächsten Tage fragt, wie ich den Sonntag verbracht habe, und ich verlegen schweige, fordert man mich auf, in einen Arbeitersportverein einzutreten, in dem Fußball gespielt wird und der eine ausgezeichnete Mannschaft haben soll. Das wäre wenigstens eine Möglichkeit, nicht in der völlig aufreibenden, mich bis zum letzten Rest seelischer und geistiger Kraft erschöpfenden Arbeit aufzugehen. Sobald es mir aus bestimmten Gründen möglich sein wird, will ich es unbedingt tun. – Wer mich am nächsten Sonntag weckte, weiß ich nicht. Aber ich stand auf, gerade zeitig genug, um die Stunde der großen Messe in der berühmten Kathedrale nicht zu versäumen. Den Kaffee trinke ich stehend aus, meine Kleider dabei zuknöpfend, das Brot nehme ich mit. So komme ich doch früher von Hause fort und eile dem Gotteshause zu.

Ich sehe die Straßen jetzt am Sonntagvormittag leer. An den Haltestellen stehen die Droschken, und vor den alten Klapperkästen mit dem abgesprungenen Lack und der verschossenen Innenpolsterung dämmern die Gäule, die müden, abgetriebenen, nie ausgeschlafenen Tiere mit den schiefen Vorderbeinen, den winkelig angezogenen dürren Hinterbeinen, den kantigen Kruppen, den überlangen Hälsen, die nur dürftig von den struppigen, nie richtig gestriegelten Mähnen umrahmt sind. Die Unterlippen hängen den Pferden ebenso wie die Augenlider herab. So stehen sie nickend da, und der Kutscher auf dem Bocke döst ebenso wie sie dahin in der schweren, nebligen, warmen Sommerluft. Ein Gaul mit auffallend trübem Gesichtsausdruck und mit vor Altersschwäche tränenden Augen erregt meinen Anteil besonders. Ich kann es mir nicht versagen, der Stute mein Frühstücksbrötchen zwischen die langen, grünlich angelaufenen, wahrscheinlich niemals geputzten Zähne zu schieben. Das Tier erschrickt fast vor dem unerwarteten Geschenk. Dann mahlt es eilig, wobei die Kinnriemen knarren und das Kettchen rasselt, es schlingt eifrig, glotzt mich an, klopft auf den Boden mit einer verstehenden intelligenten Bewegung des langen, unregelmäßig gebauten Kopfes. Es öffnet dann das Maul zum Wiehern, sehnsüchtig und hoffnungsvoll und mit solcher Stärke, daß der eisgraue, aber rotwangige, gesunde, dicke Kutscher fluchend erwacht und dem Tier den Peitschenstiel um die Ohren schlägt. Es verstummt sofort, wendet nur seinen sonderbaren Kopf nach mir, der ich schnell davoneile. Immer habe ich Tiere geliebt, und ich gestehe es, nicht immer geliebt ohne ein Gefühl von Neid. Zum erstenmal ist heute viel Mitleid dabei.

Jetzt bin ich vor dem Riesenportale der Kathedrale angelangt. Die Messe hat noch nicht begonnen, die größte Zahl der Kirchenbesucher kommt erst jetzt. Ich erwarte, meine Eltern zu sehen. Kein Paar, das ihnen gleicht. Plötzlich sehe ich eine Dame, die mit sehr feiner, wenn auch schon etwas altmodischer Eleganz gekleidet ist, viele schwarze Glasperlen an dem faltenreichen Taft ihres Kleides trägt und schillernde Straußenfedern an dem breit und sanft gebogenen Hut. Diese Dame, welche jetzt mit gebeugtem Kopfe in die Tür tritt, mit der einen Hand dem Bettler etwas darreicht, mit der andern nach dem Weihwasserbecken langt, ist meine Mutter. Ich begreife diesen Anblick nicht. Ich fasse es nicht, daß mein Vater fehlt! Aber meine Gedanken gehen schon im Dröhnen der berühmten Orgel mit den zweihundert Registern unter, welche die Zierde dieser Kirche bildet... Wie anders dieses Haus Gottes, wie anders die kleine Anstaltskapelle in Onderkuhle, auf deren Freitreppe sich stets das übermütige Geflügel aus dem nahen Hühnerhofe tummelte. Dort galt der Gottesdienst nur soviel wie eine Art geistlicher Unterrichtsstunde, wo uns das Selbstverständliche, nämlich der katholische unverfälschte Gottesglauben, praktisch und ein wenig festlich vor Augen geführt wurde – dazu die Erinnerung an die Heilslehren, die Gebete für die Gesundheit der königlichen Dynastie, dann für das Glück unserer Eltern, unserer Gönner, Gebete für das Seelenheil der Abgeschiedenen, bis zu den Gebeten für uns selbst, die in entsprechender Distanz an letzter Stelle kamen. Hier aber ein ungeheurer Prunk, eine erdrückende Fülle von Menschen, Ornate der Priester und Adjutoren von solcher Pracht, daß die an Stola und Dalmatika angestickten Edelsteine blenden. Musik von betörender Süße, zermalmender Stärke: Knabenchöre, Chöre von Frauenstimmen, die Solopartie eines Opernsängers, die lateinische Messe, Wolken von Weihrauch, das silberne Klingeln der Glöckchen, die Totenstille während der heiligen Handlung ... alles ungewohnt, übermächtig und erdrückend wie der erste Tag in der Turbinenfabrik...

Ich suche Zuflucht bei meiner Mutter. Endlich entdecke ich sie im Halbdunkel an der gewohnten Stelle, wo unser Kirchensitz sich befindet. Aber ihr Straußenfedernhut verbirgt mir ihre Züge. Jetzt hebt sie den Kopf. Fühlt sie meinen Blick? Sie scheint mühsamer zu atmen, und ihre etwas voller gewordenen hübschen Wangen scheinen im ungewissen Licht zu zittern und zu erblassen. Ahnt sie, daß ihr einziges Kind sie mit seinen scheuen Blicken umfängt? Man kann es nicht erraten. Ich fühle sie weit entfernt. Ich bete für meinen Vater, für meine Mutter, vielleicht betet sie auch für mich.

Daß mein Vater, der geliebte, fehlt, das schmerzt mich sehr. Nicht, daß ich es hätte fordern können. Aber die Enttäuschung ist zu bitter, und, mehr als das, das Fernbleiben muß einen außerordentlich ernsten Grund haben. Ich kann es mir nicht erklären, daß er, dem die Frömmigkeit Herzenssache ist, an einem solchen Tage fehlt. Ich bete ohne Aufhören.

Ob ich noch die ganze Kraft habe, mit der ich einst als Kind beten konnte, weiß ich nicht. Kann einer schwach im Glauben sein (wie sehr! wie sehr!) und doch stark im Beten? Unlösbare Frage. Wenn einem Manne Trost im Gebete zuteil werden kann, dann bedarf er keines anderen. Nur weil mein Vater diesen Trost besaß, konnte er ruhig schlafen, während ich, sein glaubensschwacher Sohn, schlaflos auf dem halbmondförmigen Sofa liegend, mich in die Unendlichkeit der Welt herabstürzen fühlte, die sich vor meinen Füßen auftat.

Ich segne ihn jetzt, meinen Vater, ich segne auch meine Mutter, ich bete, so gut ich kann, für die Hinterbliebenen von Onderkuhle, für die Tiere dort, Cyrus vor allem, auch für den

Meister, für Titurel, ich bete auch für meine Arbeit, die ich jetzt in der Fabrik betreibe und die mir morgen bevorsteht. Die große Gewalt der Musik, die Nähe der andächtigen Menschen, das Geheimnis unserer Messe – und die Sorge um meinen Vater haben mich zum Schluß doch aus mir herausgehoben, und so verlasse ich mit dem »ite, missa est« zugleich mit fast tausend Menschen beruhigt und erhoben das Gotteshaus. Meine Mutter sehe ich nicht mehr.

Ich muß es unbedingt möglich machen, ohne Unterbrechung meiner mühsam begonnenen Arbeit meine Eltern aufzusuchen. Jetzt, fühle ich – kann ich es tun. Nicht heute. Ich bin heute zu sorgenvoll, einer schweren Mitteilung nicht ganz gewachsen. Aber morgen schon oder in den nächsten Tagen.

Draußen hat es zu regnen begonnen, und die Luft duftet balsamisch nach blühenden Bäumen. Die Akazien blühen sehr spät in diesem Jahre, erst jetzt, zweite Hälfte Juli.

6

Zu meinem großen Erstaunen finde ich am folgenden Dienstagabend eine Benachrichtigung des Postamtes vor, ich möchte mich zum Empfang einer Sendung dort einfinden. Dies ist für mich beinahe unmöglich, denn die Schalterstunden sind so eingerichtet, daß ich entweder auf meine Hauptmahlzeit verzichten muß, wenn ich erschöpft aus der Fabrik komme, oder die Sendung unbehoben dort bis Sonnabendnachmittag liegenlassen muß. Plötzlich überlege ich mir, ob ich nicht Nachtschicht übernehmen könnte? Schwerer als die Arbeit bei Tage kann die Nachtarbeit auch nicht sein, wohl aber ist sie besser bezahlt, ich kann dann vor allem meine Eltern aufsuchen, ohne bis zum Ende der neuen Woche damit zu warten. Ich bin sehr unruhig, die Sorge um sie verläßt mich keine Minute. Ich melde mich am Mittwochmorgen dazu, und meine Bitte wird mir gern erfüllt. Donnerstagmorgen erwache ich zwar auch wie sonst um fünf Uhr, gehe aber bis acht Uhr spazieren, hole mir dann die Sendung vom Amte ab. Es ist der Geldbetrag, den ich am vergangenen Sonnabend nach V. zur Bezahlung meiner Schulden abgesandt habe. Debetsaldo beglichen! steht auf dem Abschnitt der Geldanweisung. Soll das heißen, daß meine Schuld von anderer Seite getilgt ist? Dann kann es nur der Meister gewesen sein, der es auch jetzt nicht dulden wollte, daß einer der Zöglinge von Onderkuhle Schulden bei einem Fremden einging. Mich empört dieses Verhalten, obwohl es wahrscheinlich aus guten Motiven entspringt. Aber ich will nicht mehr unter der Herrschaft von Onderkuhle stehen, ich will tun, was ich muß und was ich will, denn dies ist das gleiche. Aber mit diesen Gedanken betäube ich nur unvollkommen meine nagende Sorge um meinen Vater. Ich denke daran, ihm Blumen mitzubringen, dann aber rede ich mir ein, er sei doch gesund, wie lächerlich wäre ich dann, käme ich mit einem Blumenstrauß an! Ich fühle, daß ich ihn sehen muß, daß ich keine Stunde länger warten kann. Vielleicht ist es genug, daß ich ihn nur sehe, vielleicht stellt er an mich keine Frage, vielleicht kann ich ihm verschweigen, was in Onderkuhle vorgefallen ist und welchen Beruf ich hier ergriffen habe. Onderkuhle ist vorbei. Bin ich gesunken? Bin ich gestiegen? Einerlei – ich muß zu ihm.

In großer Eile durchmesse ich die Straßen, die heute besonders strahlend, frühsommermäßig aussehen, alles glänzt, alles ist gesund, fest und licht. Ich spüre meine Jugend, meine auch durch die schwere Arbeit nicht zu brechende Kraft.

Aber ich hungere nach »Proben« nicht mehr. Ich bin in der Wirklichkeit.

Wäre nur mein Vater gesund! Ich ziehe die Klingel unserer Wohnung. Das mir wohlbekannte, in den sieben Jahren Abwesenheit unvergessene, etwas bellende Läuten der Schelle ertönt. Es dauert keine drei Herzschläge lang, da stürzt meine Mutter zur Tür, bemüht sich erst aufgeregt mit dem Öffnen des Patentschlosses, und dann reißt sie die Tür vor mir auf. Sie strahlt mich mit ihren kurzsichtigen, hellbraunen Rehaugen an, sie umfängt mich, eben aus dem Schlafe (dem zweiten Einschlafen, ich erfuhr es später) erwacht, mit ihren warmen, zarten Armen, sie drückt mich an sich, küßt mich, der ich sie um Haupteslänge überrage. Einem Fremden (es ist aber totenstill in der großen Wohnung), einem Fremden könnte es scheinen, daß wir Herz an Herz aneinandergeschmiegt sind und daß nur meine Unbehilflichkeit und Schüchternheit es verhindern, daß sich unsere Lippen berühren. Ich aber weiß, daß sie körperliche Berührung auch mit ihrem Sohne scheut. Ich weiß, daß sie ihre Eigenheiten oder ererbten Antipathien auch bei aller Liebe nicht überwinden kann. Aber dieser Kuß einer Mutter soll mir nicht fehlen. Wäre nur mein Vater gesund und ohne Sorgen! Die Sorgen will ich auf mich nehmen und kann es; wie aber ihm eine neue Gesundheit verschaffen? Sie sieht so unbekümmert aus, meine Mutter, sie zieht mich wie ein übermütiges Pensionatsmädchen in ihr Zimmer. Warum führt sie mich aber nicht zu meinem Vater? Warum von ihm kein Wort? »Ich schlafe jetzt im Boudoir«, sagt sie, »acht Zimmer haben wir« (wir, das Wort tut mir wohl), »acht Zimmer haben wir eingekampfert und dunkel gemacht, bis wir einen Ersatz haben...« Es muß also noch nichts verloren sein, sonst könnte sie nicht in solcher Seelenruhe ihre Einteilung getroffen haben. Aber warum spricht sie nicht von ihm? Um ihre vollen Lippen kommt manchmal ein gezwungenes Lächeln, ihre zartbraunen Augenlider sind etwas zerknittert und vibrieren oft bis in die schönen, dunkelblauen

Augenwimpern. Ich trete in das Boudoir. Es sieht nicht unordentlich aus, ebensowenig aber auch richtig aufgeräumt. Sie hat sich, vielleicht um sich die Mühe des Bettenmachens zu ersparen, auf einer altmodischen Couchette aus Decken und Seidenkissen ein Lager zurechtgemacht, wo sie nachts schläft, wohl auch am Tage ruht. Daneben steht eine altertümliche Stehlampe, bei deren Lichte sie wohl die halben Nächte lesend verbringt. Auf einer pelzgefütterten Decke, einer früheren Wagen- oder Schlittendecke, die über die Kissen gebreitet ist, liegen zahlreiche Bücher umher, auf einem Ecktischchen, das zur Aufbewahrung von allerlei Toilettenartikeln dient, steht auch ihr altes, kleines, aus Elfenbein geschnitztes Kruzifix in einem hellblauen, mit Seide ausgeschlagenen Futteral. Vor diesem kniet eine der zahllosen Puppen, die meine Mutter besitzt. Es gibt Puppen in allen Winkeln des Raumes, große und kleine, Babys und Bäuerinnen, Tänzerinnen und Schornsteinfeger durcheinander. Manche mit offenen, manche mit geschlossenen Augen, eine hat einen Fingerhut aus Gold (ich erinnere mich, es war ein Weihnachtsgeschenk meines Vaters in einem »besseren« Jahr in meiner Kindheit – auch ich bekam damals ein Geschenk), einen goldenen Fingerhut auf das winzige Köpfchen gepreßt, eine andere, im Verhältnis zu dieser riesig groß, hat das berühmte Perlenkollier, aus verschiedenfarbenen Perlen gemischt, um den Hals und um die wespenartig eingeschnürte Puppentaille geschlungen. Meine Mutter wirft die ganze Puppengesellschaft auf einen Haufen zusammen, gibt aber bei allem Ungestüm acht, daß keiner Puppe im wahrsten Sinne des Wortes ein Haar gekrümmt werde. Dabei strömt sie gegen mich von lebhaftester Zärtlichkeit über, sie nimmt mich, als wäre auch ich eine überlebensgroße Puppe, spielerisch in die Arme, stupst mich wieder etwas fort, um mich aus einiger Entfernung besser sehen zu können, sie spricht auf mich ein, ohne mir Zeit zu einer Antwort zu lassen. Sie hätte mich vorhin schon am Schellen vor der Entreetür erkannt, sie sei so glücklich, mich zu sehen. »Ich muß dich doch näher ansehen, Geliebtes, ja, das ist doch ein Wunder! Und das schöne Haar!« sagt sie; während sie zum Fenster hinaussieht, höre ich von unten das Schellen des Milchwagens. »Jetzt erst kommt der Mann mit der Sahne«, sagt sie, »ich dachte vorhin beim Schellen, er sei es, sonst kommt er immer früher. Wir müssen uns jetzt ohne Diener behelfen, die Portierfrau hilft ab und zu, sie hat wenig Zeit, kostet viel Geld, glaube ich, aber es dauert nicht mehr lange … es dauert nicht mehr lange …« Mechanisch wiederholt sie diese Phrase, in Gedanken wieder ganz anderswo, jetzt wohl bei meinem armen Vater, dann faßt sie sich: »Wir haben es im Kasino angeschlagen, es muß sich heute einer melden, ein neuer Diener, jemand, der deinem Vater gefällt … Ach, wie hast du, du riesengroßer Zuckerjunge, die Nacht verbracht?« fragt sie weiter. »Oh, das schreckliche Unglück! Onderkuhle in Flammen! Und ich habe es nie gesehen! Aber sie bauen es wieder auf, übrigens ganz einerlei, du gehst doch nicht mehr dorthin, geliebter alter Junge! Ich habe es nie gemocht. Dein Vater wollte es. Ich mochte es aber durchaus nicht. Daß ich dich wieder da habe! Süßes! Daß die heilige Mutter Gottes dich mir wiedergebracht hat! Du hast doch in diesen Tagen Geburtstag gehabt! Wievielter? Nein, sag nichts, ich werde alt, lauter graue Haare … Oh, daß er nicht mehr ist, unser guter alter Daniel! Es ist ja wahr, er wusch sich in der letzten Zeit selten, und wenn wir Gesellschaft hatten, mußten wir uns Lohndiener nehmen, und natürlich auch eine Kochfrau und Abwaschmädchen, aber das war ja im vergangenen Jahr nur einmal. Jetzt werde ich die Sahne besorgen; nein, ich glaube, die Portierfrau nimmt sie ihm unten ab, er darf nicht über die Treppenläufer, der grobe Milchmann, es wird ja bald neun Uhr sein, um diese Zeit kommt sie gewöhnlich, die dumme Frau …«

»Wie geht es dem Vater?« frage ich.

»Ich bin in Sorge um ihn«, sagt sie. Wie sehr, das beweisen mir der plötzlich sich verdunkelnde Blick und die Bewegung ihrer Lippen, die zwar immer noch vollständig glatt und runzellos sind, wie mit Email überstrichen, aber jetzt einen eigensinnigen und tief hoffnungslosen Ausdruck annehmen.

»Wieso denn? Was hat er? Ist er schwerkrank? Wer behandelt ihn? Wie lange? Warum hat man mich nicht längst benachrichtigt?« frage ich.

»Er schläft noch«, antwortet sie mit einer sonderbaren Betonung dieser Worte.

»Noch? Wieso?«

»Von neuem. Er glaubte jeden Tag, du kämst. Er erwartet dich sehr. Er erwachte täglich gegen sieben Uhr, so auch heute. Er will die Augen offen behalten. Er zwingt sich sogar und geht ins Badezimmer und nimmt sich den Bart ab. Dann will er dich empfangen. Aber er kann es nicht. Wenn um neun Uhr der Milchmann schellt, liegt Papa komischerweise in tiefem Schlaf, und nichts weckt ihn vor Mittag.«

»Ist es Schwäche? Hat er Schmerzen?«

»Weiß ich es denn? Ich weiß es nicht. Komm ins Zimmer, mein Heißgeliebter. Ich wollte dir nichts Unangenehmes schreiben. Das ist doch recht? Vielleicht hört er uns, also Vorsicht! Ich muß dir jetzt aber alles sagen...«

Ich blicke meine Mutter an, sie aber nicht mich. Es herrscht große Stille, in die von Zeit zu Zeit, vielleicht weil der Wind das Geräusch näher bringt, das röchelnde Atmen des Vaters hinüberklingt, das etwas an das Schnurren der Nähmaschine des jüdischen Schneidermeisters erinnert. Nur nicht an das Ende meines Vaters denken müssen! Die Mutter macht jetzt flink Ordnung, das heißt, sie rafft auch die Romanbände zusammen, schichtet sie dann, mit den aufgeschlagenen Seiten nach oben, einen über den anderen. Dazwischen liegt auch ihr Goldschnittbrevier. Die Puppen kommen auf einen andern Haufen. Sich selbst macht sie schön, ein paar Striche mit der Puderquaste, dann die Haarnadeln gelöst, das immer noch volle Haar mit einem breitzähnigen Kamme durchgekämmt. »Sieh nicht her, Junge, ich bitte dich!«

Ich fühle nicht mehr, wie mein Herz schlägt, ich bin außer mir vor Angst...

Ihre Toilette, so flüchtig begonnen, scheint sich in die Länge zu ziehen.

Ich frage noch einmal: »Was geht vor? Du wolltest mir doch noch etwas sagen?«

»Ich? Dir? Nein, ich erinnere mich nicht, mein Liebling. Sag, du wirst jetzt frühstücken wollen? Hast du heute schon gebadet? Ich bade jeden Morgen um fünf. Dann noch ein wenig Schlaf, das tut gut, dann aber kein Auge geschlossen bis zwei Uhr morgens, nein, ein Uhr, oder auch Mitternacht ...Aber sag, willst du denn Papa nicht sehen?«

Ohne zu antworten, nicke ich. Sie führt mich zu ihm. Die Vorhänge sind aufgezogen, vom Morgenwind hin und her geschaukelt. Die Luft ist frisch und kühl. Mein Vater liegt zu Bett. Die Krankheit muß sein Gesicht ganz verändert haben. Er ist es, und doch gleicht er jetzt einem sehr alten, mir fremden, tief in Schlaf versunkenen Manne. Kein Haar auf dem matt leuchtenden Scheitel, bloß einen dürftigen schneeweißen Kranz am Hinterkopf und hinter den Ohren je ein Büschel. Der Mund sehr weich, die Unterlippe hängend, gefärbt mit einem trüben bläulichen Rot. Darüber ein sehr feiner weißer Schnurrbart, der girlandenförmig die feine Oberlippe bedeckt, wie aus Seidenfäden geflochten, mit jedem Atemhauche erbebend. Eine stumme, in sich versunkene Gestalt. Die Augen geschlossen, mit teerosenfarbenen Augenlidern bedeckt, ihre Wölbung ist etwas abgeflacht, sich kaum mit einer Wölbung aus der Tiefe der düster umrandeten Augenhöhlen erhebend. Der Oberkörper des Schlafenden ist auf die Kissen aufgerichtet in einer würdevollen, aber sehr unbequemen und für das Herz sehr anstrengenden Haltung, was man an der pergamentenen Blässe der tief durchfurchten Wangen erkennt. Ich nehme, sehr zum Erstaunen meiner Mutter, die unbequemen Kissen fort, und der lange kühle Kopf sinkt wie der eines Leblosen leise knisternd auf meinen Ärmel nieder. Ich hebe die Decke. Ich fasse seine Füße an. Sie sind, wie die geschnitzten Füße des elfenbeinernen Kruzifixes im Boudoir meiner Mutter, gelb, kalt, edel, bewegungslos. Sie sind nicht die Karikatur, sondern ein Ebenbild seiner Hände, die jetzt eben, gebadet im Lichte der vollen einströmenden Julisonne, übereinander auf der rostroten Bettdecke liegen, wie ich sie nach meinem ersten Handkuß hingelegt habe ...Ich möchte nicht nur seine Hand küssen, sondern ihn umarmen, ihn rufen, sagen, daß ich da bin, bei ihm sein, bleiben! Bei ihm zu bleiben erscheint mir jetzt als das Höchste, das Erstrebenswerteste. Wie aber den totenähnlichen Schlaf stören? Kann ich es? Darf ich es? Muß ich es?

Meine Mutter hat ungeduldig zugesehen. Jetzt nimmt sie mir beide Hände fort, preßt sie zwischen ihre samtweichen warmen Hände: »Laß ihn schlafen, geliebtes Herz!«

»Aber kann das so weitergehen? ...Viel Kräfte hat er nicht zu verlieren...«

»Genau das gleiche sagte ich gestern der Frau des Portiers. Mit denselben Worten...«

»Was tun? Was verordnet der Arzt?«

»Der Hausarzt ist etwas unruhig geworden. Aber er meint, es sei Blutarmut und Gefäßschwä-che ...«

»Ist er seiner Sache sicher? Hast du Vertrauen zu ihm?«

»Wäre ich selbst krank, sicherlich ...«

»Soll ich einen andern Arzt holen? Wie heißt der behandelnde Arzt des Hauses (der Dynastie)?«

»Ja, denkst du wirklich, es sei Ernst? Er war gestern nervös, Papa, er sprach gestern auch von Professor B. Aber wie soll man zu dem gelangen? Er ist so schwer zu erreichen ... Ich habe im Hause so viel zu tun ... Es kommen auch Fremde. Heute wollte Papa mit seinem Notar sprechen ... Auch der Abbé sieht nach ihm ...«

Ich höre die letzten Worte nicht mehr an. Ich stürze, an der erstaunten Portierfrau vorbei, die Treppe hinab auf die Straße, suche im nächsten Laden aus einem Adreßbuch die Wohnung von Professor B., nehme eine Droschke, treibe den Kutscher zu höchster Eile an, erfahre in dem prächtigen stillen Haus des Arztes, daß er nicht mehr hier wohnt, sondern sich in einem Vorort eine Villa gebaut habe, aber auch dort wird er jetzt kaum zu erreichen sein, sondern auf der Universitätsklinik. Ich fahre dorthin, dringe unter großen Schwierigkeiten über das unwillige Personal zu dem Professor vor, der aber aus irgendeinem Grunde freundlich und zuvorkommend ist, meine Zudringlichkeit höflich lächelnd entschuldigt und sein Kommen am Nachmittage verspricht. Sofort eile ich nach Hause zurück.

Ich bin kaum länger als eine Stunde ausgeblieben, doch treffe ich das Haus ganz verändert an. Die Türen stehen offen, es riecht nach Medizin und Weihrauch, in dem öden Korridor mit den riesigen, aber leeren Wandschränken hängen Hüte an dem Kleiderrechen. Eben verläßt der uralte Hausarzt das Krankenzimmer, greift nach seinem feinen Panamahute, erblickt mich, erkennt mich, will mir etwas sagen, besinnt sich aber, streicht nur mit dem Handrücken eilig über das bunte, schottisch gemusterte Band des Hutes und verläßt das Haus, ruft aber noch an der offenen Entreetür: »Ich komme zurück. Ich hole ein Präparat. Bald bin ich zurück.« Ich höre jetzt, wie mein Vater sich mit halblauter Stimme unterhält. Meine Mutter kommt mir entgegen, sorgfältig angezogen, leicht parfümiert, aber mit gesenktem, geducktem Blick. »Er kommt, der Professor kommt«, flüstere ich ihr zu. »Gott sei Dank!« antwortet sie seufzend, wendet sich aber dann wieder zu der Portierfrau und gibt ihr Aufträge für Mittag. Dann wieder zu mir: »Geh jetzt zu ihm, aber vergiß nicht, was du mir versprochen hast ...«

7

Ich trete ein. Jetzt erst erblicke ich meinen Vater wirklich. Als er meiner gewahr wird, überzieht sich sein Gesicht mit heller Röte, auf seiner kahlen hohen Stirn erscheinen Schweißtropfen, und sein Mund beginnt zu lachen, der zarte weiße Schnurrbart zittert. Bei ihm, auf dem schönen Gobelinstuhl, sitzt der Notar, er hat ein Dokument auf den Knien und ein transportables Tintenfaß, wie die Studenten in der medizinischen Klinik, nahe zur Hand. Jetzt stellt er seinen Federhalter steil, damit er das Dokument nicht beschmutze, und sieht mich erwartungsvoll an, wenn auch etwas ungeduldig über die Störung. Zugleich tritt mit behutsamem Schritt unser alter Beichtvater (mein erster Lehrer im Lesen und Schreiben) ein. Er segnet mich mit seinen wunderbar graziösen, schwingenden Bewegungen, als fächle er mich. Mein Vater ist stumm. Er ist sprachlos vor Freude. Er küßt mich fest auf den Mund. Seine Wangen, die sich an meine schmiegen, sind glatt. Seine Lippen sind warm, blutvoll, lebendig. Und jetzt, als er sich mir so weit als nur möglich genähert hat, kann ich seine guten Augen leuchten sehen mit einem ruhigen, bei aller Freude gesammelten blauen Glanze, der mich immer an sich gezogen hat. Ich bin eins mit ihm, ich möchte ihn nie mehr vermissen ... Daß es Ernst ist, möchte ich nicht glauben, ich will es nicht haben, es soll nicht sein. Aber wider Willen verkrampft sich mein Mund zu einer schmerzlichen Miene. Der alte Mann streicht mit der ausgebreiteten linken Hand über mein ganzes Gesicht, um es zu glätten. Dann läßt er mich, nur durch einen Blick, von den Knien erheben, stellt mich dem Notar vor, der mir, einen Kopf kleiner als ich und dünn wie ein Spazierstock, mannhaft die Hand drückt. Dann setzt er sich wieder hin und wartet. Der Abbé, der seine Obliegenheiten offenbar heute hier schon erfüllt hat, grüßt uns alle und geht.

Der Vater weist mir einen Platz an und fährt in seinem Gespräch mit dem Notar fort. Er ist etwas befangen, schickt mich aber trotzdem nicht aus dem Räume. Er sucht zum Abschied im Geiste Güter und Gaben, um sie zu verteilen. Aber keine Reichtümer sind zu vererben. Ich sehe auch in der Ecke den alten Küraß nicht mehr, den er in früheren Jahren dem Stadtmuseum vererben wollte; in der Vitrine waren früher einmal kostbare Güter, jetzt nicht mehr; die goldenen Sporen ruhten auf weißsamtenem Kissen, nun ist der Platz leer, und die Mittagssonne bricht sich in den Spiegeln, die die Rückwand der Vitrine bilden. Mein Vater hat vielleicht nichts zu hinterlassen als seinen Namen und seinen Ring. Er hat keine Aufgabe fortzusetzen, keine Anordnung über die weitere Führung eines Unternehmens zu geben, wie etwa der Besitzer oder leitende Verwaltungsrat einer großen Turbinenfabrik. Das einzige, was zu tun ihm übriggeblieben wäre, wäre meine Erziehung gewesen. Er liebte meine Mutter, aber er ließ mich lieber durch Onderkuhle als durch sie erziehen. Aber wußte er nicht, daß er der einzige für mich war? Alles, Leben und Tod, Beruf im irdischen Leben, die Unendlichkeit im künftigen, die absolute Unmeßbarkeit des einzelnen und seine Verzweiflung, alles lag in seiner Hand, die er jetzt, mit den blaßroten, wirr durchfurchten, etwas feuchten Handflächen nach oben, dem Mittagslichte darbreitet, leer. Wie ganz anders wäre meine Jugend gewesen neben ihm! Kann es zu Ende sein? Kein Jahr Dauer neben ihm? Vor kurzer Zeit ist Onderkuhle niedergegangen, noch ist die Asche dort warm – und jetzt soll dieser letzte, dieser mir einzige Mensch verlorengehen?

Der Notar hat nicht mehr viel zu schreiben. Es folgt eine kurze Klausel über die Lebensrente aus Irland und deren Verwendung, solange meine Mutter lebt und für die Zeit nachher. Ich denke ganz anders darüber, aber ich schweige und unterbreche den Letzten Willen meines Vaters nicht. Der Notar erhebt sich. Er geht.

Meine Mutter tritt ein mit einem Tablett, aber mein Vater berührt nur so viel von jedem Gang, daß er meine Mutter für die ausgezeichnete Zubereitung loben kann. Sie strahlt denn auch über die schmeichelhaften Worte, die sie nicht ganz verdient. Dann läßt sie uns allein.

Mein Vater sieht mich lange an und sagt dann: »Bitte, sei mir behilflich, ich will aufstehen.« Ich gehorche ihm stumm, reiche ihm die nötigen Kleidungsstücke, stütze ihn, wenn es erforderlich ist, im Kreuz, unter den Armen und helfe ihm in den Gobelinlehnstuhl. Er atmet tief, ist von der Anstrengung eher blasser als roter, eher ruhiger als lebhafter geworden und drückt nur meine Hand mit einem langen, meine Hand fest umfassenden Drucke und schweigt. Es schellt, jemand tritt auf den Zehenspitzen in den Vorraum und spricht mit leiser Stimme mit der Mutter. Mein Vater wendet sich zu mir: »Wie lebst du?«

»Ich arbeite in einer Turbinenfabrik.«

»So. Bist du zufrieden?«

»Ja, ich bin zufrieden.«

»Ich kenne das Unternehmen, man hat mir vor fünfzehn Jahren eine Aufsichtsratsstelle angeboten, ich habe abgelehnt, da es uns widerstrebt, ohne Gegenleistung Geld in Empfang zu nehmen, und meine Leistungen wären gleich Null gewesen.«

Als ich protestiere, sagt er: »Doch, ich weiß es. Vielleicht war es nicht recht. Ich hätte mehr für euch tun können. Bist du nun zufrieden?« wiederholt er.

»Jetzt gewiß«, sage ich, »wenn ich bei dir bin.«

»Nicht so, du weißt es; nicht so, das will ich nicht.«

»Ich bin zufrieden.«

»Das ist mir lieb. Das beruhigt mich sehr. Das ist mir sehr lieb.«

Die letzten Worte kommen nur mühsam und gedehnt aus seinem blasser werdenden Munde. Ist er am Erlöschen? Ich will mit ihm sprechen, ich will, während ich seine edlen, ovalen, schon azurblauen Fingernägel betrachte, an ihn die unsinnige Bitte richten, die alle Überlebenden an die Sterbenden richten, diese möchten doch nicht fortgehen, sie möchten es doch uns zuliebe nicht tun. Aber ich bewahre Haltung. Ich weine nicht. Tränen kamen mir immer schwer. Ich presse die Lippen aufeinander und unterdrücke jeglichen Gefühlsausbruch. Nach einer kleinen drückenden Pause tritt der alte Hausarzt ein. Offenbar hat er meiner Mutter trübe Aufklärungen gebracht. Sie folgt ihm auf dem Fuße, stößt mich fast beiseite, faßt den alten Arzt am Arm und droht ihm, ihn nicht fortzulassen, bevor er meinen Vater nicht gerettet habe. Sie besteht auf einer neuerlichen genauen Untersuchung und gebraucht Worte, deren Bedeutung sie sich in ihrer Aufregung nicht bewußt ist. Der alte Arzt gibt ihrem Drängen nach, und wir, der Arzt und ich, entkleiden den armen Vater, der sich alles gefallen läßt und sogar meine wutbebende Mutter beruhigt. Alle Kleidungsstücke, die er sich mit meiner Hilfe mühsam angelegt hat, werden abgezogen. Endlich liegt er fast völlig entkleidet da. Was ein Sohn bei dem Anblick seines fast nackten Vaters empfindet, läßt sich nicht schildern. Aber ich beherrsche mich, auch mein Vater tut es. Welchen Sinn hat dieses fürchterliche Tun? Was kann man an diesem Herzen vernehmen? Was kann man an diesem Körper fühlen? Zuerst befiehlt der alte, selbst schon dem Grabe sich zuneigende Arzt Ruhe, obwohl wir uns nicht im mindesten rühren, dann untersucht er, drückt und knetet den empfindlichen Kranken, der aber keine Miene verzieht, auch hier den alten Schüler Onderkuhles verratend, dann hebt der Doktor die Augen zur Decke, als stünde es oben geschrieben. Schließlich zuckt der Hausarzt die Achseln und verweist uns mit etwas bebender Stimme auf die »moderne« Ansicht des Professors, den wir alle erwarten. Die Mutter legt dem Vater eine verschossene Seidendecke von Kupferfarbe über und stützt seinen mageren, gelben, wieder zum Schlaf bereiten Kopf mit so viel schweren Kissen, als müsse man ihn jetzt schon aufbahren. Der Fürst faßt sich, in seine Züge tritt der bei ihm sehr seltene, aber mir eben deshalb unvergeßbare Ausdruck von Energie, er möchte sprechen, mir noch vieles sagen. Da übermannt ihn, während er die Lippen noch lautlos bewegt, der Schlaf, der kommende Tod. Mein Vater preßt mir fast schmerzhaft die Hand, als wolle sein Körper mich bitten, ihn zu wecken, wenn die Seele schon schläft. Aber das tut kein Sohn.

Meine Mutter weint, oder besser gesagt, sie vergießt Tränen, die ihren hellbraunen schönen Augen ohne Mühe entströmen. Der uralte Hausarzt ist verlegen, reibt sich die rötlichen fetten Hände und verordnet Ruhe, als wäre mein Vater damit nicht schon im Übermaß gesegnet...

8

Nicht, wie versprochen, um fünf Uhr, sondern erst gegen acht Uhr erscheint der Chirurg. Es ist inzwischen fast unerträglich schwül geworden, und als der Arzt, ein untersetzter, stark nach Lysol und Maiglöckchen riechender Herr mit Doppelkinn und prallen dunkelroten Wangen, eintritt, beginnt draußen ein Gewitter mit Donner und Blitz und Hagel aus schwefelgelben Wolken niederzugehen. Der Arzt legt erst würdevoll seinen Hut und seine Handschuhe ab, er stellt sich vor dem Kranken in Positur, wobei er sein fettes Kinn durch würdevolles Zurückwerfen des Kopfes zu verbergen sucht, als wäre er ein Pferd, das mit aufgerecktem Schwanenhalse Hohe Schule zu reiten hätte. Nachdem er, wie er glaubt, genügend Eindruck auf uns gemacht hat, beugt er sich zu dem Kranken herab. Seine starren Züge lösen sich, er untersucht den schlafenden, durch starkes Rütteln nicht zu erweckenden Vater mit seinen ausgepolsterten Fingerspitzen, zieht ihm dann, um den Gehalt des Blutes an Farbe zu prüfen, das linke untere Augenlid herunter, streicht ihm in Gedanken das spärliche Haar an den Ohren zurecht, nickt dann zum Abschluß sich selbst zu, deckt mit Sorgfalt den Vater wieder zu und wendet sich ab. Eine Operation wäre möglich, sagt er. »Ob sie Erfolg verspricht?« fragen wir aus einem Munde. »Sie verspricht ihn wohl, hält ihn aber meistens nicht«, antwortet er mit kühlem Ärztewitz. Ob wir nicht wenigstens mit einer nochmaligen Besserung rechnen dürfen, frage ich. Meine Mutter schluchzt in sich hinein, beißt mit ihren Perlenzähnchen in ein spitzenbesetztes Taschentuch. Der Arzt hat bereits den Hut in der Hand, er läßt seinen Blick über die ärmliche Einrichtung des aus einem Saale in ein improvisiertes Krankenzimmer verwandelten dreifenstrigen Raumes schweifen, erinnert sich des vornehmen Namens, der ihm vom Hofe sicherlich bekannt ist, legt dann den Hut aus der Hand und kommt nochmals zum Krankenbette zurück. Er läßt sich in den Lehnstuhl fallen und überlegt von neuem. »Ich könnte die Operation natürlich versuchen«, sagt er schließlich, »aber der Erfolg wird selbst im Falle des Gelingens nur ein vorübergehender sein. Aufzuhalten ist dieser Prozeß nicht. Ob der Kräftezustand für einen langwierigen und technisch schwierigen Eingriff, allemal ein Triumph der Chirurgie, ausreicht, ist auch ein Problem. Ob es nicht besser ist, wir lassen den Kranken ruhig hinüberschlummern, ersparen ihm Schmerzen, soweit es nur möglich ist? Das können wir.« – »Handelt es sich um eine unmittelbare Gefahr?« frage ich, mit dem Aufgebot aller Kräfte mich beherrschend. »Ach nein, keine Gefahr, nur eine naturwissenschaftliche Notwendigkeit.« – »Und wie lange?« – »Die Diagnose ist Sache der Menschen, die Voraussage Sache des Himmels. Raum zu Illusionen ist immer da. Tage oder Monate, wer weiß es … niemand, nicht einmal der, den es am meisten angeht … und soll es auch nicht wissen …«

Was können wir anderes tun als schweigen. Der Arzt wirft einen Blick durch die trüben Scheiben auf die mit Regendampf erfüllte Straße. Dann tut er, damit doch auch von seiner Seite etwas geschehe, mit einer Füllfeder ein paar unleserliche Schriftzüge auf ein Blatt Papier und heißt uns das Rezept besorgen. So will er uns den Trost geben, daß noch nicht alle Hilfe vergebens sei, obwohl nur meine Mutter sich täuschen läßt, weil sie dies will. Ich habe aus dem Schweigen des Arztes über sein Wiederkommen entnehmen müssen, daß er daran nicht denke und daß nichts mehr zu erwarten sei. Ich spreche hier ruhig die Tatsachen aus. Was in mir vorging, kann ich nicht in Worte fassen.

Man muß sich an das Greifbare halten, so spärlich, so nichtsbedeutend, so verzweifelnd es ist. Wie soll in einem jungen Menschen hoher Ehrgeiz, leidenschaftliches Streben möglich sein, wenn er sieht, wie wenig der Welt ein Menschenleben bedeutet, das Leben seines Vaters, das ihm das wichtigste, das einzig Wichtige im Dasein ist? Er fasse die Welt in ihrer Unendlichkeit bis an die wandlosen Räume von Ewigkeit und Universum, und er wird doch immer nur an seinem Vater Halt gewinnen; auch Nationalgefühl ist nur Vatergefühl. Er beschäftige sich mit dem bitter Notwendigen, mit dem Kampf um den täglichen Bissen Brot, er wird doch immer nur bei seinem Vater Frieden und Sättigung finden oder bei seinen Nachkommen. Ist irgendwo in dieser haltlosen Welt Stütze und wahre Verwandtschaft, müheloses Verstehen, Nebeneinanderleben ohne Kampf und Bitterkeit, richtige Freude am Menschen, das, was ich bei Titurel ersehnte und nie erlebte, bei meinem Vater wäre es gewesen. Kein Raum zu Illusionen, wie der kluge Professor sagt. Er hat nur zu sehr recht. Recht hat er mit seinem zweifelnden Blick, der die ganze ärmliche, ausgeräumte Herrlichkeit unserer Wohnung umfaßt, sich fragend, wie diese unwohnlichen, kahlen Räume, in denen kein altes Stück noch gut ist, in denen aber ebenso jedes gute neue Stück fehlt, wie diese miserable, abgenutzte Möblierung zu unserm vornehmen Namen paßt. Ja, wir sind die kleinere Linie, mit uns wird niemand zu rechnen haben. Aber ich habe in der kurzen Zeit nach Onderkuhle zu rechnen begonnen. Ich weiß, welchen Lohn dieser Professor für seinen kurzen Besuch fordern kann, und ich gebe ihm eine etwas höhere Summe. Ich sehe sehr gut sein staunendes, aber beherrschtes Lächeln. Noch an der Schwelle besinnt er sich, ob er uns die Gunst seines Wiederkommens versprechen soll. Aber er ist ehrlich genug, uns die nutzlose Ausgabe, sich den unnötigen Weg und vergeblichen Zeitverlust zu ersparen.

Kann etwas so erledigt sein, daß es keiner weiteren Mühe wert ist? »Wie alt?« fragt der Arzt noch an der Entreetür. Als er das Alter vernimmt, zuckt er die schweren Achseln, als wolle er sagen: »Genug! Genug gelebt!« Ist es nicht besser, einer wenig bemittelten Familie den letzten Pfennig zu nehmen, dafür aber auch die letzte Anstrengung zu leisten, ein Leben wie dieses zu fristen bis ans Menschenmögliche? Nur einen Monat länger, eine Woche länger, selbst der »vorübergehende Erfolg«, von dem er verachtungsvoll sprach, ist er nicht viel, muß er nicht alles sein für einen Sohn? Wie kann einer, der doch viele Mittel kennt, so kühl die Treppe über die Treppenläufer hinabgehen und uns, während er eine Zigarette anzündet, mit gelangweilten Lippen die Worte zurufen: »Wird hoffentlich bald noch besser werden!«

Wir kehren in das Krankenzimmer zurück, suchen das Rezept, finden es aber in der Dämmerung des wolkigen, schweren Abends nicht. Wir öffnen das Fenster weit. Es strömt eine fast greifbare, starke, reine Nachtgewitterluft hinein, die mit magnetischer Kraft geladen ist und der sich niemand, der noch atmet, entziehen kann. Und was die Bemühungen des Professors nicht gekonnt haben, das kann dieser balsamische Gewitterbrodem. Der Kranke erwacht, er ist ohne Schmerzen, klar bei Besinnung, er lebt auf im wahrsten Sinne des Wortes. Er ähnelt jetzt wieder dem Mann, der mich früher in Onderkuhle besucht hat. Wir sprechen wieder von alten Tagen und tun so, als wäre es noch für uns alle die alte Zeit. Wir täuschen einander, der Vater, die Mutter und ich, wir reden davon, wie wir uns die Zeit der »großen Ferien« einrichten wollen, wir berühren auch flüchtig das Projekt der Reise nach Zentralafrika mit dem Herzog, wovon ich meinem Vater eine Andeutung gemacht habe, und mein Vater spielt mit mir eine kleine Komödie gegenüber meiner Mutter. Er weiß, wie alles ist.

Noch liegen Wolken über der Stadt, es wird dunkel. Es kommt die Stunde, zu der man mich in der Fabrik erwartet. Käme ich nicht, um pünktlich anzutreten, so könnte mir nicht viel geschehen. Ich könnte hierbleiben, ich könnte auch nach dem Tode meines Vaters an der winzigen Lebensrente (wie winzig sie ist, habe ich erst heute bei dem Diktieren der Testamentsklausel erfahren) Anteil haben und so mit durchkriechen. Mein Platz in der Fabrik wäre bald ausgefüllt, es ist ja nicht einmal eine Lücke zu schließen. Aber etwas treibt mich dorthin. Ich habe das Gefühl, wenn ich eine Arbeit tue, könne ich dem Schicksal trauen. Das »im ganzen Wohlwollende der Welt« würde mich nicht betrügen und meinen Vater sterben lassen, während ich in der Fabrik die immer gleichen Handgriffe verrichtete, die jedes anderen Hand ebensogut verrichten könnte. Auch er, den es nach mir am meisten angeht, scheint mir recht zu geben. Zwar hat er sich bis jetzt jedes Urteils über meine Proletarierarbeit enthalten, aber wenn ich heute abend meiner Mutter einrede, ich müsse mich mit Freunden von Onderkuhle in einer Bar treffen, lächelt er mir zustimmend zum Abschied zu.

So sonderbar es klingt: zum ersten Male an diesem Tage fühle ich mich Punkt neun Uhr abends beim Eintritt in die Turbinenhalle beruhigt. Ich habe den Glauben, während der nächsten neun Standen könne mir nichts begegnen außer dem, was in dem Lauf, dem vorgeschriebenen Gang der Maschinen rings um mich beschlossen ist. Was bin ich während dieser neun Stunden? Lange nicht mehr Sohn eines Fürsten, auch kaum noch Mensch. Wenn man die Hand an den Schalthebeln, an den Widerständen der Elektromotoren hat, wenn auf meinen Fingerdruck ohne jede andere Anstrengung, als zum Zerdrücken einer Mücke nötig ist, sich

Lasten von vielen Tausenden Kilogramm heben und senken, ist man ein Teil der bewegten und der bewegenden Maschinerie. Nun habe ich nicht mehr den Größenwahn, ich als einzelner Mensch sei etwas, womit man rechnen könne und was das Schicksal gegen die Unendlichkeit von Raum und Zeit in das Leben hineinbefohlen hätte, ohne diesem Atom die Kraft zu geben, den Kampf zu bestehen, ja auch nur die Kraft, diesem Kampf gegen den Tod bewußt ins Auge zu sehen. In diesem Augenblick durchströmt mich nicht mehr das unnatürliche Lebensgefühl Onderkuhles. Die Stunde in der grünen Reitschule wiederholt sich nicht. Ich lebe in der Wirklichkeit, nicht höher erregt, nicht tiefer gedrückt. Etwas, was vielen selbstverständlich ist, einem Orlamünde aber nicht, läßt mich die Treppe zum Kran empor- und herabsteigen, den eisernen Ketten nachhelfen, wenn sie sich zu träge an der Seiltrommel aufwinden sollten, und sonst alles tun, was zur geräuschlosen Abwicklung der gefährlichen Arbeit (für die Arbeiter unten gefährlicher als für den Führer des Krans oben und seinen Gehilfen) nötig ist. Die Maschinen, deren Sinn und Verstand ich jetzt allmählich zu begreifen beginne, wie die Mechanik der Pferdegänge früher während der Reitlektionen für Fortgeschrittene, bewegen sich ohne Unterbrechung und Aufenthalt dank einer Kraft; die ihnen andere Arbeiter in dem einige Kilometer weit entfernten Elektrizitätswerke vermitteln. Auch unsere Arbeit geht weiter in die Welt, sie hat nicht hier im Fabrikraume ihr Ende. Wir sind Werkzeugmaschinen aus Eisen und solche aus Fleisch und Blut und erzeugen Werkzeugmaschinen. Ich habe jetzt vor dem Stillestehen und vor einem Sturz in den Abgrund des unausweichlich Wirklichen ebensowenig Angst, wie ein Sternbild sich vor seiner Bewegung ängstigt und während seiner Bewegung das Ende dieser Bewegung erschauernd fürchtet. Die geregelte Dauer der mechanisierten Arbeit ist mir ein Trost. Ich hätte diese heutige fürchterliche Nacht nach dem Ärztebesuch mit dem Bewußtsein von dem baldigen und unwiderruflichen Untergang des einzigen Menschen auf der Welt, den ich liebe, diese Nacht hätte ich fern von den Maschinen kummervoller und verzweiflungsvoller verbracht als hier. Ich will heute nicht fort aus dieser selbstgewählten Lebenslage. Wenn es das Schicksal so will, werde ich durch viele Jahre mit dem Körper an diese Maschine treten oder an eine andere ähnlicher Art, ich werde immer mit diesem meinem Körper, nicht mit meiner Seele, die im Vertrage nicht eingeschlossen ist, zur gleichen Stunde, mit der gleichen Kraft und dem gleichen Willen an meinen Platz mich begeben und werde ihn verlassen zur vereinbarten Zeit. Nicht anders als ein Planet, der zur bestimmten Stunde in den Kreis der größeren und beständigeren Gestirne tritt und zur gleichen bestimmten Stunde diesen Kreis verläßt. Ich werde nicht mehr Fürst Orlamünde sein. Was ist er denn auch gewesen? Was wäre er geworden? Aus den Angeln der Notwendigkeit hebt selbst der grandioseste Mensch die Welt nicht, als vergänglicher Körper sicher nie und nie.

Vielleicht kann ich unter meinesgleichen leben. Schon jetzt kann mich der Kranmeister verstehen. Er hat die Nachtarbeit aus einem ähnlichen Grund gewählt: weil er sein kleines Töchterchen, das jüngste von fünfen, am Tage im Parkkrankenhause besuchen will. Bloß am Mittwoch, Sonnabend und Sonntag sind Besuchsstunden. Er möchte seine Tochter doch zu gerne auch einmal in der Woche sehen und ihr Kleinigkeiten von Hause mitbringen, da die Mutter von den andern Kindern zu sehr in Anspruch genommen ist. Auch erwartet sie neuen Familienzuwachs. Ob ich, von ganzem Herzen ein Sohn, einmal auch den Ernst eines Vaters auf mich nehmen kann? Meine Ahnen hatten nicht den Mut, zu enden, und nicht den Mut, ganz neu zu beginnen. Ich werde nicht ein Kind haben, ein einziges, wie meine Vorfahren bis zu den Urgroßeltern, sondern entweder kinderlos leben oder aber, wenn es so sein soll, werde ich so viel Kinder zeugen, als Brot für sie durch meine intensive Arbeit geschaffen werden kann. Auch dieser Plan mag vielen selbstverständlich erscheinen, gerade mir ist er nicht leicht geworden. Onderkuhle ist nicht dabei, weder Cyrus noch der Herzog Ondermark, noch der Meister, noch mein einziger geliebter Freund Titurel. Mein Vater nicht. Meine arme Mutter nicht. Das ist vorüber. Der Kranführer spricht von seinem kranken, scheinbar hoffnungslosen Kind, ich von meinem kranken Vater, über dessen Gesundungsaussichten ich schweige. Ich beginne selbständig die Maschine zu bedienen. Er gibt mir mit militärischer Exaktheit Kommando auf Kommando, wobei mir das Zusammenhalten zweier verschiedener Bewegungen am meisten Schwierigkeiten macht.

Freilich übe ich erst noch am leeren, unbelasteten Kran und muß automatisch alle diese Hebel und Ringe in Bewegung setzen lernen, bevor man mir etwas im Ernst anvertraut. Dennoch erfüllt mich, sobald es das erstemal ohne großes Kreischen und Knarren der Maschinerie geht, eine Art Lebensfreude. (Ich hebe als Probearbeit das Paket des Kranführers mit einer Puppe für sein Kind, eine winzige Last.) Lebensfreude bei dieser einfachen und geistlosen Arbeit, die jede etwas geschicktere Hand, jedes etwas begriffsfähige Gehirn leisten kann? Lebensfreude bei einem kranken Vater, den ich nach Beendigung der Nachtschicht, morgens gegen sieben Uhr, nachdem ich daheim nochmals gebadet habe, in dem gleichen lethargischen, hoffnungsarmen, wenn auch nicht unmittelbar gefahrdrohenden Zustand antreffe, wie ich ihn gestern abend verlassen habe? Aber er hat nachts wenigstens das Glas Wasser geleert, das ich ihm hingestellt habe, hat das in Oblaten gewickelte neue Medizinpulver genommen, sein Schlaf ist leichter, die trübe Pergamentfarbe seines Antlitzes ist durch ein ganz zartes Rot unterbrochen. Ob sich der Professor dennoch geirrt hat? Kann ich beten? – Aber doch auch nicht verzweifeln. Wenn ich mich jetzt auf dem für mich von der bedienenden Portierfrau hergerichteten halbmondförmigen, mit stachligem Samt bezogenen, mit abgenutzter Steppdecke belegten Sofa niederlege und kurz vor dem Einschlafen meine Glieder strecke, das etwas angeschwollene rechte Handgelenk massiere und dabei doch auch das andere Handgelenk anstrengen muß, um etwas Erleichterung zu bekommen – da erst empfinde ich, was verdiente Ruhe heißt, und daß auch in meinem jetzigen Leben Segen sein kann, nicht für alle vielleicht, aber für den Sohn meines Vaters, gerade für ihn.

So vergehen die ersten Tage. Da der Zustand meines Vaters sich nicht verschlechtert, bin ich von großem Glücksgefühl erfüllt und wünsche nur, es möge immer so bleiben, so bescheiden bin ich geworden.

Meine Mutter hat gegen mein Ausgehen an jedem Abend nichts einzuwenden. Glaubt sie wirklich, ich verbringe die Nächte, statt am Bette meines Vaters zu wachen, in leichtsinniger Gesellschaft? Fast sieht es so aus. Sie stellt an mich immer wieder mit denselben Worten die gleiche Frage: Ob ich mich gut amüsiert hätte? Und als ich ihr einen Beitrag zu dem Wirtschaftsgelde übergebe, will sie wissen, ob ich das Geld im Bac gewonnen hätte. Ich kläre sie nicht auf. Meine wirkliche Existenz ist ein bloß meinem Vater und mir gemeinsames Geheimnis, das auch er nie mit einem Worte berührt. Meiner Mutter beginnt die viele Arbeit in dem immer noch zu umfangreichen Haushalt Mühe zu machen. Täglich treten Dienerkandidaten an, die aber, jeder aus einem andern Grunde, nicht ihren Beifall finden, es sind auch Dienstpersonen aus dem Hause Onderkuhle dabei, von denen ich manches über das Schicksal des Meisters, des Obersten und des Rendanten erfahre. Aber meine Fürsprache für einen von ihnen, einen jungen, sehr ehrlichen, wenn auch nicht übermäßig geschickten Mann (Fredy) fruchtet nichts, meine Mutter sucht weiter, nicht bedenkend, daß das lange Warten meinem Vater nichts nützt, daß er nicht auf zahllose Monate und Jahre zählen darf. Inzwischen muß er mit meiner Pflege vorliebnehmen. Das Essen läßt meine Mutter aus einem nahen Restaurant durch die Portierfrau holen. Sie ist geradezu kindisch vor Freude darüber, daß sie sich aus der sehr umfangreichen Speisekarte das Leckerste aussuchen kann. Der besorgniserregende Zustand meines Vaters stört sie bei ihrer Freude ebensowenig wie mein Bedürfnis nach Ruhe in den Vormittagsstunden. Ich komme meist gegen sechs Uhr heim, warte das erste Erwachen meines Vaters ab, begrüße ihn, fühle seinen Puls, höre, wie er geschlafen hat, bette ihn um, dann begebe ich mich zur Ruhe und liege bald in sehr festem Schlaf. Meine Arbeit in der Turbinenfabrik übersteigt zwar auch jetzt, wo ich selbständiger hantieren darf, nicht die Kräfte eines einzelnen. Aber es ist doch kein Vergleich mit der Arbeit in Onderkuhle. Wohl mußte ich manchmal dort meine Kräfte fast bis zum Zerreißen anspannen, aber das geschah nur an vereinzelten Tagen. Der Antrieb war Ehrgeiz und Wunsch nach sportlicher Höchstleistung.

Aber etwas anderes, in ganz anderm Grade Zermürbendes ist es, durch Wochen ohne eigentliche Unterbrechung eine gleiche, wenn auch nur mäßig schwere Arbeit durch mindestens neun Stunden zu vollbringen. Man kann zwar solche Arbeit sicherlich sein ganzes Leben lang ohne besonderen Kräfteaufwand leisten, aber man muß seine Ruhe haben, ohne Ruhe ist es Ruin. Weckt man mich also um die Mittagszeit, ist meine Arbeitsfähigkeit in Frage gestellt. Was aber dann? Ich bin jetzt körperlich und seelisch so an diese mechanische Arbeit gebunden, daß ich es meiner Mutter nicht verzeihen kann, wenn sie mich Tag für Tag zu ungeeigneter Zeit weckt. Ich gebe es zu, sie meint es gut. Einmal soll ich mir einen Diener ansehen, der sich meldet, ein andermal eine besonders schöne Stelle in einem ihrer Romane bewundern, ein andermal mir etwas frische Luft gönnen, einen kleinen Ausflug machen, meist ist es nur, weil sie mit der Auswahl aus der Speisenkarte ohne mich nicht fertig werden kann. Sie hat ihr reizendstes Lächeln um die festen, runzellosen Lippen, sie fächelt mir mit ausgebreiteter Speisenkarte die Schweißtropfen aus dem Gesicht, will mir die »bösen Falten« fortwischen. Dabei klirrt die Perlenkette leise um ihren schönen glatten Hals. Ich unterdrücke meinen Zorn, ich werfe ihr bloß einen Blick zu, der ihr alles sagen könnte. Aber sie nimmt mich weiter nicht ernst, sagt: »Großer Brummbär!« Fragt nicht nach der Ursache meiner Müdigkeit, die ich ihr in diesem Augenblick vielleicht doch verriete. Dann aber besinne ich mich. Das Gefühl, mit achtzehn Jahren sich sein Brot zu verdienen, und sei es auch nur durch Handarbeit, ist so belebend, so ermutigend, daß ich viel ertragen kann. Es gibt gewiß Stunden, wo ich auch die Bitternisse dieser Arbeit empfinde, denn unter meinesgleichen darf ich mich in der Fabrik nicht fühlen. Ich weiß wohl, ein standesgemäßes Leben, ein sorgenloses, hoffnungsfreudiges Leben unter Menschen, die mir nach Geburt und Erziehung nahestehen, ist etwas anderes. Aber das Schicksal könnte noch bitterer sein. Vor allem bleibe ich an der Seite meines alten Vaters, ja ich sehe mit nicht auszuschöpfender Freude an ihm eine Art Erholung, ein neues Aufleben, ein Nachlassen der Schmerzen, ein Erwachen aus der Lethargie, in der er bis zu meinem Kommen gelegen. Ich halte mich an die »Monate« des Professors, von denen bis jetzt nur einer verstrichen ist. Ich teile meine Zeit zwischen der notwendigsten Ruhe und seiner Pflege. Er hat begonnen, sich zusammenzunehmen, sich mit Energie gegen seine Krankheit zu wehren, er, der nie seinen Willen entwickelt hat, setzt sich jetzt gegen die Krankheit durch, und er überwindet sie in einer Art, die bewundernswert ist. Es gibt vielleicht Menschen, todesmutige Forscher, Leute wie Amundsen, Helden oder Priester, die ihr Leben opfern für ihre große Sache. Er aber, der dem Tode schon seit langem anheimgegeben war, rafft sich noch einmal mit seiner ganzen Männlichkeit auf, nur um *mir* länger das Glück seiner Nähe zu gönnen. Eines Morgens treffe ich an der unserm Hause nächsten Straßenecke einen alten, gebeugten, in schlotternde graue Gewänder gehüllten Greis, der auf mich zuwankt, auf seinen hellen Stock gestützt. Diesen Stock, den ich schon an meinem Vater seit meiner Jugend kannte, erkenne ich früher als ihn. Mein Vater hat sich unter Aufgebot aller Kräfte morgens, als meine Mutter noch schlief, angekleidet, ist mir entgegengegangen, hat lange, da sich meine Heimkehr verzögert hat, halb ohnmächtig unter starken Schmerzen an der Ecke auf mich gewartet. Zu meinem tiefen Schmerz muß ich sehen, daß diese Anstrengung seine Kräfte überstieg, das Glück, noch einmal neben ihm durch die Straßen zu gehen, ist heute ein sehr bitteres, fast würgendes. Bei der ersten Stufe, die vom Hochparterre unseres Hauses nach dem ersten Stockwerk führt, verlassen ihn die Kräfte ganz, sein Kopf gleitet auf die Brust, und ich muß ihn stützen, muß ihn, die leichte Gestalt mit den wie Vogelknochen gewichtlosen Knochen, auf meine Arme nehmen und ihn nach oben tragen. Von diesem Tage an beginnt sein neuer, diesmal nicht durch Energie zu unterdrückender Verfall. Der Hausarzt findet alles natürlich, den Aufschwung ebenso wie den Niedergang. Sein Lächeln bringt mich mehr zur Verzweiflung als das Todesurteil damals durch den Professor. Meine Mutter hat wieder ihre un-motivierten Schmerzausbrüche, die sie dann zwischen den Seiten ihrer Romane oder zwischen den flitterbestickten Röcken ihrer Puppen erstickt, der Abbé betritt wieder fast täglich unser Haus und gibt eines Vormittags auf Bitten meiner Mutter meinem Vater die Letzte Ölung.

Meiner Mutter bin ich fremd, und sie ist mir fremd. Ich liebe sie nicht, ich kann sie nicht lieben und werde sie nicht lieben. Ich tue für sie, was ich kann, ich zwinge mich manchmal und bringe ihr kleine Geschenke mit, für die sie sehr empfänglich ist. Aber mehr kann ich nicht tun. Mehr ist unmöglich. Aber verlange ich nicht auch das Unmögliche vom Schicksal? Verlange ich, der an Wunder nicht glaubt, nicht vom Schicksal das »kleine« Wunder, einem alten Manne, der niemand je geschadet hat, ein paar Jahre Gesundheit wiederzugeben? Und wer verdient dies mehr als er? Wenn ich ihn jetzt anblicke und mir denke, daß er bald nicht mehr ist, dann weiß ich nicht, wie ich das ertragen soll. Wenn einer sterben soll, warum nicht lieber ich? Ich kann ihn nicht mit demselben Maße messen wie andere Menschen. Die ganze Menschheit besteht für mich aus zwei Teilen, er ist der eine, alles andere ist Rest. Er ist der liebevollste Gatte, der treueste, wenn auch schwächste Vater. Auch jetzt kein Wort für oder gegen meinen Plan und nichts mehr von standesgemäßen, nichts mehr von gottgewollten Entbehrungen.

Er ist ein Freund der Armen, selbst arm. Er hat, mit seinem Adel wie mit einer schweren Rüstung beladen, als fast willenloser Sproß eines einst machtvollen Hauses, sein Pfund nicht auf den öffentlichen Markt tragen wollen, um damit zu wuchern. Er hat mit seinen mehr als sechzig Jahren nichts erworben und nichts verloren. Was nach seinem Ende zurückbleibt, wird dank der kleinen Lebensrente aus Irland gerade ausreichen, meiner Mutter die Fortdauer ihrer jetzigen Existenz zu sichern. Ich erbe nichts davon. Ich bin mein eigener Herr und daher auch mein eigener Erbe, das weiß er ohne Worte. Er trägt mir auf, seine Ordensauszeichnungen »nachher« zurückzusenden. Sie gehören nicht ihm, werden stets nur verliehen, nie geschenkt. Eine, die wichtigste, kommt an die Kaiserliche Regierung in Wien zurück, andere an das Königliche Haus hier. Von den verschiedenen reichdotierten Ehrenstellen des Hofes, von den vergoldeten Kongo-negergeschäften des merkantilen Königs hat er sich stets zurückgehalten. Dafür halten sich die meisten seiner Standesgenossen von uns zurück, nur selten betritt einer von ihnen unser Haus.

Der Herzog von Ondermark hat uns seinen Sekretär geschickt, um Nachrichten über meinen Vater (und mich?) einzuholen. Er hat mich nicht angetroffen. Das war mir auch erwünschter. Ich habe während dieses kurzen Besuches geschlafen nach einer besonders schweren Nachtarbeit. Mein Vater hat mich nicht wecken lassen und hat gut so getan.

Das einzige, was er zu vererben hat, jetzt, da er sein Ende nahe fühlt, ist sein Siegelring, der von Geschlecht zu Geschlecht geht. Er trägt sonst keinen Schmuck, auch kein Atom Gold an sich, weder Ehering noch eine Uhr. Denn was bedeuten diesem Manne Schmuck und Zeit? Den Ring nimmt er nun, am 28. August 1913, um zwei Uhr, zum ersten und zum letzten Male seit der Sterbestunde meines Großvaters vom linken Zeigefinger und gibt ihn mir. Ich will ihn zurückweisen, will ihn dann, als dieses Zurückweisen unmöglich ist, in meiner Tasche verstecken, aber er sagt in einem ruhigen und gesammelten Tone, als setze er ein schon längst begonnenes Gespräch fort: »Trage du ihn. Du bist jetzt an der Reihe.« Dann schweigt er. Der Nachmittag vergeht wie immer. Der Geistliche kommt, ich gehe aus dem Zimmer. Meine Mutter hat einen Weinkrampf, sie erstickt ihn, indem sie ihr Gesicht an das hellblaue Seidenfutteral ihres Elfenbeinchristus mit aller Gewalt preßt, so daß dann auf ihren vollen Wangen die Falten der Seide abgedruckt erscheinen. Sie glättet dann lange die gerötete Haut vor dem Spiegel. Ich trete schweigend bei meinem Vater ein. Von der nahen Kirche her hört man die Glocken, später aus einer etwas entfernten Fabrik (nicht der unsern) eine schrille Sirene. Meine Mutter, die ich aufsuche, schläft erschöpft, von allen ihren Puppen umgeben. Ich kehre zu meinem Vater zurück. »Weine nicht!« sagt er nach einer Stunde zu mir. »Wie willst du denn deine Mutter trösten? Ich vertraue dir. Unser Herr und Heiland halte weiter seine Hand über dich!« Seine Blicke und seine linke Hand, die er von meinem Gesichte gelöst hat, schweben in einer sanften Kreisbewegung durch das große ärmliche Zimmer. Ich errate nicht, und ich frage nicht, ob er mein *ganzes* Dasein kennt und billigt, ob es ihm weh tut, daß er seinen Sohn und seine Gattin in offenkundiger Dürftigkeit zurückläßt. Er ist sehr müde, die Bewegung seiner Hand endet mit einem flüchtig und doch ernst geschlagenen Kreuz über mir, über meinen hellen roten Haaren, die seine leichte Hand nur streift. Er fährt mit seinen starken weißen Zähnen, die lebhaft aus dem lehmfarbenen Gesichte hervorleuchten und die weit auseinanderstehen, über seine herabhängende verwelkte Unterlippe – da übermannt ihn die Müdigkeit. »Ich bin etwas matt jetzt«, sagt er besonders laut, als zwinge er sich zu dieser letzten Kraftanstrengung, um dann das Recht zur Ruhe zu haben. »Gott und ich sind in Frieden. Bleibe du immer mein Sohn. Gott segne dich! Nimm die Kissen mir vom Kopfe weg, lege sie an die Füße. Du tatest es an dem Morgen, als du aus Onderkuhle kamst. Es war gut. Gut war es ...« sagt er und setzt damit das Siegel unter sein Leben, seine Krankheit, seine Liebe, seinen Tod. Er nimmt, ohne mehr zu sprechen, meine rechte Hand mit ihren Brandnarben von Onderkuhle und den Schwielen von der Turbinenfabrik in seine Linke, hält sie mit sanftem Drucke fest, er legt sich dann mit dem ganzen leichten Körper über meine Hände. Er schläft unmerklich ein.

Es wird Abend, es wird Nacht. Meine Mutter ruft leise, ich antworte nicht. Sie wird still. Ich kann mich nicht erheben, mich nicht regen.

Ich kann meine Hand von der des Sterbenden nicht lösen. Es ist ein unbeschreibliches Gefühl, schauerlich und herzergreifend, wenn ich spüre, wie meine rechte Hand leblos wird, dann wie aufsteigend mein rechter Arm und meine Schulter das Empfinden verlieren und endlich mein ganzer Körper auf der rechten Seite eingeschlafen ist, frosterstarrt trotz dem schwülen Sommerhauche, des Lebens entwöhnt und ein Stück Tod geworden mit dem toten Vater.

Am nächsten Tage kann ich mich frei machen. Es ist ein heißer Augusttag. Mein Körper lebt und ist stark und gesund wie zuvor. Nur bin ich allein und werde es bleiben. Angst vor dem Tode werde ich nie mehr haben. Es wird mir kein Vater mehr sterben. Seinen eigenen Tod erlebt kein Mensch.

Am Abend dieses Tages gehe ich wieder in die Fabrik, da ich nicht neben meiner Mutter wachen will. Sie ist gefaßter als ich. Aber auch in ihrer größten Erregung küßt sie mich nicht. Sie wird noch in diesem Herbst zu ihrer Kusine, der unverheirateten alten Gräfin P., übersiedeln.

Ich werde allein zurückbleiben. Aber der Abschied wird mir nicht schwerfallen, denn ich werde noch inniger mit meinem Vater leben, werde noch mehr in meiner Arbeit aufgehen.